福田恆存

私の人間論

Tsuneari Fukuda

福田恆存覚書

ビジネス社

はじめに

ビジネス社の佐藤春生氏から、父・福田恆存の『全集』(文藝春秋・一九八七—八八年刊)の各巻に付せられた著者自身の「覚書」を一冊に纏めて世に問ひたいとの有難い提案を頂いたのが数年まへのことだが、編集の過程で、昔、新潮社から刊行された『福田恆存著作集』(一九五七〜五八年)及び『福田恆存評論集』(一九六六年)の「後書」と纏めて一書にしたらどうかといふ案が出され、本書の体裁が生まれた。

晩年、自選の『全集』の各巻末に、一生を振り返つて記した自伝的「覚書」はかうして独立させても、ほぼ問題なく読めるのだが、壮年期に纏められた評論集の「後書」の方は、かなり当該書の内容に触れ、全巻を通しての思想(論理)の展開の後付け的役割をしてゐるため、原典の各評論なしではやや読みにくいかもしれない。従つて、評論集の各巻に収録された評論を読んでゐない読者に、「後書」のみを提示するのは唐突の誹りを免れないとも思はれる。

そこで、「後書」に関しては、各巻の目次を付して読者の便宜を図ることにした。とは言へ、代表的著作は別にして、多くの評論は、現在、入手困難なことも事実ではある。残念といふほかないが、興味を持たれた方は、アマゾン等で検索して、十年ほど前に麗澤大学出版会から刊行された『福田恆存評論集』(全二十巻・別巻一)等々で補つて頂ければ幸甚である。

本書が、福田恆存ファンのみならず、多くの読者の眼に触れることを願つてやまない。本書には昭和といふ時代の一断面が描かれてゐるのも厳然たる事実でもあるがゆゑに……。

令和二年九月九日

福田　逸

私の人間観——福田恆存 覚書

目次

本書は原則として漢字は新字体に改めています。

全集覚書

福田恆存全集 第一巻（覚書一）

私の父は四人兄弟の末弟であり、兄三人が揃つて職人、簞笥作りであつた。埼玉県大宮の在、指扇（さしあふぎ）村の出である。父の話によれば、私はそれを余り本気にしてはゐないが、庄屋か何かの裕福な生れだつたのを、父の兄がみんな大酒飲みで、身上（しんしよう）を潰してしまつたのださうだ。父は小学校を出ただけで、あとは独学だつた。母と結婚した頃は東京電燈株式会社の出張所長をしてゐたが、酒だけは殆ど飲まなかつた。

母は東京八丁堀の生れであり、その父もまた職人で、先祖は伊豆から出て来たといふ石工であつたが、暇さへあれば本を読んでゐた。その本といふのが、私が今でもはつきり覚えてゐるのは南総里見八犬伝で、祖父はそんなものをまだ三つか四つの私を膝に抱きかかへながら読んで聴かせてくれた、と言へば体裁がいいが、何だか解らぬことを口でつぶやき、私が眠つてしまふのを待つて、あとは独りで目読するのを楽しみにしてゐた。当時は石工であつてもその程度の学はあつたものだ。が、その息子は、詰り私の叔父は二人揃つて、本など読むとは思へぬ全くの職人であつた。

今でもそれらしき町並を思ひ浮べるが、祖父が住んでゐた家は八丁堀の桜橋の近くにあつた。母は私を連れて、よく実家に遊びに行つた。母が一番年上で、その次が二人の叔父、そして一番下が女で、母はこの叔母に会ふのを何より楽しみにしてゐた。母も小学校だけしか出てゐない。差し詰め久保田万太郎の「大寺学校」のやうなものだらう。当時、丸の内にあつた三菱ヶ原（今の東京駅前）で飛蝗（ばった）取りに夢中になつてゐたといふ話である。その後、平岡男爵家に行儀見習にやられ、その男爵が伊藤博文などと花札を引いたり、九代目團十郎や五代目菊五郎（悋嗇（けち）五郎と綽名されてゐた）を相手に、何の彼のと劇評じみた「小言」を言つたりしてゐたのを覚えてゐると、よく母は話してゐた。どうもこれは本当らしく、もしさうなら、この粋人男爵は鉄道で産をなした吟舟平岡熙（ひろし）のことであつたに違ひない。

　話が自伝風になり、全集の覚書には余りふさはしくなくなつたが、なぜこんな話をするのか、いづれ解つていただけようと独り合点して、もう少し我慢していただかう。私が生れたのは本郷東片町だと聞かされてゐたが、今度、抄本を取り寄せてみると、それには下谷区仲御徒町になつてゐる。その辺のいきさつは両親の死んだ今、確めやうがない。多分、転勤もあつたらうが、何より父が「引越し好き」で始終、東京市内をあちこち動き廻つてゐたからであらう。そのせゐか、母の父の方で娘の家を訪れることは全くなかつたといふ。それどころか、「また引越しか」くらゐにしか受取らず、よく母に向つて、「お前の亭主は箱番ひとつあればいい、好きなところへ、それを持つて行くんだな」と言つて相手にしなかつたさうだ。箱番といふのは箱番所の略で、穴に棒をさしわたして二人で持ち運びの出来るやうにした江戸時代の小屋造りの番所のことである。

なるほど父は「引越し好き」といへば「引越し好き」だが、それには訳がある。父の勤め先は東京電燈株式会社であると言つたが、父の出張所の管区内の誰かが引越しをするとなると、その大家が貸屋札を張る前に、先づ店子が出張所に現れ、何月の何日に引越すから電気を切つてくれと申出る、詰り誰よりも先にその家の様子、間取などが分るのはその出張所の「助手」だといふことになる。今は何と呼ぶか知らないが、その「助手」が「今度の家はなかなか良いですぜ」と所長の父に委細を伝へる。そんな風にして、私の知つてゐるだけでも、東片町、巣鴨、神田三崎町、そして最後が神田錦町と四年の間に四箇処も移り変つたことになる。父は居を移すたびに、本籍まで一緒に持つて廻つた。その方が手続上、便利だからだと言ふ。母と結婚して私の生れる前にも既に三四箇処は変つてゐるから、最後の錦町までに七八箇処になる。それで父の引越し好きが止まつたのは、恐らく私の学齢を考へてのことに違ひない。それに錦町の家はその時の勤務先まで歩いて一分といふ近間にあつた。錦町に引越したのは私が五歳の時だから、それから満二十八年、私の三十三歳になるまで同じ処に居たことになる。途中、大正十二年の関東大震火災の時、約半年ばかり、鶴見の近くの潮田に嫁に行つてゐた母の妹の家に厄介になつただけで、翌十三年の二月には元の錦町の跡地に、父は二階建ての自分の家を造つた。金は会社からでも借りたのだらう。

　私は錦町一丁目に住んでゐたのだから、学区からすれば、家に近い小川小学校に行くべきで、それより遠い錦華小学校へ入学したのは、当時、そこが小川小学校より「名門校」だと、父が誰かから聞いて来て、錦華小学校前の水野さんといふ雑貨店に寄留させてもらつたのだ。差しあたり「もぐり」の走りである。私ばかりではない、妹たち三人共、同じ手を使つた。なるほど、夏目漱石なども錦華出身者であり、創立も古く、最近になつて知つたことだが、創立九十周年記念の昭和三十七年五月には、今上天皇の行幸があり、百周年記念には皇太子の行啓があつたといふ。

　しかし、これは私にとつては不幸なことであつた。学校から戻ると、周囲には誰も遊び友達がゐない。関東大震火災前はともかく、その後、辺りの状況は一変してしまひ、遊び友達どころか、友達といふものが全くゐなくなつてしまつたのだ。中学も、「あそこは校長が良い」と、受持の先生から薦められたので、後藤新平東京市長が震災後に作つた二つの中学の一つ、第二東京市立中学校を受験したところ、幸か不幸か受かつてしまつた。当時、二中の校舎はまだ出来てゐなかつたので、入谷にあつた下谷高等小学校の二階だか三階だか、一番天辺にある教室を借受けて授業が行はれ、体操の時間ともなれば、大抵は金網を張りめぐらされた屋上で過し、何が何だか訳も分らず「御幼少の砌（みぎり）」から冷飯を食はされてゐた。しかし、今に上野公園に立派な鉄筋鉄骨の校舎が出来ると言はれ、四年生の春には今の上野高校が見事に出来上つたのである。それよりも校長の高藤太一郎氏が実際に名校長の名に背かず、次から次へと優秀な先生を採用してくれ、いづれ後出の年譜を見ていただけば解るが、私の前には待つてゐてくれたかのやうに、次々と名教師が立ち現れた。四五年ともに受持の上田義雄氏は岡倉由三郎の高弟であり、公私ともに世話になつた。

だが、問題は上野といふ場所にある。「鐘は上野か浅草か」ではないが、文字通り生徒は上野や浅草から集つて来て、神田から通ふ者は殆どゐない。神田駅から上野まで省線（今の国電）を使ふか、或は校長のすすめで、出来る者は足を使へと言はれ、錦町のわが家から上野動物園の隣りまで歩いて通ふこともあつたが、家へ戻つて見れば、自分の周囲に共に遊ぶ者も、共に論じ合ふものも全くゐないことに変りはなかつた。浦和高等学校時代は、寮生活をするだけの経済的余裕がなく、三年間、神田駅から当時の浦和駅まで省線、あとは半道ばかりを歩いて通つた。同じく家へ戻れば全く孤独であつた。それは淋しいのとは違ふ。却つて好きな本が読めた。ただ当時流行のマルクスがどうの、史的唯物論がどうのといふやうな擬似インテリ族との論争は私の生活環境からすれば全く足が地についてゐないやうに見えて、何とも空しかつた。わが家は父独りが独学の常識人で、たまに訪れる母の実家はマルクスの名前さへ知らぬ職人でしかなかつた。しかし、彼等の生き方のはうが、人生をまともに生きてゐるやうに思はれた。

大学に入ると、本郷界隈に田舎から攻めのぼつて来た人種が、下宿に屯(たむろ)して、一つの世界を形造つてゐたが、私の家は神田錦町である、下宿の必要もなければ、反対に私を訪ねてくれる者も殆どゐない。後年、さういふ連中の生き方を「下宿文学」と名付けて、密かに私は自分の「孤独」に栄冠を与へた。それは負け惜みでも何でもない。その頃の私は用の無いおしやべりが苦手で、むしろ孤りを好んだ。私は気質的には良くも悪くも職人であり、下町人種であつたのだ。だが、一方では、あたりを取巻く「知識階級」といふ異人種の包囲網に遭ひ、さうかといつて身方の下町人種は大震火災後、もはや周囲になく、どつちへ転んでも孤独であつたのだ。

それに「恆存」といふ名前がそもそもさうである。父が白山の出張所にゐた頃、「今様春水」と言はれた硯友社の石橋思案が博文館にゐて、「文芸倶楽部」の編輯者として活躍してゐたが、この小説家がどういふ因縁からか私の名付親になつた。孟子「尽心上」に「人之有ル二徳慧術智一者、恆存ニリ二乎疢疾ニ一」云々とあり、それを採つて恆存と命名したのである。徳慧術智の方はいざ知らず、問題なのはその後の文句である。疢疾(ちんしつ)は熱病、災厄だが、それに続けて孤臣（君主に嫌はれ捨てられた臣）や孼子(げつし)（妾腹の子）の類ひは、不遇のゆゑに心を引締めて畏れ慎み、物事を深く心配して掛る、それゆゑに却つて思慮が行き届く、「故に達す」とある。この「故達」まで来ればいいのだが、途中が一苦労だ、疢疾を文字通り熱病の意に解すれば、私は六つの年に肋膜炎、赤痢、ヂフテリアと三つの熱病を続け様にやつた。また私は捨てられた臣でも妾の子でもないが、彼等がいづれも孤独であり、私も孤独だつたことだけは当つてゐる。名前もさう馬鹿には出来ない。

さういふ孤独な人間に事件は起らない。事件はすげなく私のそばを素通りして行つてしまふ。戦争もさうだつた。あれほど世界を動かした大戦争だが、私の関心は全くそこにはなかつた。今、この全集の第一巻を読み返してみても、直接、戦争を扱つてゐると思へるものは「文学と戦争責任」ただ一つである。が、それも読んで見れば解つていただけようが、文士の戦争責任を追及することの愚を説いたものに過ぎない。その外、敢へて挙げれば、「風刺文学について」「国運」などであらうか。

当時、世に行はれてゐたのは「今こそ諷刺文学を待望する」といつた調子のものだつた。戦争中は軍の圧力に対するものであり、戦争後はやはり占領軍のそれに対するものである。内容は読まぬうちから解つてゐる、自分より強い力を持つ者に対する弱者の諷刺を待望してゐるので、強者に針を突き刺す者はゐないかといふ「擬似インテリ」の浅はかな夢から出たものであらう。諷刺文学とはそのやうなけち臭い根性から生れるものではないといふのが、私の言ひ分であつた。「国運」も、敗戦に追ひこまれるかも知れなかつた明治の日露戦争に、当時の大東亜戦争を重ね映したものである。さう言へば「同時代の意義」も同じことで、東京が、日本が丸焼けになつてもいい、「たとへ幾千の生命に代へて法隆寺を護りぬいたところで、もし僕たち現代人のうちに、僕たち自身を通じて、あの美しい夢を現代日本の生活に生かし」て行くだけの力を欠いてゐたなら、何もならぬではないかといつた調子のものである。当時の私は戦争や軍そのものよりも、軍に阿諛追従する芸術家はもちろん、軍の考へを先取りして軍以上に超軍国主義的にふるまつてみせる文化人ほど不快なものはないと思つてゐた。なほ「荷物疎開」は戦後の発表になつてゐるが、これは紙の関係か何かで雑誌の発刊が遅れたものであり、書いたのは「同時代の意義」の直後である。これも同じやうな筆法で、一見、詰らぬ「物」の存在が、大袈裟（おほげさ）に言へば、その持主の心と深く結びついてゐるものであり、その「物」を単なる物質と見なしてはならぬといふことを書いたものである。

年譜の昭和二十年三月に、「あらゆる公職を辞し、防空壕掘りに専従」とあるが、戦争は年内で終ると見た私は自分の痩腕に精一杯の力をこめ、新しく移つた麴町二番町の家に二つの防空壕を掘つた。庭の方は書物と文房具用のものであり、その文房具のうちには、万年筆、鉛筆、消しゴムの類ひの、どんな零細な物でも見逃さず、びつしり詰めこんで、普段は出し入れ無用とばかり、上には土を高く盛り上げ、湿気で本が蒸れることを恐れて、只一箇処だけ、一尺角ぐらゐの穴を作つて、天気のいい時には蓋を開けておくやうにした。大きさは畳一枚位で、深さは胸くらゐのものであつたらうか。五月の空襲で家が焼けた時、不運にもそれに焼夷弾が一つ命中し盛土に突刺さつた。抛つておけばよかつたものを、多少の火を出したらうと、例の一尺の穴に水を入れたのがわるかつた、後で掘起してみると、有朋堂文庫の表紙が水で濡れてどうにもならず、戦後、知合ひの池田書店に頼んで製本しなほしてもらつた。掘出したものは殆ど全部が無事で、消しゴムなどは、その後五年位はまだ使へ、机上にころがつてゐるのを見て、私はにやりとほくそ笑んだ、Ｂ二十九と一人で戦つて勝つたやうな気になり、密かに溜飲を下げたものである。

もう一つの玄関脇の防空壕は、父、母、妹二人、既に身籠つてゐた家内と私と、そのほか来客でもあればと、空席を二つ三つ用意した。かうして数へてみると、胎児を入れて、九人か十人が中へ這入つて腰掛けられるやうにし、その外、鍋、釜の類ひを警報の度に出したり入れたりするのだから、こつちの方もさう小さくはない。家人が手伝つてくれたとはいへ、よく、あんなものを二つも掘れたものだ、誰かに褒めてもらはなければと思ふのだが、今では、あの二番町の堅い土を相手にシャベルなど突込めたものではない。

また戦争中にどうしていづれも近いうちに焼かれさうな錦町から二番町に「疎開」したのだと言はれても返答に窮するが、あれは「疎開」ではない、確かに焼かれると承知の上での「引越し」だつたのである。神田を引払つたのは家が手狭になつたのと、どうせ焼けるものなら売つてしまはうと思つてゐたところ、当時の鉄道局がその幹部職員のために、いざといへば直ぐ歩いて出勤出来る近距離の所に家を求めてゐたからで、事実、東京駅と神田の家とでは、正に散歩の距離と言つてよく、私も大学時代、本を読んでゐて眠れず、明るくなると皇居の濠の前まで散歩に出掛けたものである。二番町に移つたのは、たまたま麴町区役所に井上弘介といふ同人雑誌「作家精神」の仲間が勤めてゐたので、麴町あたりには疎開した大きな家が借りられるだらうと思ひ、相談して見付けて貰つたのである。「引越し」ついでに、父にならつて本籍も二番町に移した。

ところで、「世代の対立」のなかで、私はかういふことを書いてゐる、「ふしぎにぼくの身売りをした事業は左前になつてゆくのがつねであり、転職を余儀なくされたのであるが、いざあたらしく職業を選ばうとすると、それまでの夢と不満とはどこへやら置き忘れてしまひ、かならず自分とは縁のない職業を求め、ときには職業のうちにぼくの志を救つてくれようとする知人の好意さへ謝絶した」と。実はこれは昭和十八年の六月頃、平野謙の私に示した「好意」を意味する。氏は私が昭和十六年に「作家精神」に連載した「芥川龍之介」を読んで感心してくれ、彼の方から接近して来たのだ。この昭和十八年の六月、丁度、彼がそれまで勤めてゐた内閣情報局を止め、中央公論社雑誌研究室の嘱託に転じようとした時で、その彼の後任として、私に来る気はないかといふのである。内閣情報局といふのは当時の言論統制を目的にした国家機関だつた。中央公論社雑誌研究室の正体は分明ではないが、彼にしてみれば、あたかも今まで目を光らせてゐた相手側に潜りこみ、反射鏡を逆さまに返して、情報局の言論統制の目を晦ますためだつたかも知れない。
もちろん、その時の私はさうまでは考へなかつた。好意は飽くまで好意として受取つたが、情報局の役人になるといふのが私には気が重かつた。その頃、私は文部省の外郭団体である日本語教育振興会に務めてゐた。その仕事は、日本軍占領下の満洲、中国などで日本語を教へてゐる人々を対象とした日本語教授法のための雑誌「日本語」を編輯することにあつた。そのほか当時初めて出来た日本大学医学部の講師、その他の仕事をしてゐたので、月々に入る金は四百円位で、情報局の本給の倍くらゐはあつたらうか。それより何より、日本語教育振興会は中学時代の恩師で、国語の受持だつた西尾實氏の世話をしてくれたものである。しかも、他に日本大学の講師などの職を認めてくれ、好き勝手な勤め方をしながら、昭和十七年の九月末には、「日本語」編集のため中国、満洲、蒙古などへ二箇月に亘る視察旅行をさせてくれてゐる。その事情を話して、平野氏の後任の件は許してもらふことにした。

やはり「世代の対立」の中に次の一節が出て来る。「かうしてぼくの日々は克明に日記をつけることによつて費されていつた。周囲のひとびとの言動や心理を、あるいはまた自分自身の心の動きを書きつけるのである」とあり、昭和二十二年の「時代」三月号所載となつてゐる。が、正直の話、私はこれを読んで驚いた。私は今までに日記などといふものをつけた覚えはない。戦争が有る無しにかかはらず、私はただただ前方を見詰めて先へ進まうとはしても、後ろを眺め、ああすべきだつたとか、かうすべきだつたとか、それを筆にすることはもちろん、日記にして書きつけるなど悠長なことはしてゐられない、いはば「せつかち」なのである。この一節は何かの意図で意識的に記したものに相違ない。事によると、私の「周囲」には、私に何かを書かれたら困るやうな人物がゐたのかも知れぬ。その弱味を私だけが知つてゐて、その人物に二度と再び同じ愚を犯させまいといふ配慮からこのやうなことを書いたのであらうか。或は批評もフィクションだといふことを、この頃に書いてゐるので、そのフィクションによつて何かの真実を語らうとする小説家の手口を導入したのか、今となつては解けぬ謎である。

未だに忘れられぬことだが、昭和十二年、その頃、家庭教師をしてゐた家の家族とともに、例年の如く精進湖で一夏を過し、新宿駅に帰り着くと、東京は既に中華民国を相手の戦争気分、といふより戦勝気分で、名前を書いた裂（きれ）を襷がけにした一人の出征兵士を先頭にして、二十人位の親戚や友人が行列をなし、例の「天に代りて不義を打つ、忠勇無双のわが兵は……」といふ軍歌をてんでに歌ひまくり、もう日も暮れかけてゐたせゐか、提灯に火をともして、それを打ち振りながら歩いて行くのに出遭つた。当時は舟でしか渡れぬ精進湖畔に涼しい夏を過して来たこちらが悪いのか、早くも日支事変の戦勝気分に酔つてゐたあちらが悪いのか、とにかく出征兵士を送る彼等の軽佻浮薄ぶりが文句なしに不快になり、私は厭な物を見たといふ気にさせられた。

その私が昭和十六年十二月八日の真珠湾奇襲の成功を知り、続いてシンガポール沖で英国の超弩級戦艦プリンス・オヴ・ウェイルズ、その他一隻を撃沈したと聞いた時には、さすがに胸のすく思ひをした。が、それは一時的のものでしかなく、いづれはこの戦も苦しいものになるだらうといふ予感がした。一番、応へたのは、まだまだ一般には戦勝気分に浸つてゐた昭和十七年、中国に出張した時の帰途だつた。帰りは上海から船で長崎までといふことにし、その切符も買ひ、明日出港といふ時、上海沖の間近で乗船予定の船が米国の潜水艦に沈められてしまつた。それで帰国のめどがたたなくなつたのには大いに弱つた。上海沖は危いと言はれ、考へを変へて別便で中国の沿岸ぞひに北上し、青島からは陸路、奉天、釜山と逆戻りすることにした。乗船してみて知つたのだが、同室の相客は危険を予知して降りてしまひ、一等船客なみに一人で自由に寝起きできたのはありがたかつた。が、そんなわけで船は一寸出ると、危い、停船、の繰返しで、最後の碇泊地青島では、どうした訳か、港の咽喉元で停船、船に乗つてから五日目の早朝やうやうのことで上陸できた。

船は動くもので、それが停つたまま、しかも深夜でもあれば、いらいらして遣りきれたものではない。上海で買つたアムブローズ・ビアスを読んではみたが、置かれた状況が状況なので、一日に何度も手にしてはみるものの、一冊がなかなか読み切れない。日本の作家では芥川賞の新人、芝木好子の「青果の市」を読んだ記憶があるが、その「文藝春秋」を上海で買つたのか、それとも船に備へつけてあつたのか、はつきりしない。「中央公論」に載つた久保田万太郎の戯曲「町の音」なども読んだ覚えがあるのだが、中味は全然記憶にない。船がいつやられるか知れないといふ状態では本もおちおち読んではをられず、馬鹿のやうに「熱中」出来るのはカードの独り遊びで、四五時間続けざまにやつたことを覚えてゐる。いづれにせよ、戦局は暗い予感のとほり動いてゐたことを思ひ知らされた。

戦争中のことで思ひ出すのは、情報局の指導管轄のもとに日本文学報国会といふのが出来たことだ。ただ同人雑誌に属してゐるといふだけの私のやうな者までその会員にされ、戦時下の総力戦体制の一翼を担はねばならぬといふことになつてゐた。昭和十七年十一月には第一回大東亜文学者大会を開催し、中国、満洲、蒙古などからそれぞれの代表を呼び、二週間に及んで大東亜精神の確立と普及のための会議を行ひ、と言へば、体裁がいいが、要するに参加者中心の招宴を張つたりしたものだ。それは私が中国、その他を訪れて戻つて来た時と大体符節が合ふが、私には余りはつきりした記憶がない。

その直ぐあと、日本文学報国会の会合があり、私は大陸の旅で印象の深かつた旅順の事がまだ忘れられず、求められてその時の感動を語つてゐる。要するに、私たちは、明治の近代日本が如何に脆く、ロシア軍の完璧なペトン要塞を前にして、殆どなすところを知らず、次々に倒れて行つた将兵の事を考へなければならない、さう言つて、私は大東亜戦争を戦つてゐる日本の辛さを語り、勝ち戦さの蔭にその事実を蔽ひ隠してしまふ戦争指導者の一群を「当てこすつた」つもりだつたのである。席上、軍人はゐたが、「当てこすり」とまでは気がつかなかつたであらう。今、思ひ出したが、芥川賞作家の桜田常久と「論争」したことがある。氏は日独伊枢軸側の勝利を信じて疑はなかつたが、それに対して私はこちら側の敗北が目に見えてゐると主張して譲らなかつた。両方とも何を材料にして勝ち負けを言ひ争つたのか、今では覚えてゐない。ただ戦争中は誰も何も言へず項垂(うなだ)れて「暗い谷間」を歩いてゐたやうな殊勝なことを言ふ者が多いが、それは真赤な嘘である。今の若い人たちに話して聞かせる「戦前」とは大抵このやうな虚偽が多い。一度、座談会でもして、事の真偽を確めた方がいい。忘れつぽい私にしても、まだまだ「自由」だつた実例を知つてゐる。その手で行けば「戦後」の嘘もまた幾らでも出てくるだらう。

　中国へ出かける前のことだが、当時、日本文学報国会の評論部代表をしてゐた河上徹太郎氏が私に会ひたいと言つて来た。会つてみると、氏は憮然として「常用漢字表」なるものを私に見せてくれた、日本文学報国会に陸軍が持つて来たのだといふ。その頃、陸軍が壮丁のために「常用漢字」の必要を言ひ出し、大体の素案は恐らくカナモジ論者あたりから出たものであらう。河上氏がそれを私に見せたのは、私が文部省の国語課に近い日本語教育振興会にゐたからに違ひない。私は一日待つてくれるやうに頼んで家へ帰り、自分の好きだつた陶淵明の詩のうちから、その常用漢字表にあるものを幾つか集め、譬へば「弱女」（少女）、「素抱」（平素より胸中に懐いてゐる思ひ）、「宴安」（何もせず遊び暮すこと）、「代耕」（役人になること）、「虚舟」（から船）、「荒塗」（荒れた道）といつた類ひの熟語を書きしるし、翌日、河上氏のところへ持つて行つた。「いくら易しい字にしたからといつて、それだけで直ぐ解ればいいが、あなたにこれらの常用漢字内の熟語が解りますかと問ひ詰めればいいでせう」と理窟にもならない屁理窟を言つたところ、河上氏は笑つて「とにかく、それを相手に見せてやらう」と答へた。その後、相手の軍人は何も言つて来なかつたといふ。それにはそれだけの訳があつたのだ。戦後と違ひ、当時の国語審議会には橋本進吉博士、当時は北京に行つてはゐたが、東大名誉教授の藤村作博士などの学者がをり、土岐善麿、松坂忠則のやうな連中は博士の前には頭が上らず、「常用漢字表」を持つて来た軍人もその程度の屁理窟で「納得」する物の解つた男だつたのだらう。この「常用漢字表」について書いたのが、第三巻の「漢字恐怖症を排す」である。

まだ小林秀雄氏のことを書かなかつたが、私は戦争中、氏の家を訪ねてゐるのだ。当然、氏は忘れてしまつたらしく、私がさう言つても「さうかなあ」と答へただけだ。あれは確か昭和十五年、これも西尾氏の口ききで、古今書院から出る新雑誌「形成」の編輯をしないかと言はれ、私は掛川中学をやめて、家庭教師をしてゐたので、渡りに舟と引き受けた。毎号、巻頭論文は私が選び、その人に断られた時には、西尾氏の友人、金原省吾氏が選んでくれた。結果は金原氏の選んだ人が多かつたやうに思ふ。

小林氏もその断られた口で、その頃は鎌倉扇谷に住んでゐた。私の夢のやうな記憶には、氏の坐つてゐる場所と私としかなく、家の周囲はまだ田畑だつたやうな気がする。書けないと言ふ相手に、どうしても書いてくれと頼む強引な編輯者気質は全くなく、雑談してゐるうちに、小林氏が何を思つたか、「僕は近頃の若い者を信じないね」と言つたのに、私は一も二もなく賛成した。今、考へると、自分のことをその「近頃の若い者」のうちに全然入れてゐないのは妙な話だが、それはまだ大学や高校にゐる者、詰り「形成」の読者の事だらうと考へたからに違ひない、が、編輯者の私が賛意を表明するのはをかしい。こんな調子だから、八号で廃刊になつたのも当然かも知れない。

そのほか田中美知太郎氏が「ミソロゴス」といふ文章を岩波の「思想」に載せ、ソクラテスの「エイローネイアー」（アイロニー）即ち「皮肉」「空とぼけ」に言及してゐるのを読み、面白かつたので、早速「形成」の巻頭論文に何かをお願ひし、これは「念願」かなつて頂戴したやうに思ふ。その帰途、新宿の先の堀の内にある妙法寺、通称「おそつさま」（御祖師様＝日蓮上人）の境内で売つてゐる揚げ饅頭を土産に買つて来た。家中の好物だつたのである。

話がとんでもない方向に飛んでしまつたが、私の批評は直接それが文学に関係あると否とにかかはらず、「民衆の心」「職業としての作家」「表現の倫理」「一匹と九十九匹と」等々、いづれも人間の生き方を説いて来たものである。普通「説いて来た」と言へば、自分の解つてゐることを読者に解らせようとしてゐるやうに聞えようが、むしろ書くことを通じて自分なりに解らうと努力して来たのであり、それがあたかも解つたやうに断定、否定を繰返してゐるのに過ぎない。いづれも人間の生き方と、日本人の生き方と、どちらかに重点が掛つてゐるが、日本人の生き方といへば、日本の近代と西洋の近代との差を問ふことになり、それは第二巻の「近代の宿命」を読んでいただけば解るであらう、といへば嘘になる、それほど晦渋な文章であるが、私としてはこれを逸するわけにはいかない。

たとへば、そこにはかういふ文章がある。「天皇制によつて近代の確立が未熟に終つたなどといふのはまことにあやふやな観念論である。むしろ日本の近代がさほど混乱を惹起せずにすんだのは天皇制の支へがあつたからにほかならぬ。ぼくはその事実をもつて天皇制を擁護しようとするのではもちろんない。むしろそれゆゑにこそ天皇制の虚妄なることを立証したいのである。」もちろんこの天皇制は謂はゆる「絶対天皇制」を意味するが、私はなぜそれを言はねばならなかつたのか。それは「絶対天皇制」が一人の人間を「支配＝被支配」といふ二元論の仮説において把へることを甚だ困難ならしめたからである。人間は一つの序列や集団の一員としてのみ考へられるであらうか。家、村、町でさへ、それは不可能である、まして国家において天皇を長とする一つの序列しかないとしたら、その序列からはみだした個人の生きる道は全く鎖されてしまふ。が、極端に言へば、さういふ一元論の虚構を信じることによつて日本の近代は成立した、この鎖国に慣らされた小さな島国の上に、たとへさうしてでもそれを成立せしめねばならなかつたのである。そこに近代日本の宿命があつた。印度の首相ネルーが短期間のうちに近代化をなしとげた日本の秘密が知りたいと言つたが、島国であればこそ、このやうな一つの序列しか持ち得ず、それゆゑにこそ日本独特の近代化が行へたのである。

それなら国家に対して個人主義を主張する戦後の日本はこのままでいいのか、決してさうは言へない。個人主義といつても、それも一つの序列の中における生き方に過ぎず、ただ社会や国家の基礎に個人を考へるだけのことにほかならない。個人は依然として一つ序列の中に閉ぢこめられたままである。なるほど終戦まではピラミッド型の縦の序列しかなかつたと言へば言へる、それが戦後は横這ひに並んで扁平になつただけのことではないか。戦後の天皇はただ敬して遠ざけられ、「世間話」の相手になる貴族を失つて、独り高い所に孤立し、遠く下の方に靄の如く横に棚びいた平等なる人民を眺め、「これが人間になつた象徴天皇の姿なのか」と歎じてをられるにちがひない。

自分が何らかの序列の中にゐることだけで満足してゐる人がゐる。が、その序列が集団的な力を発揮できたからといつて、ただそれだけの国際性に乏しい国家は、大正期、昭和初期における日本のやうに長続きしないのである。それをこの第一巻の「一匹と九十九匹と」「表現の倫理」「職業としての作家」などのうちで、私は集団的自我と個人的自我といふロレンスの言葉をそのまま使つて主張してゐる。すべては近代と謂はゆる近代化の問題に尽きる。明治の近代化は生煮えの近代化である。その明治を創り上げた幕末の日本人は、さうした生煮えの近代を、詰りはその弱き個人主義を切実に意識してゐた。それが今や、そのままで先進国、一等国に列せられたのである。その「経済大国」をどうして素直に喜べようか。

さて、作家論であるが、作家論もまた人間論であり、近代日本人論であり、日本の近代と西洋の近代との差を問ふものであつた。その大半は多少を問はず「芸術家対俗人」の問題を扱つてゐる。それは私が意識的に取り上げた作家の主題が、主としてその辺にあるからである。それと同じ時代の西欧文学のうち、意識的にそれをはつきり書いてゐるのはドイツのトーマス・マン、フランスのアンドレ・ジッドなどの所謂「大インテリ」であるが、更に溯れば、やはりフランスのフローベールであらう。が、嘉村礒多は人一倍芸術家の誇りを持つたフローベールが次のやうな感慨を洩してゐると書きつけてゐる、或る夕暮、姪を連れて散歩に出ると、一軒の貧しい家の窓から灯りが洩れてゐた、中では丁度、一家団欒の夕食の最中だつたが、彼は立ち止り、それを眺め、姪に向つて言つた、「あの人達がほんたうなのだよ」と。

芸術となると二葉亭は此の国士的性格を離れ燕趙悲歌的傾向を忘れて、天下国家的構想には少しも興味を持たないで矢張市井情事のデリケートな心理の葛藤を題目としてゐる。

（内田魯庵「二葉亭四迷の一生」）

（二葉亭の）芸術をすら疑ふといふ心持、もつと真面目に人間のしなければならないものが沢山にあるといふ心持、日本は今はそれどころではない、まごまごすれば、亡国の憂目を見なければならないといふ心持、さういふ心持もはつきり理解が出来るやうな気がした。

（田山花袋「近代の小説」）

僕たちは二葉亭の書翰をとほして彼の生活苦を窺ひ知ることができるが、それよりもなほ大切な事実は、彼が同時代の作家たちについて、彼等からこの生活難といふ、あまりにも単純な、あまりにも個人的な理由を除去してやつたなら、大抵の手合は創作の筆を擲つて安易な生活に就いてしまふであらう、といふ意味の皮肉を書き記してゐることである。

（福田）

無智と本能、俗悪と無自覚、そしてそのなかに跼蹐する民衆の生活が、精神主義者たちの自己完成の厳しい倫理の鞭を浴びて、とまどつた表情のかげにいぢらしい愁訴の微笑を湛へてゐるではないか。荷風がこの哀れさを相も変らぬ封建的な庶民の面上に認めたとき、彼の心は急激に片隅に取り残されたひとびとのうへに傾いていつた。彼は口をきはめて自己完成をこととする精神主義者の虚栄を呪詛しはじめた。（福田）

右はすべて「近代日本文学の系譜」からの引用である。フローベールの芸術至上主義と、近代日本の作家のそれとは一緒にならぬ。「芸術と実行（生活）」「芸術と自己完成」といふ似て非なる主題をひつさげ、ヨーロッパの「芸術家対俗人」といふ主題のグラウンドを二周も三周も遅れて優勝者フローベールと肩を並べて走つてゐる愚を否定するわけにはいかない。二周、三周と遅れて優勝者と肩を並べてゐる者には、それだけの意識があつた、少くとも目がくらみ、それを一周の差と見た時もあらう、川端康成が「岩波文庫の赤帯は我々の敵だ」と言つた言葉にそれが如実に現れてゐる。が、「小説の神様」横光利一をどう見てゐたか、「神様」の方では川端をどう見てゐたか。横光は恐らく西洋人の描いたコースを日本人として共に走り、何周かの差があるのにそれが見えなくなつてしまひ、相手と優勝を争ひ、つひに勝つたと思つたに違ひない。横光が「純粋小説」と自ら称した

「寝園」（昭和五年―七年）「紋章」（昭和九年）などは大方そんなものだ。

それゆゑ、彼の小説には「年が年中、どうしたら豪くなれるかとばかり考へて」ゐる人間が登場する。

僕は、精神の法則に従ふ事を道徳だと思つてゐる東京人です。それなら、仁礼さんが、どんなことを仕様と怨みに思つちや、もう僕の負けなんだ。分りましたか。僕は仁礼さんが、物質の運動の法則に従つて活動すればするほど、感心しなきやならないんだ。それでなけれや、東京人の恥さらしだ。僕の苦痛は、ここさ。負けて勝つと云ふのは、昔は大阪人の云ふことだつたが、今は東京人のモットーなんだ。僕は、仁礼さんに、一つ、思ふ存分、感心してやらうと、覚悟を定めてゐるんです。

（「家族会議」）

そんなものが東京人であつて堪るか、いや、私はここで再び横光利一論をやらうと言ふのではない。横光利一と聞いただけで、昭和十一年末の「反感」が再び湧いて来る。彼の純粋小説とは通俗小説のことであり、その主人公とは芸術家を気取つた俗物に過ぎない。「横光利一」の中から「旅愁」に対し私の感じた腹立たしさを引用して、もう横光とは二度と顔を合はすまい。さもないと血圧が上る。

「旅愁」は全巻ことごとくこのやうな彼の俗物性とその艤装とによつて満されてゐるではないか。（パリの）オペラの桟敷に燕尾服をまとつて現れる一日本人旅行者、その華やかにはづんだ情景に、僕はおもはず羞恥を感じた。このみごとにヨーロッパ人になりすまし、ブルジョワ的雰囲気にひたりきつてゐる男は、また日本に帰つて、きれいに打水した料理屋の玄関の塩花をまたぎながら、袴の衣ずれの音に日常生活のかすかな興奮と快感とを感ずる男ではないか——ひとびとはこの男と宋の梅瓶（めいびん）のはなつ芸術的香気との結びつきをすなほに信ずることができようか、そのやうな芸術家気質に香具師（やし）を嗅ぎつけずにすまされようか。

その「旅愁」が川端康成の目には「畢生の大作」と映じたのである。さう言へば「山の音」（昭和二十四年—二十六年）では、主人公は一会社の社長の面を被つた芸術家に過ぎず、経営者の面影など薬にしたくもない、やはり川端も芸術家といふ名の俗物でしかなかつた。

戦後は空襲警報がなくなり、有楽町あたりの細い路地に灯りがともり、読みにくい仙花紙の雑誌が次々に氾濫し、私のやうな者も批評家として通つた。或はただ一人の「保守反動」の批評家だつたからかも知れない。

その頃、私は偶々幼友達波多野武志の満洲哈爾賓学院の後輩、山本憲吾が二宮に疎開してゐたので、その家に独りで間借りをしてゐたのだか、昭和二十一年の二月の末には、家族を疎開先の掛川から呼び寄せ、大磯に居を転じた、といつても、今の国道一号線の南、詰り海岸の近くの漁師の家の二階には父母と妹二人が住み、国道に面した時計屋の二階の一間には、私達夫婦と、生れて五箇月ばかりの長男とが別れ住んだ。父母達は二間続きで、炊事は階下の漁師の台所を貸して貰へたので、昼間は皆がそちらに集り、私だけは時計屋の二階へ仕事をしに戻つた。

平凡社に勤めてゐた友野代三氏夫人の縁をたよりに、山下汽船の創設者、山下亀三郎氏の未亡人が女中と二人きりで住んでゐる二階家に一家七人が移り住んだのは昭和二十一年の暮であつたらうか。間借り住ひとはいへ、麹町どころではない、山の上のこんな広大な邸に住んだのは後にも前にも初めてのことである。山の上と簡単に言ふが、一番下にある門番の家の先から鬱蒼とした樹の下を登り、途中で一息入れるため縁台に腰を下し、それからまた上まで登るのである。今ではとても出来ないが、その時は大いに有り難かつた。何しろ山下家の別荘である、自分自身が亀三郎その人になつたやうな気持で、仕事の合ひ間にその邸内を歩き回り、海を眼下に眺めて大いに気をよくしたものである。

その山の上に、再び平野謙が現れて、私に「近代文学」の同人にならぬかと勧めた。この保守反動の私に同人になれといふのは変だと思つたが、この時も私は氏の好意を信じ、

「入れてくれますかね？」とその点は半信半疑で一応「諾」の返事をした。それから数日経つて、また平野氏は私を訪ねて来たが、入つて来るなり、頭に手をやり、「すまないが、あの話はなかつたことにしてくれ」と言ふ、何でも本多秋五が反対し、福田を同人にするなら、自分は止めると強硬に主張したらしい。私は何だか話が妙だと思つた。私を同人に入れようといふのなら、既に同人になつてゐる者すべての承認を得てからにすべきではないか、そんな同人雑誌なら、こちらも入りたくない、私は氏の好意を謝して帰つてもらつた。もともと同人になつたところで、いづれは喧嘩して止めるだらうと思つてゐたので、余り気乗りはしてゐなかつたのだ。

そして私は中村光夫、吉田健一、両氏に誘はれて「批評」の同人になつた。新潮日本文学小辞典によると「昭和十九年春以降、休刊となり、戦後は二十一年八月から復刊。翌年からは中村光夫編集で、型もB5の大判になつた。中村、吉田のほか、福田恆存、大岡昇平が中心メンバーで、シェイクスピア特輯号以下、ボードレール、チェーホフ、スタンダールと、各特輯形式をとる。水準の高い雑誌で、これら同人たちの力作をはじめ、神西清の一〇〇枚の『チェーホフ序説』、小林秀雄の『桜の園』などがのつた。小林、神西も寺田透とともに、末期には同人にくははつてゐる。」とある。私のマクベス論が載つてゐるシェイクスピア特輯号は復刊第四号に当り、発行は翌二十二年四月三十日であつた。版元は創元社である。

中村光夫は、今のやうな文学闇市時代は、そのうち百貨店が再開すれば、忽ちにして消滅してしまふと言つてゐたが、全くその通りであると思つた。そして、その消滅組に私は自分自身を数へてゐた。しかし、文学闇市時代は昭和二十三四年位まで続いたらうか。「新日本文学」は共産党の雑誌で、決してプロレタリア文学とは自称せず、民主主義文学と言つてゐた。「社会革命」が先か、それとも「人間革命」が先かとか、その他、この時期の特殊な用語や流行した言葉については「現代日本文学の諸問題」を読んでいただきたい。これを読むと、正に隔世の感があり、全く感慨無量といふところだ。

その他、戦後に大きな問題として取上げられたのは、小林多喜二の「党生活者」（昭和八年作）であつたらうか。手取り早く言へば、講談に出て来る忠臣蔵の赤穂浪士が吉良家の実情を探るために惚れてもゐない女と通じて、手練手管を弄したのと等しく、「党生活者」の中で共産党の浪士ならぬ闘士「私」が、同じく愛情も何もない無学な女と通じ世間態をごまかしてゐるのは、人間として誠実であると言へようかと、要するに「文学と政治」を考へる上の大問題として確か「近代文学」が提出したものと覚えてゐるが、当の浪士達にしてみれば、二百五十年も経つて、「近代文学」派の平野謙と「新日本文学」派の中野重治とが挙(こぞ)つて自分達の行状を問題にしてくれるのはありがたいとはいへ、「はて、誠実だの愛情だのといふのは何のことだらうか」と首を傾げるのが落ちであらう。

さうだ、既の事で、吉田茂首相の著名な一喝「不逞の輩」事件を忘れるところだつた、世にいふ「二・一スト」のことである。平凡社の百科事典によれば、「それは国鉄、全逓、教職、官公庁の労働者二百五十一万を中心に、一九四七年（昭和二十二年）二月一日を期して決行されようとしたゼネストであつたが、一月三十一日、占領軍総司令官マッカーサーの中止命令を受けて中止された」とある。私もどうせそんなことであらうと見てゐた、仮りに行はれても占領軍の銃剣や戦車の前に丸腰の労働者は忽ち白旗を掲げるに相違ない。いや、アメリカ軍がそんなことをするはずがない、昭和二十年の八月には、自分達の命を救つてくれ、その上、共産党まで合法政党にしてくれた相手である、今度も労働者の言ひ分には寛大であるはずだとでも思ひ込んでゐたのであらうか。

とにかくその指導者諸氏は、即ち「不逞の輩」とまで吉田首相に罵られた首謀者諸氏は、マッカーサーの命令に口惜し涙を拭つて諦めたといふ。一月十八日には全国の労働者六〇〇万がゼネスト宣言を行ふつもりだつたと書いた百科事典の執筆者は、更に「経済的要求にもとづく経済的ストライキの性質も、この段階では政治的ストライキの性質を示すやうになり……」と述べてゐるが、もしこんなことを信ずる者がゐたら、実際、どうかしてゐる。かうしたストライキは最初から「政治的要求」に発するもので、初めは単なる「経済的要求」からだつたといふのは、やはりこの種の文章の常套用語に過ぎない。中には本当に飢ゑ死にしたものもゐるかも知れないが、大抵はその子からその子へと、二三代かかつて、懸命に日本を押しも押されもせぬ「経済大国」に作り上げ、国民の七割が自分を中流階級と感じ、満足気な笑みを湛へてゐるではないか。ここまで来れば、首謀者諸氏の迂闊な意識が指摘されねばなるまい。彼等が占領下においてゼネストなどといふものが可能だと考へたのも、詰りは「最強の敵」を「最大の身方」だと思ひ込んだからにほかならない。この種の錯誤はその後もなほ続いた、安保騒動ぐらゐまで、と言ひたいところだが、いまや話が一廻りも二廻りも大きくなつた昭和六十年代になつてもまだその夢から醒め切らぬ人々がゐる、実際、呆れかへるほかはない。

福田恆存全集　第二巻（覚書二）

この巻に収めたものはⅡⅢに関する限り、第一巻のⅡと似たやうなもので、別に何も言ふことはない。ただⅡの「イギリス文学の可能性」「理解といふこと」「告白といふこと」「自己劇化と告白」「ことばの二重性」、Ⅲの「教壇を奪はれた教師」「日本人の思想的態度」、これら七つの論文は、それぞれⅡⅢの他の論文とは多少、あるいは大いに違つてゐる。自分で言ふのもいい気なものだが、いづれも解り易くなつてゐるやうに思ふ。「芸術とはなにか」は私が生涯に試みた唯一の書下し長篇評論であり、要書房前田善子さんの勧めで要選書の一つとして書いたものである。意外にも中村光夫に褒められ、その後も、自分の評論集その他、色々な形で出版されてゐる。それは七分通り私の芸術論であると同時に、三分はしばしば論じて来た私の人間観でもある。これらはいづれも昭和二十五年から二十六年にかけて書かれたもので、その時期が私の転換期であるといへよう。確かに書くものが解りやすくはなつた、だが、私自身の課題となつた例の二元論、集団的自我と個人的自我の問題が、亡霊のやうに様々に姿を変へて私の心に立入り、「あゝ、またお前に出遭つたな」といふ思ひを、始終くりかへしてゐた。それは一生私に附纏ふであらう。

西洋の作家、あるいは作品を論じたもののなかで、「シェイクスピア」、「ロレンス」、「サルトル」、「チェーホフ」、「エリオット」などは、その出来栄えはとにかく、私でなければ書けないものを書いたと思つてゐる。「シェイクスピア」は同じ全集の解題として書いた「リア王」の構成について論じてゐるものの方が私にはいいやうに思はれる。それは私以外の誰も言はなかつたことだからだ、と自らさう言つた瞬間に自慢の鼻をへし折られる、シェイクスピアについて新発見はありえない。大抵どこかのシェイクスピア学者が既にどこかで同じやうなことを書いてゐるからだ。

ただ、私のマクベス論はハムレットとの対比に急なあまり作品「マクベス」を無視してゐる。ドーヴァ・ウィルソンは多くの「ハムレット」論がハムレットを作品「ハムレット」の外に連れ出して論じてゐると非難したが、それと同じ過ちを犯して、マクベスを強引に作品「マクベス」の外に引張り出し、つひにマクベスの失脚を作品「マクベス」の失敗と断じてしまつたのだ。後年「マクベス」を訳して、初めてシェイクスピアの想像力の偉大と詩の美しさとに驚歎した。さう言へば、これまた自惚にならうが、私の訳したシェイクスピアの作品のなかでも恐らく一二を争ふものであり、逍遥、鷗外を遠く引き離してゐると言つたら笑はれようか。その原作の「マクベス」を失敗作と断定したのは最初にこれを書いたのが昭和十三年、大学院の学生だつた時で、若気の至りとでも言ふほかはない。戦後、それを「批評」に発表した時も、些細な語句の修正だけに限られてゐて、作品の心髄に迫るには至らなかつた。それほど自信があつたと言へようか、今はもう何も言はぬ、平にお赦し願ひたい。

ここで昭和二十一年一月に中国から帰つて来た野坂参三の「愛される共産党」といふ謡ひ文句のことを言つておきたい。それがどうやら世間には受けると考へたのか、占領軍がこれを歓迎し、陰から共産党を助けようとした。が、民衆はそんな甘い文句を真に受けるほど愚かではなかつた、あるいはそれほど愚かであつたと言つた方があたつてゐようか。

昭和二十四年の六月、七月、八月には次の三大事件が起つてゐる。

六月　福島県で共産党員が中心になり、百五十人の暴徒が平市警察署に押しかけて、棍棒で署員を殴る蹴るの暴挙の限りを尽し、警官の拳銃を奪つて留置場に入れ、逆に留置人を解放した。（平事件）

七月　東京の三鷹で、車庫内の引込み線から七両連結の無人電車が暴走、車止めを突破し、駅前広場を突切つたため、乗降客、通行人、合せて六人の死者と十七人の重軽傷者を出した。判決は竹内景助の単独犯行となつてゐる。（三鷹事件）

八月　東北本線金谷川駅と松川駅の間のカーヴで上野行きの上り列車が脱線、転覆し、機関士一名、機関助手二名が即死、この列車の前部は荷物車、郵便車であつたため六百三十人の乗客は無事だつた、が、この脱線箇所ではレール継ぎ目板の留め振ぢが二十五本抜取られ、それに使つたと見られるバールやスパナなどが近くの水田の中から出て来た。容疑者として国鉄労組員など二十名が起訴され、裁判の結果、一審、二審ともにその殆どが死刑、無期懲役となつたが、上告審で破棄差戻しとなり、仙台高裁は昭和三十六年八月、全員無罪を言ひ渡した。（松川事件）

右の三鷹事件、松川事件に共通するものは、いづれも国鉄労組員が被告になつてゐることだが、被告にこそならなかつたが、世間ではこれも同じく国鉄労組の仕業ではないかと疑つてゐたものに下山事件といふのがあつた。当時の国鉄総裁下山定則氏はＧＨＱの命令で、国鉄職員十二万余名の大量馘首をやらねばならぬ羽目に追込まれ、その第一次整理者三万余名を発表し、七月六日には残りの第二次発表をすることになつてゐた。ところが、その六日の午前零時二十分前後、下山総裁は常磐線綾瀬駅の近くの線路上で轢死体となつて発見されたのである。たまたま三鷹事件の十日前のことだつた。これが部下職員を大量に馘首せねばならぬのを苦にしての自殺か、それとも殺されたうへ、死後轢断され、自殺と見せかけた他殺か、慶應大学と東京大学の二つの法医学部の間で意見が対立し、新聞も毎日と朝日とで正反対の見方をし、それどころか警視庁内部でも捜査一課は自殺、捜査二課は他殺と互ひに自説を主張して譲らず、つひにこの事件は迷宮入りとなつてしまつた。

戦争直後の一般民衆は自分達のその日その日の暮しに追はれ、直接、事件に捲込まれたもの以外は、さしたる関心も示さなかつたと言つてよい。ただ平事件、三鷹事件、松川事件はいづれも共産党、あるいは国鉄労組の起した犯罪で、それらに共通の暗さを伴つてをり、下山事件も世間では他殺ではないかと疑ふ者が多く、他殺とすれば、国鉄職員の首切りが原因であり、場所も線路上といふことから、疑はしいのは国鉄労組員ではないかと思ふ者が多かつた。私の浦高時代の友人で参議院議員の原文兵衛が昨年の四月に「元警視総監の体験的昭和史」といふ本を出し、下山事件について詳細に解説してゐるが、最後に彼は「あらゆる点を総合的に判断すると、国鉄の生えぬきで国鉄を最も愛した下山総裁が、GHQの命令もあつて（第二次整理として）九万七千人といふ大量整理をやり遂げねばならない立場に追ひ込まれ、他人には想像もつかない心理的重圧があつて、自らも愛し、最もかかはりのあつた鉄道を枕に自殺したものと、私は推定する」と結んでゐる。当時共産党員も労組側もやはり自殺説であつた。が、世間はさうは思はなかつたらう。その証拠に、これらの事件が起る前の一月の総選挙では、「愛される共産党」はそれまでの当選者五名を折角三十五名にまで殖したのに、この四事件のお蔭で民衆から一遍に袖にされてしまつた。

だが、擬似インテリ層の間ではなかなかさうはゆかなかつた。下山事件で共産党、労組員に疑ひの目が向けられると、それを躍起になつて否定し、犯人は日本人以外の者だらうと、暗に占領軍説を仄かす者もゐた。さうだつたかも知れない、が、その論拠らしい論拠はどこにもない。そのうち松川事件について広津和郎は被告の目がいづれも澄んでゐたといふ動機から無罪説を唱へ、「中央公論」に二千枚の連載を続けた。その真偽の程は分らぬが、それが判事諸氏の判断に圧力となつたらうことは容易に推察できる。

野坂参三の合言葉が擬似インテリ層に受けたのは、共産党とははつきり一線を画したはずの「近代文学」が、右の四事件の起る二年前、昭和二十二年の四月号に「平和革命とインテリゲンチャ」といふ座談会を行つてをり、その平和革命の成功といふのを少しも疑つてゐないことでも明らかである。私もその座談会に出席を求められた。平野謙との関係もあり、無下に断る訳にも行かぬと思つたので、止むなく出席することにした。出席者は荒正人、加藤周一、佐々木基一、花田清輝、埴谷雄高、日高六郎、それに私と総勢七人であつた。司会は荒氏で、まづ次の言葉で口火が切られた。

それではこれから「平和革命とインテリゲンチャ」といふテーマで話合ひたいと思ひます。特に平和革命といふ言葉を使ふ理由は、革命といふと、赤旗によつて象徴されるやうな流血の武力革命を考へるのが普通ですが、今われわれが当面してゐる革命は、さういふフランス大革命或は十月革命といふやうなものとは全然性質を異にした革命だと思ふからです。……（略）

これには私も驚いた、荒氏は皮肉や諧謔を弄する人ではあるまい、とすれば、「今われわれが当面してゐる革命」とは何事か、「革命」にも何にも、われわれは当面してゐはしない、今の「変化」はすべて占領軍によつて当面させられてゐるだけのことではないか。河上徹太郎が言つたやうに所詮は「配給された自由」である、言ひ換へれば「配給された革命」である。そのことは一年前の占領軍二・一スト中止命令により、肝に銘じて解つてゐるはずだ。してみれば、そのアメリカの求める範囲内での一変化に過ぎない。手取り早く言へば、「インテリゲンチャ」も民衆も本当に何が欲しいか解らず、ただ何も彼もアメリカの指図を待つてゐただけではないのか。

それを荒氏から、かうまともに切り出されて、私は困つてしまひ、それを受けて、一番最後に言ひたい結論を一番最初に言はせられてしまつた、即ち「平和革命を口にする人の大部分は無考へなオプティミストか、さもなければ警戒すべき政治家か、そのいづれかであるとぼくは考へます」と言ひ、言外にさういふ連中は、「愛される共産党」などと野坂参三に飴玉をしやぶらされる手合ひだらうといふ意味をこめたつもりだつたが、埴谷氏に、「さうだらうか。それは大問題だと思ふね」と真顔で訊かれ、さすがに返答に窮してしまひ、後は二言、三言、相手に合せて好い加減なことを喋つただけで、つひにこの座談会から降りてしまつた。ただ次のことは私の本音である、「ぼくは他人の底意を探るのにこの頃少々厭気がさしてゐるのですけれども、やはり本心では暴力革命を欲しながら、なんらかの支障のゆゑに平和革命といふやうなことで偽装してゐるといふやうなことがあるのではないかと疑つてゐるからです。」今なら彼等もそんなことは百も承知だつたと言ふだらうが、当時は誰も気附かなかつたのだらうか。彼等の言ふ「平和革命」とは占領軍によつて「平和のうちに配給された革命」のことであり、それが「愛される共産党」にとつては一種の偽装に過ぎず、その意識的な偽装に名を借りてゐるうちに、占領軍政下においてはやがて一種の無意識的な自己欺瞞にならざるを得なかつたと言つた方が当つてゐはしないだらうか。

果せるかな、昭和二十五年一月、ソ聯コミンフォルム機関紙は「日本共産党がアメリカ帝国主義の従属下にありながら、その事実を糊塗し平和革命の可能性を唱へてゐるのは、日本の民衆を欺くものである」と完膚なきまで批判した。それに続いて、同じ一月、中国共産党の「人民日報」に、「野坂理論の誤りを正すやうに切望する」といふ記事が出るに及んで、日本共産党の中央委員会においては、コミンフォルムの批判を受容れようとする志賀義雄、宮本顕治たちと、主流派の野坂参三、徳田球一等との抗争が激化したが、それも忽ち三日間で志賀、宮本たちの勝利に帰し、コミンフォルムの批判から僅か二週間しか経たぬのに、日本共産党は完全にソ聯に屈服したのである。しかも、それ以後、事毎にアメリカ占領軍の施策や行動に対し、反対行動を取り暴力革命への道を辿り始めた。マッカーサーがこれを黙認してゐるわけがない、同年六月、党中央委員二十四人と「アカハタ」編集部員すべてを追放し、更に官、民のなかから一万二千人の共産党員とその同調者をレッド・パージ（赤狩り）に処した。その結果、党員の幹部は地下に潜り、地上の組織と連絡を取りながら指導に当つたのである。

　私の「二つの世界のアイロニー」はこの事実を受けて書かれ、同年の「人間」三月号に発表されたものであるが、その「アイロニー」とは何を意味するのか。私はそれに芝居で使はれる「トラジック・アイロニー」（悲劇的皮肉）の意を託してゐたのである。それはある人物には何の疑ひもなしにAの意味で用ゐられてゐる言葉が、他の人物にはその真意が非Aであると解つてゐるやうな場合を指す。少々激しい言ひ方をすれば、「相手を突き刺した劒（つるぎ）がわれとわが身を突き刺す」と言へば、解つて戴けようか。もつともこの場合、何もそれほど大袈裟に解することはない、ただ単にソ聯を「最大の身方」だと信じてゐた者の目には、それが「最強の敵」となる、丁度、覚書一の最後に述べたやうにアメリカが「最強の敵」であるにもかかはらず「最大の身方」だと思込んだ二・一ストの場合のやうなものにほかならない。要するに、アメリカやソ聯はわが日本にとつては、西欧にとつてと同様、いや、それ以上に、地政学的にも、軍事的にも彌（いや）がうへにも慎重に対処せねばならぬ相手なのである。一般的にいへば、そのいづれに対しても、日本を「発展途上国」視して、劣等感を感じる必要は全くないが、かといつて、今日のやうに「経済大国」の美酒に酔ふことも危険である。その点、わが日本はいつまでも鎖国時代の陋習から脱け切れず、ミリタリスティック・ナショナリズムから脱皮したかと思へば、今度は急速にエコノミック・ナショナリズムに落込みかねない。

もう一二、共産党のことで言つておきたいことがある、といつて何もさう共産党にこだはつてゐるわけではないが、私には訳が解らないことがあるのだ、もう少し我慢して聴いていただきたい。私が知つてゐた唯一人の日本共産党員は数年前に死んだ西沢富夫である。年齢は私と同じくらゐであつたらうか、あのやうに寡黙で、無欲、温厚な人物は、共産党のみならず他の如何なる集団においても、さほど頭角を現すとは思へなかつたが、死んだ時は日本共産党中央委員会の、確かナンバー・ファイヴ位になつてゐた、その西沢が昭和二十四年に大磯の私の家を訪ねてくれたことがある。前巻の覚書一で「二宮の友人の家に間借りしてゐた」と書いた、その友人の山本憲吾が連れて来たのだ。その山本も西沢と前後して死んだが、彼こそ「乱世の英雄」で、あの戦中戦後の物の無い時代に、欲しいと言へば、肉であれ、バタであれ、はたまた共産党員であれ、立ちどころに持つて来るといふ人物であつた。もちろん党員でも何でもないが、そんな一風変つた男であつたから、共産党の西沢と「反共」の私とを、どこか話の合ふところがあると思つたのだらう。

ところで、問題の西沢だが、彼は日清、日露、両戦争までは、日本の立場を全面的に肯定してゐた。だが、その時の西沢の話を誠実な個人の言として聴いてよいものなのか、それとも共産党員として一人でも多くの同調者を獲得しようとするため対外的に示す仮面なのか、その辺のことが如何に誠実さうに見えた西沢の場合でも解らない。たとへどれほど親しく附き合つても、そこまでは理解出来ないだらう。スターリンは日本と戦つて再び旅順を手に入れた時、「これで日露戦争の復讐が出来た」と叫んださうだが、だからといつて昭和二十四五年に日本共産党員がスターリンと同じことを、党員以外のすべての日本人に話す自由があつたといふことにはならない。今自分が考へてゐることと、それより大きな集団である党の考へてゐることと、詰り、個人的自我としての誠実と、規律ある集団的自我としての誠実と、その両者の間に別がないといふ点で日本共産党ほどはつきりしてゐる組織は他になからう。個人的自我を無条件に全否定して、少しも良心の呵責を感じない組織は、ナチスは別として戦争中の日本はもちろん、他の何処にもあり得なかつたらう。（ロレンス著福田恆存訳の中公文庫『現代人は愛しうるか』第二十三章参照）

その個人の意見、思想を放棄できさへすれば、これほど楽な職業はない。今では共産党の議員諸氏にも、合法政党の一員として議員会館の一室が与へられ、極上の背広を颯爽と著こなし、新幹線のグリーン車には只で乗込み、自動車で駆け回つてゐる。誰が見ても無産階級の代表者とは考へられない。日本共産党は前衛政党であることを止め、体制によつて身分を保証され生活を保護された体制内の反体制集団、国家によつて身の安全を保証された国家内の反国家組織になつてしまつた。本家のソ聯共産党はもはや反体制でも反国家でもなく堂々たる巨軀を持つた立派な体制であるが、それならそれで、また訳の解らぬことがある、十月革命以来七十年も経つのに未だに市民がパンを買ふのに行列して順番を待つたり、国内旅行もさう自由にできなかつたりといふのはどういふわけだらう。七十年といへば、殆ど人一人の一生に相当するではないか。今は恰もソ聯といふ巨大な集団的自我が、無限の階段を一段一段登つて行く過程にほかならないといふかも知れぬが、民衆の一人一人の個人的自我がその一つ一つの階段に過ぎないといふことの諒解を、誰がいつどこで取附けたのか。まさか「おぎやあ」と生れたばかりの言葉も解らぬ赤子に向つて、「お前の一生は単なる階段に過ぎぬが、それでよいか」と、一々承諾の返事を受取つて来たわけでもあるまい。もちろんソ聯に較べれば日本の共産党は体制下の反体制といふ無責任政党であり、本山のソ聯共産党もこれに何の期待も持たぬとすれば、これほど後生楽な身分はどこにもない、ただそれには自分の考へを捨て、党の意に添ひ、その思ひのままになつてゐさへすれば、それでいいのだ。

この辺で話を自分の身の廻りのことに転じよう。昭和五年の世界恐慌のため、私の父は折角、東電南部営業所の営業係長にまで「出世」したのに、つひにその地位を失つた。その後は退職金で株などに手を出したが、いづれも失敗に帰し、おもに近所の子供を相手に、安本春湖翁に習つた書道をもつて家族を養つてゐた。それが昭和十七年、私の中国旅行中、脳血栓で倒れたのである。しかし、極く軽度のもので済み、一寸、寝ただけで、右手は何の不自由もなく、私が中国から帰つて来た時には、前と同じやうに書道を教へてゐた。たまたま北京で土産に竹の杖を買つて来たのが役に立つて喜ばれた。その後も母が附添つて、その杖を頼りに洗足その他に出張教授に出掛けてゐた。だが、錦町の家を鉄道局に売り、麹町へ移つて、自分の仕事が何もなくなつてからといふもの、おそらく父は自分の存在理由を失つてしまつたのだらう、毎日、することもなく、ただ茫々と日を送つてゐるだけだつた。東山口村に疎開してからはなほのこと、月に一度か二度しか会ふことのなかつた私の目には、父の影はますます薄いものになつてしまつた。

大磯へ来て一緒になつて、一年半ばかりすると、父に二度目の発作が起つた。たまたま私にとつては初めての本が、その頃、中央公論社の理事で出版局長をしてゐた林達夫氏の慫慂によつて世に出ることになり、書名も「作家の態度」と決つてゐた。ただもつと早く出してくれさへしたら、それを父に見せられたのだが、その当時中央公論社の内部に揉めごとがあり、だいぶ出版が遅れてしまつたのだ。もつとも、それが多少早く出たところで、父にそれが理解できたかどうか。父を看取りながら、その本の検印を捺してゐる私に、「なにしてゐる」と痰が喉にからんだやうな声で父が言つた、舌も縺れてゐてよく聴きとれない、とにかく私にはさう聞えた。検印の説明をしたところで、今の父には解りはしない。しかし、好い加減な答へはできず、これが私にとつて初めての本であることを言ひ、本を出すには検印といふものが要ることを話した。父は目をつぶつたまま二度ばかり頷いた。だが、それで解つてくれたのかどうか、確めやうもなかつた。かうして父は一週間ばかりして死んだ。本の奥付を見ると、昭和二十二年九月十五日発行となつてゐる。父が死んだのはそれに先立つほぼ一箇月半前の七月二十六日であつた。私はこれを機会に墓地を東京の多磨霊園から大磯の妙大寺に移すことにした。やはり命日や何や彼やと、足繁く行けると思つたからだ。実際に移したのは昭和二十八年の春だが、いざ移してみると、さほど始終は行かない、いつでも行けると思ふからである。今は父母と、幼くして死んだ弟の骨が納めてある。

父を亡くした翌二十三年一月には次男が生れてゐる。したがつて、山の家へ移つて来た時と全く同じ七人で、その年の末に山を降り、父の死を看取つてくれた医師杉田六朗氏の持ち家を向う七年の期限つきではあつたが、一軒丸ごと借りることが出来た。大磯駅から東海道線沿ひに十分ばかり歩き、左にはひつたところである。筋向ひには、島崎藤村の別邸がそのまま残つてをり、藤村はここで最後の大作「東方の門」に著手したが、「中央公論」誌上に第三章の中途まで発表したまま、昭和十八年夏、不帰の客となつた。今はその墓が大磯の駅の近くにある地福寺の境内に静子夫人の墓と並び、四本の梅の大木に蔽はれて建つてゐる。家の方は現在もなほ島崎家のものである。

当時劇作家の高田保が既に大磯に疎開して来てをり、昭和二十四年、私より少し遅れて、この藤村の家を借りて移り住むことになつた。その頃氏は東京日日新聞（毎日新聞社発行）に随筆「ブラリひようたん」を毎日連載し、その機智と飄逸とで多くの愛読者をもつてゐた。昭和二十五年、私の初めての芝居「キティ颱風」が上演されたときにも、胸の病ひを押して見に来てくれ、先輩劇作家として何かと注意してくれた。亡つたのは昭和二十七年二月であるが、氏はまた書画もよくし、五十九年の三十三回忌には遺族から写生帖の複製を頂戴した。人情家でもあつた氏の人柄を慕ふ若い人たちの案で、駅の後ろの坂田山に高田公園が設立されてゐる。そこに立つてゐる碑面には「海のいろは日ざしで変る」といふ自筆の詩の一節が認められてゐるが、それをそのまま写した記念の角皿を、三十年たつた今も大事に使つてゐる。

ところで、私の仕事だが、今、振返つてみると、この時期ほどいろいろ手を拡げたことは無いやうに思はれる、全く「八面六臂」の働きぶりだつた。まづこの巻の仕事のほかに、昭和二十四年には小説「ホレイショー日記」を書いてゐる。これは大岡昇平が「複眼の小説」と褒めてくれた。前に「芸術とはなにか」を中村光夫に褒められ、今度は大岡昇平の褒め言葉を持出すとは、仲間褒めもいいところではないかと言はれさうだが、二人とも仲間だからといつてさう易々人を褒める人柄ではない、両氏の名誉のために断つておく。その前年の二十三年には戯曲「最後の切札」を書き、椎名麟三、船山馨の二人が編輯する雑誌「次元」に一挙百五十枚を掲載し、第四号五十六頁をまるまるこの作品一つで埋めてくれたのを覚えてゐる。改めて今は共に亡き二人の霊にお礼を申上げる。花田清輝も日本のピランデルロが出現したとばかり、一応絶讃してはくれたものの、褒めるにせよ腐すにせよ、彼の場合、つねに「天下の政情」を観察し、「マクベス」の妖婆のやうな、右と左のどつちへ転んでもいいやうな曖昧な「逆説的表現」を用ゐるので、うつかり喜ばうものなら後ですとんと落され、とかく私の様な一本気の人間はいたづらに面食はされるのが落ちだ、用心するに越したことはない、さうは言ひながらも、彼は根は心の優しい人だつたと思つてゐる。

話をふたたび「最後の切札」に戻すが、意外なことにそれを読んでひどく感心してくれたのが、戦争中「行軍」といふ長篇小説を書いて文学報国会賞を貰つた豊田三郎である。文学報国会賞を貰つたといつても、「文学をもつて祖国に報ずる」といふ便乗的な小説ではなく、如何にも彼の人柄がよく出てゐる温厚な作品で、私もそれは高く評価してゐる。その豊田三郎が私の知らぬ間に文潮社といふ出版社から単行本として出版するやう労を取つてくれたのである。これは大層ありがたいことで、戯曲を一冊の本にするといふのは、今ももちろんさうだが、その頃でも他にあまり例のないことであり、彼の好意には深く感謝してゐる。昭和二十五年には「堅塁奪取」と「キティ颱風」といふ二つの戯曲を、昭和二十六年にはワイルドの短篇小説「カンタヴィル館の幽霊」を日本に翻案して少年少女向きに「幽霊やしき」といふ戯曲を、そして昭和二十七年には同じく戯曲「龍を撫でた男」を書き、これで初めて賞といふものを貰つた、第四回読売文学賞である。もつとも戯曲を書いたといふことは、手を拡げたといふより、高校時代に一時期戯曲を書いた生地が出ただけで、ただ元に戻つたといふべきかも知れない。

しかも昭和二十八年三月から七月まで、新大阪新聞、新潟日報、北国新聞の三社聯合に「謎の女」（原題「由香子の秘密」）といふ後にも先にもたつた一度の新聞小説を連載してゐる。その年の九月にはロックフェラー財団の招きで一箇年間の海外旅行に出るはずになつてゐたので、その間の家族の生活費の足しにしようと頑張つたのだ。が、実は呑気なもので、その連載小説を女主人公が鳴門の渦に巻きこまれて死ぬことで終りにしようと思ひ、私の方で誘つたのか、中村光夫の方で誘つたのか、その辺のことはよく覚えてゐないのだが、二人でその年の五月に鳴門の渦を見に出掛けた。洲本の天野亮氏の家に泊めてもらひ、翌日は瀬戸内海の東端を遊覧船で突切つて、四国に渡り、屋島、金刀比羅宮と遊び廻つてゐる。生れて始めての新聞小説といふのに、その連載中に旅行するとは、いま考へると全く「大胆不敵」な真似をしたものだ。

ここで岸田國士氏のことを言つておく必要がある。岸田氏は劇作家であり、小説家であり、同時に文明批評家でもあつた。戦争中、無理やり人々に推されて大政翼賛会の文化部長の役を引受け、それが仇になり、戦後は暫く公職追放になつてゐたのである。私は既に戦争中から「形成」の編輯者として、少くとも二三度は会つてゐたが、それだけの縁が頼りで、「キティ颱風」を読んでもらはうと思ひ、東京の谷中初音町に岸田氏を訪ねてゐる。氏はたまたま不在だつたので、勝手な話だが、なんとなく気がせき、その原稿に手紙を書きそへて帰つて来た。それから二三日後、岸田氏から葉書が届き、面白いので直ぐ読み終つた、「人間」にでも推薦したいから来るやうにと、ただそれだけの簡単なものだつたが、私は大層嬉しかつた。

さうかうするうちに岸田氏を中心として生れたのが「雲の会」である。言ふまでもなく、アリストパネスの「雲」から取つたものであり、命名者は中村光夫である。これが一時文壇を賑はした。昭和二十五年のことである。今になつてみると、当時の会員中、既に半数が故人となつてをり、「雲の会」そのものも、二十九年三月、私の海外旅行中、岸田國士の死とともに終りを告げた。左に当時の会員氏名を掲げておく。（○印は実行委員）

芥川比呂志	阿部　知二	伊賀山昌三	石川　淳	市原　豊太
井伏　鱒二	臼井　吉見	内村　直也	梅田　晴夫	大岡　昇平
加藤　周一	○加藤　道夫	河上徹太郎	川口　一郎	河盛　好蔵

○岸田　國士　木下　恵介　○木下　順二　倉橋　健　○小林　秀雄
小山　祐士　今　日出海　坂口　安吾　阪中　正夫　佐藤　敬
佐藤　美子　清水　崑　○神西　清　○菅原　卓　杉村　春子
杉山　誠　鈴木　力衛　○千田　是也　高見澤潤子　高見　順
武田　泰淳　田中　澄江　田中千禾夫　田村　秋子　戸板　康二
永井　龍男　長岡　輝子　中島　健蔵　中田　耕治　中野　好夫
中村真一郎　○中村　光夫　野上　彰　原　千代海　久坂栄二郎
○福田　恆存　堀江　史朗　前田　純敬　○三島由紀夫　宮崎　嶺雄
三好　達治　矢代　静一　山本　健吉　山本　修二　吉田　健一

この「雲の会」は最初から巧くゆかなかつた。岸田國士は文壇の人であるにもかかはらず、文壇の常識を無視してかかつた、たとへば、昭和十二年に岩田豊雄（獅子文六）、久保田万太郎とともに文学座を作り、三幹事の一人だつたのに、他の二人を誘はなかつたことなどその一例である。だが、それが小林秀雄の怒りを招き、ある日、何人かが岸田宅に集つた時、下働きの私に向つて、小林氏はその非を難詰した。それでも岸田氏の心は動かず、話はそれなりになつてしまつた。小林氏の怒りでも、どうにもならないものを、この私にどうしようもなかつた。もともと岸田氏が「雲の会」に期待したことは、甚だ単純明快で、戦後に芝居を書き始めた人、これから芝居を書きさうな人を中心にして、彼等の仕事に興味を持つ人との接触を考へてゐたらしい。新潮日本文学小辞典の「岸田國士」の項は私が書いた、その私が「雲の会」を「文学立体化運動」と呼んでゐるが、実はそれをどう解釈してよいのか解らない、解らないうちに新聞などで使はれ始めたのである。言ひ出したのは神西清であるが、それが何を意味するのか誰にもはつきり解らぬうちに、言葉の方で一人歩きしてしまふといふ現象がよくあるものだ。それにはあまりよく意味が摑めず、したがつて反対する理由もあまりないといふ条件が必要であるらしい。

昭和二十六年二月に出た「雲の会」第一号に岸田氏自身もかう書いてゐる。

> この集りの目的を、ある一人は〈文学の立体化〉といふ言葉で説明しようとしたが、これはもつと詳しい註釈をつけないといろいろに受取られさうな表現で、公けに使ふつもりはなかつたが、ともかく、さういふ看板を外からかけられてしまつたかたちである。別に否定する必要もないから、いづれ、仕事が進むに従つて、その真意が明かになるのを待つことにしよう。（傍点福田）

小説が絵画的、平面的であるのに対して、戯曲は彫刻的、立体的なものには違ひない、さう言へば、確かにさう言へる。だが、岸田氏にしてみれば、「文学の立体化」といふ

「看板を外からかけられ、」ただそれを「否定する必要もないから」黙認してゐただけで、氏の考へはもつと手近かなもので、作る側より観る側にあつたのだ。しかし、それがかへつて日本の文学の実情からすれば大変に困難なことのやうに思はれる。「雲の会」第一号からもう少し引用してみよう。

　かりに私といふ一人の人間が、例へば、小説家にも詩人にも、美術家にも、音楽家にも、友人があり、それらの友人としばしば顔を合せてゐるとする。しかし、私は、それらの友人の誰一人にも、自分の書いた戯曲の上演を観てもらはうと思つたことはなく、また自発的に観に來てくれさうな友人はほとんどゐないといふのが事実である。

　これはどういふことかといふと、私のさういふ友人たちは、そろひもそろつて、「芝居を観ない」のが普通のことになつてゐるからで、われわれもまた、さういふ人々にも観せられる芝居をやらうと心掛けてゐないからである。

　ところが、一方では、さういふ人々に興味がありさうな芝居は、現在の観客層なるものには、とつつきにくいものではないかといふ、おそれを抱いてゐる向きもある。これもあながち無理とはいへないけれども、長い眼でみると、そもそも、演劇の新しい芽は、さういふ雰囲気のなかからは決して生れない。

　そんなら、どうすればいいかといふと、なんでもいいから、さういふ連中を、無理にでも劇場に誘ひ出して、彼等もまた、芝居にとつて無縁な存在ではなく、気が向けば舞台をそれぞれの立場で利用し、演劇創造の喜びを味つてみようといふ興味と希望とを抱かしめるほかに手はないのである。

私のみるところ、彼等の芝居に対する「気むづかしさ」は、決して、演劇関係者がひそかに信じてゐるやうな点にあるのではない。なるほど、そのなかには、演劇そのものを軽蔑し、或は、毛嫌ひしてゐる君子もなくはないが、多くは、現在の日本には、退屈な芝居しかないとタカをくるか、または、時間をつぶして観に行くほどの楽しい空気がどこの劇場にもないといふことを知つてゐるからである。

要するに、芝居の嫌ひな人にもたまには劇場へ来てもらはうと、ただそれだけの夢と希望を述べたに過ぎない、たとへば、岸田氏が育てた「劇作」派の人達は、善い意味でも悪い意味でも芝居のなかから出て来た人達である、が、戦後に戯曲を書き始めた人達は小説家であり批評家であつて、自ら芝居のなかへ這入つて来た連中である。岸田氏はその両者がまづ劇場の中で出遭つてくれればいい、さう考へてゐたのではないか。それは難しい、実に難しいことなのだ。あれから三十五年経つてゐるが、事態は好転するどころか、ますます悪化してゐる。要するに芝居は芝居、小説は小説といふふうに互ひに孤立してゐて、皆が顔をあはせる「サロン」といふものがないのだ。理由は簡単なことだ、日本の近代文学は「小説神髄」から始つてゐる、その前に劇の時代といふものを持たなかつた。劇の時代といへば歌舞伎があるが、それに繋るものとして、今日の新劇を考へることは出来ないであらう、理想主義者岸田國士の夢はつひに雲のかなたに留り、この地上にまでは降りて来ることがなかつた。が、その意味では、小説の世界も戦前に較べると「サロン」がなくなり、岸田氏と同じ歎きを持つ編輯者（プロデューサー）が生れつつあるのではないか。論壇もまた同様である。ここまで来れば、文学「立体化運動」の意味も始めてそれと思ひ当る人がゐるかも知れない。畢竟、それは近代を出来るかぎり最短距離で突走つて来た日本の宿命でもあらう。

先に述べた「八面六臂」の活躍のなかには翻訳も入る。ロレンスの「恋する女たち」、エリオットの「カクテル・パーティ」、「一族再会」、「寺院の殺人」、ヘミングウェイの「老人と海」など、いづれもこの時期のものである。翻訳をやつた以上、誤訳もやつた、が、拙訳は一度もやらなかつた。翻訳は手間と時間の掛け方次第で誤訳も防げる。私は不思議に思ふのだが、小説、戯曲はもちろん評論の場合でも、善かれ悪しかれ、それぞれ異つた文体といふものがあるのに、翻訳に限つて、なぜ誰の文章も一様の「翻訳文体」になつてしまふのだらう。近頃、殊にその傾向が著しい、それは到底、文体といへる代物ではない。だが、誤訳の指摘はするが、拙訳は殆ど問題にされない。居直るわけではないが、

「恋する女たち」など、あれほどの誤訳を含みながら、あれほどの名訳は二度と現れないであらう。そのうち手を入れて少しでも誤訳を少くしようと思つてゐるうち、絶版になつてしまつた。

「老人と海」の翻訳では、これはやさしいと思つたのが、そもそもの間違ひで、ずいぶん失敗を重ねた。そのなかでも滑稽なのは、たとへばドルフィンである。これは頭から「海豚（いるか）」だと思込み、さう訳してしまつた。この作品には「海豚」も出ては来るが、老人が釣つて腹のたしにするのは、ドルフィンはドルフィンでも「鱰（しいら）」の方で、これは同じ大磯に住んでゐた釣りの名人永田一脩氏に注意されて直した、鱰なら私も口にしたことがあると家内は言ふ。魚の名前ではずいぶん間違ひを犯したが、魚博士の末広恭雄氏に一々教へを乞うて訂正した。また野球の話でアメリカン・リーグと出て来れば、御丁寧に「アメリカのリーグ」と訳す始末だ、アメリカには「アメリカン・リーグ」と「ナショナル・リーグ」との二つがあることを知らなかつたのである。そのほか色々の間違ひを指摘され、手直ししたものが、今は新潮文庫に収つてゐる。

ところで、問題はチャタレイ裁判のことだ。昭和二十五年九月、ロレンスの小説「チャタレイ夫人の恋人」の訳者、伊藤整とその版元の小山久二郎の両氏が東京地裁に告訴されたのである。理由は「チャタレイ夫人の恋人」に出て来る十二箇処の訳文が、検察官の目を殊のほか刺戟し、「羞恥嫌悪」の情を催させたことにあるといふ。その頃の私は覚醒剤ヒロポンと睡眠薬ブロバリンを交互に飲んで、夜昼が他人様と正反対の生活を続けてゐたが、そんなことはお構ひなし、大学の卒業論文がロレンスだつたと聞いて、文藝家協会ではその専門家だと勘違ひしたらしい、チャタレイ裁判の特別弁護人をやれと言つて来た。もう一人の特別弁護人は中島健蔵氏に決つてゐた、もちろんロレンスの専門家ではない、ただ彼は戦前に東大仏文科の講師をしてゐた頃、モーパッサンの「水の上」を教へてゐて、その演習に気楽な気持で出席してゐた私にまで恰もフランス語が読めるやうな錯覚を懐かしめる名人だつた。文藝家協会の役員でもあり、気の置けない陽気な人柄を買はれたのであらう。

さて、困つた、この時ばかりは「事件はいつも私のそばを素通りして行つてしまふ」などと呑気なことを言つてはゐられない、大きな鉄の塊が急坂を私の方に向つてごろごろ転つて来る、受け止めるか、身を躱すか二つに一つしかないのだ。私は中村光夫に相談した、彼は真面目さうな目で、じつと私を見つめて言ふ、「いいぢやないか、何か君の為になるかも知れないよ。」冗談ではない、そんなものが私の為になるわけがない、私が知りたかつたのは、それまでに一度も縁の無かつた裁判所が、私の自由気儘な仕事振りを許してくれるだらうか、夜なかの十二時から裁判を始めてくれるとか、伊藤整、小山久二郎の両被告が私を必要とする時に休むとか、そんな自由があるだらうか、無いに決つてゐる。

また法廷で文壇におけるやうに、冗談や皮肉や毒舌の自由が許されるはずも無い。が、それだからといつて弁護人を断り、自分の好きな仕事ばかりしてゐれば、随分わがままな男だと思はれるだらう。

　だが、私は腹を決めた。文壇も実生活もない、裁判もへつたくれもない、私は私の流儀でやればいいのだ、些事に拘泥する勿れ、それが結局、私の為になるといふことだと、さう中村氏の言葉を「曲解」して、私はつひにチャタレイ裁判の特別弁護人を引受けたのである。そんな訳で翌二十六年五月に東京地裁で第一回公判が開かれ、その翌年二十七年一月には結審、「チャタレイ夫人の恋人」は猥褻文書ではないが、誇大な広告のため、猥褻文書の如きものとなつたといふ判決を受け、伊藤被告は無罪、小山被告は罰金といふことになつた。だが、私の役割は猥褻とは何かを定義し、本書が刑法百七十五条の猥褻文書ではないことを証明することにあり、裁判官はそれを認めてくれたのである。その最終弁論がこの巻の「ロレンスⅢ」に当る、それを読んで下されば充分おわかりいただけよう。しかし、弁護人としてはそんな顔をしてはゐられない、正義派小山久二郎氏は「誇大な広告」のかどで独り有罪となり、その判決を不当と見なしてゐたからである。当然、被告側は控訴し、二十七年十二月、東京高裁判決では伊藤、小山、両氏とも有罪、罰金、昭和三十二年、最高裁では上告棄却、第二審どほりとなつた。もし第一審で相馬裁判長の判決に従ひ、こちら側が控訴を抑へて後に退いておきさへすれば、大して金もかからず、小山書店も倒産せずに済んだであらう。だが、誰もそんなことは噯にも出さなかつた。

第一回の公判後、被告たち初め私たち弁護人は上智大学の隣りの料亭福田家で会食しながら、早くも楽しげに「勝訴祝ひ」の盃を傾けてゐたのである。今になつて当時を顧みると、わが身をも含めて苦々しいことばかりが思ひ出される。確かに中込検察官側に立つた証人の口からは「性行為は子孫保存のために行ふ厳粛なる行為である」などと、まるで動機と結果とを混同した愚にもつかない証言を何度も聞かされてきたが、何より私を苛立たせたのは、われわれ弁護人の総大将正木昊氏である。彼は弁護側の総指揮官として名を売り、勝たうと敗けようと、なるべく裁判を長びかせることが目的だつたのではないか、彼にはそれだけ被告の経済状態が悪くなるのは、誰よりよく見えてゐた筈だ。唯一人、小林秀雄は私に会ふたびに、くどいほど「この裁判、敗けるよ、」と言つてゐた。当の私は正木弁護士には腹をたててゐたので、一二度、仲間の被告や弁護人にその言葉を笑ひ話のやうにして伝へ、彼等もそれを笑ひ話のうちに受取つてゐた。

だが、それが本当になつた、そこまではいいとしてこの裁判が最高裁において両被告ともに有罪と決つた後に、既に弁護士に転業してゐた検察官中込阩尚氏は、私の父方の筋交ひ従妹の縁を頼りに、遠路はるばる大磯まで私を訪ねて来て、どこか「御存じの出版社に顧問弁護士の口はないだらうか」と少しも照れずに就職の世話をしろと言ふのである。東京地裁で互ひに渡り合つてゐた頃には従妹との縁は全く知らなかつた私なので、ただただ唖然として相手の顔を眺めるほかはなかつた。彼は気の小さな男で、恐らく東京地裁におけるわれわれ弁護人の勝手放題な言ひ分を面(おもて)を紅めながら聴いてゐるうちに、「これは出版社の顧問弁護士になるに限る」と腹を決めたのであらう。さう考へれば、世間には正木氏ほどの「悪(わる)」もゐるが、この検事ほどの「人の好い」破廉恥漢もゐる、といふ訳で、すべて中村氏の言ふ通り、この裁判、確かに私の為にはなつた。そればかりではない、話はすべて相手の誰にも通じるやうにせねばならないといふことが解つたのも、大体昭和二十六七年以降のことである。もしさうでない文章があつたとしても、それは話そのものが相手に通じにくい場合だけであらう。

終戦前、私が一年ばかり籍を置いた太平洋協会アメリカ研究室の主幹であり、その前は遠く離れてアメリカ国会図書館の東洋部長をしてゐた坂西志保女史が、私より少し遅れて大磯へ引越して来た。当時はＧＨＱに勤めてゐて、マッカーサーとも親しかつたが、その坂西さんが突然私に向つて一年ばかりアメリカへ行つて来ないかと言ひ出したのである。あれは確か昭和二十七年頃のことだつたと思ふ、なんでもロックフェラー財団がクリエイティヴ・フェローシップといふ制度を設け、財団の人文科学部長をしてゐるファーズ博士といふのが近いうちに来るから、よく話を聴いてみろといふ。外国に行けるのはありがたいが、若いうちならともかく、四十過ぎてアメリカン・ウェイ・オブ・リヴィングを一年がかりで勉強するといふのは、考へただけでも遣り切れない思ひがする。クリエイティヴといふからには、勉強の仕方も自分でクリエイトしていいはずだ、それに金をくれるとはいふけれど留守家族はどうするつもりだらう、大学教授だつたら、一年留守しても月給はちやんと出るが、原稿で飯を食つてゐる人間は出征兵士も同然だ、家族の面倒は見られない、そのほかにも、いや、とにかく坂西さんの言ふ通り先づファーズ博士に会つてみることにしよう、かうしてその後、私はファーズ氏にニ三度、帝国ホテルのロビーで会つてゐる。そのうちやうやく私の肚は決つた、チャタレイ裁判と同じやうに、私は私の流儀でやればいい、必ずさうやつて見せると、およその見当もつけた、出たとこ勝負でやるに限る、幸ひ坂西氏もファーズ氏も、気のおけない好い人だつた。

私の出発までには、次は大岡昇平、中村光夫と順が決つてゐた。鉢木会から三名が「洋行」するといふことにかこつけて、二十八年の例の鳴門の渦を見に行つた同じ五月には鉢木会を伊豆の大島で催し、たまたま大岡が幹事役を買つて出た、あるいはその月の亭主役だつたのかも知れない。さうだ、鉢木会の説明を忘れてゐたが、これは言ふまでもなく、謡曲「鉢木」を洒落て附けた名前で、戦後、あまり物のない昭和二十二年に始り、今なほ細々と続いてゐる。その月の当番を引受けた亭主は佐野源左衛門常世を気取つて、食物は精々「粟の飯」、煖を取るのは秘蔵の盆栽と思ひ定め、家人に命じ出来る限りの手料理を作らせ客人を手厚く持てなすことになつてゐた。「鉢木」の名は中村光夫と吉田健一の笑ひ話からこぼれ落ちたのである。大島旅行には鉢木会の全員が集つた、右の二人のほか亭主役の大岡昇平、吉川逸治、神西清、三島由紀夫、それにこの私と都合七人である。そのうち神西、三島、吉田と既に三人がゐない。大岡は健在だが、なぜか脱けてしまひ、今では吉川、中村、私と三人だけが残された。吉田が死んでからといふもの、月に一度はおろか、何年かに一度の集ひになつてしまつた。

ロックフェラー財団から往路は船にするか飛行機にするかと訊かれ、私は大きな船でゆつくり外国へ行くやうなことは、これで二度となからうと思つたので船を選んだ。それに船なら、出発前に渡すはずで、つひに間に合はなかつたエリオットの「一族再会」「寺院の殺人」の翻訳が出来ると思つたのだ。が、これは見事に計算が狂つてしまつた。四万噸級の「豪華客船」クリーヴランド号の旅は快適だつた。幸ひに私の部屋には私一人しか客はゐなかつた、一日中でも自由に仕事は出来る、それがつひに出来なかつたのだ。をかしなことに海上は風ひとつ立たず、油を流したやうに波のない日の連続なのに、いざ机に向つて本を拡げ、その左脇に英和辞書を置き、手前の原稿用紙の升目に一つ一つ文字を埋めて行くといふ簡単な作業を十分か二十分も続けてゐると、気持悪くといはうか、それとも気持良くといはうか、自然に目が廻つて来るのだ。「これはいかん」と思つて、軽くふらつく足で机を離れ甲板に出て行くと、もう何といふこともない、海面を覗き込まうが、水を切る船足をじつと眺めてゐようが、目は少しも廻らない、再び机に戻つて仕事を続け、十分もすると、またもや気持が、今度は「良くなる」とはつきり言へる、阿片は大袈裟だが、煙草の飲み初めが正にこれだ。そんなことを二三度続けるうちに、肝腎の頭がいつものやうに働かず、つひに諦めてしまつた。しかし、それもニュー・ヨークのアパートに落ちついて二箇月ばかりで仕上げ、日本に送つた。「寺院の殺人」の方はレコードが出てゐて、オールド・ヴィックの何とやらいふ、バスの深い声をした役者が主役のキャンタベリー大司教ベケットをやつてをり、その声の滅張（めりはり）が翻訳してゐて大層役立つたことを覚えてゐる。今、気が附いたのだが、目が廻つたのは乗船して直ぐ船の医務室で睡眠剤を貰ひ、それを常用してゐたせゐかも知れない。

最後に、評論「近代の宿命」、小説「ホレイショー日記」、喜劇「解つてたまるか！」の中にそれぞれ相通ずる箇所があるので、それを言つておかう。「ホレイショー日記」と「解つてたまるか！」は、いづれこの全集の第八巻に収まることになつてゐるので、詳しくはそれを読んでいただきたい。まづ「近代の宿命」だが、それにはかうある。

かれはただ自然に対し、自然と二人きりで存在する――いふまでもなく人間もその自然物のひとつとして。にもかかはらず、そこには神を見失つた十九世紀の不安などいささかもみとめられぬ。と同時に、かれの寂寥は社会に対する十八世紀の楽天的な信頼を冷たく拒絶する。

これは天才レオナルドの自画像に対する私の感懐を述べたものだが、実際のレオナルドもその自画像も全くそんなものとは無縁だと言はれても困る。それは何もレオナルドでなくともよい、天才の自画像でなくとも一向差支へない。人間もその無機的な自然物のひとつとして、自然と二人きりで存在したい、さういふ念願をその絵のうちに感じとつたことが問題なので、それなら多少を問はず、誰のうちにもあるものでなからうか。が、俺にはないといふ読者がゐると困るので、ここは一応誰の心の底にもあるものと仮定しておいていただかう。それなら「近代の宿命」から二年後に書いた小説「ホレイショー日記」の終り近くにある次の一文もそのまま納得いただけよう、少し長くなるが、左に引用しておく。

けふ、わたしはシェーラと午後から郊外に散歩に出かけた。小高い丘の中腹に日溜りがあつて、そこにはベンチが据ゑてあり、遠く斜め右の方にアイルランド海が見はらせる。わたしたちはベンチに腰をおろし、サンドウィッチを食べ、お茶をのんだ。ふと麓の方に眼をやると、そこにはグラウンドがあつて、青年たちがフットボールをやつてゐた。あたりは静かで風もなく、はだかになつた枯枝の間の空気はあくまで澄んでゐる。

わたしたちは水平線の方にぼんやり眼を遊ばせてゐた。

――わたしとシェーラとはかうしてなにごともなく一緒に暮してゆくだらう。そしてどちらかが先に死に、残された一人がいつかまたここへやつてくるであらう。シェーラは――あるいはわたしは――いまとおなじやうに海を眺め、かすかな冬の日のぬくもりを肌に感じながら、けふのことを憶ひだすにちがひない。そしてふと麓の方に眼をおとすと、そこではやはりフットボールをやつてゐるかもしれない。わたしは、その時――一秒の二分の一か三分の一のごく短い瞬間――隣りにシェーラの肩さきを感じて、はつとするやうなことがないであらうか……。

あの林の枯枝のからみあひには、なにか静止のリズムとでもいつたやうなものがある。静止のリズム――わたしはこの自分の発見にいくぶん気をよくして、妻の注意をうながさうとしたが、それもものうく、外套の襟をたて、ポケットに両手を突つこんだまま、だらしなく腰をずらして、首をベンチの背にもたせかけ、弱い冬の日のなかに全身をひたしてゐた。だが、気のせゐか、シェーラは黙つてうなづいたやうにおもはれた。

わたしは首をほとんど仰むけにしたまま、伏眼に下方のグラウンドの方に眼をやつた。ひとびとは勝負に熱狂してゐた。が、おそらく声高に交してゐるであらうその叫喚も、埃を蹴たてて交錯する足の靴音も、ここまでは聞えてこない。闘志からにじみでるいきいきした熱気も体臭も全然つたはらず、数十人の四肢の入り乱れる物理的な運動が、あたかも望遠鏡を逆さにして覗き見たやうに、非人間的な印象を与へる。愛も憎しみも、悔いも嫉みも、あらゆる情念を完全に拒絶してしまつた物体のメカニズム――あゝ、いつか、さういふ世界が、この地上を、すべて覆ひつくす時がくるやうな気がする。

わたしたちは随分ながいあひだじつとしてゐた。日はかなり傾いてきた。あたりの空気が冷え冷えとしてきたのに気づき、わたしはそつとシェーラをうながして立ちあがつた。

そして、それから約二十年後に、私は喜劇「解つてたまるか！」を書き、その幕切を次の台詞(せりふ)で結んでゐる。

（立上つて）誰もゐない、人間の臭ひが少しもしない、町は死んでゐる、清潔な廃墟だ、そこへもう直き日が昇る、お日様はさぞ喜ぶだらうな、自分の放つた光の箭の中に生き物が一つも無いなんて、自然が長い間、待ち焦れてゐたのはさういふ世界なのだ……、うむ、やつと解つたぞ、俺が待ち望んでゐたのもそれだつたのだ、日の光と澄んだ空気と、そして俺だけ、さういふ世界をこの大都会の中で所有する事、さうだ、それだつたのだ、俺の求めてゐたものは……、鼠！（叫んでライフルで撃ち殺す）鼠一匹だつて許すものか！　この廃墟の中で最後まで生き残る者は、そして死ぬ前に太陽と空気を一人占めする者は、この俺なのだ、この俺なのだ！　俺一人だけが……、（ライフルを額に当て）この大都会の中で大自然を独り占めにして、人間共の造つた人間臭い町や建物を廃墟にして、生き物の一人もゐない人工品を爽かな朝日に嘗めさせてやるのだ、その為には……、その為には……。（引金を引き、息絶える）

右三作の傍点を附けたところに注意していただきたい。「近代の宿命」では、恰も神のごとく「ただ自然に対し、自然と二人きりで存在する――いふまでもなく人間もその自然物のひとつとして」といふ抽象的な原型のみが存在するだけである。それが「ホレイショー日記」では、「闘志からにじみでる熱気も体臭も全然つたはらず、数十人の四肢の入り乱れる物理的な運動」や「非人間的な印象」、あるいは「愛も憎しみも、悔いも嫉みも、あらゆる情念を完全に拒絶してしまつた物体のメカニズム」といつた形になつて現れる。そして、「いつか、さういふ世界が、この地上を、すべて覆ひつくす時が来るやうな気がする」といふ控え目な予兆は、「解つてたまるか！」の主人公においては、「人間の臭ひが少しもしない、町は死んでゐる、清潔な廃墟だ」といふやや攻撃的な台詞となり、更にそれは「自然が長い間、待ち焦れてゐたのはさういふ世界なのだ……日の光と澄んだ空気と、そして俺だけ」といふやうな嗜虐的な台詞に変つてゐる、「近代の宿命」の原型がこのやうな「悪意」に満ちたものにならうとは思ひもよらなかつた。

しかし、これほどよく似た世界なのに、もしこの全集の企画が無かつたなら、私はその相似に全く気附かなかつたらう。元来、せつかちな性格で、本が出来て来ても、それを読み直すといふことをしない。「ホレイショー日記」を書いた時も、「近代の宿命」のことなど、その書名さへ記憶の埒外にあり、「解つてたまるか！」を書く時には、「近代の宿命」も「ホレイショー日記」も、その存在すら頭になかつた。数多くの評論と、生涯に一度しか書かなかつた小説と、いや、小説は既に言つた通り「謎の女」といふ新聞小説があるが、これは論外として、その評論と小説と、それから二十年後の喜劇までが、互ひに「韻」を踏んで通じ合つてゐようとは夢にも思はなかつたのである。「解つてたまるか！」では客が実によく笑つてくれた、が、その主人公の最後の台詞の時はどうだつたか、さぞ驚いたのに違ひない、何が何だか訳が解らず、ただ呆然としてゐたのだらうが、その辺のことは今は全く覚えてゐない。しかし、どう考へても、これでは喜劇にならない。もちろん、喜劇の結末だからといつて、必ずしも笑ひで納めねばならぬといふことはないが、このままでは甚だ気味が悪い。

それはさておき、この作者も気づかなかつた三つの暗合を読者諸氏はどう考へるであらうか。何か私といふ人間の本質に関りがありさうなのだが、余りはつきり言ふと、嘘になりかねない、ただ私の好むやうに解釈するとすれば、ロレンス流にかうも言へようか――「民主主義社会の原理は収奪にある、人を制せねば、人に制せられる」と。それがまたどういふ意味か理解しかねるといふのが大方であらう、それはさうなのだが、今はこの辺で勘弁していただかう。

福田恆存全集　第三巻（覚書三）

昔、私達の先輩が海外に赴くといへば、単なる遊山ではなく、まづ日本のためであり、随つて官費によるものが大部分であつた。ところが、戦後、アメリカの財団が金を出し、日本人にアメリカの文化を学ばせようと試みた。もちろん、アメリカ側の善意によるものであり、彼らはそれが日本のためになると考へてゐたのだ。ロックフェラー財団は特にさうで、こちら側の自由を最大限に許してくれはした。それでも、何をしたいか、その目的を言はねばならず、これには大分往生した。私はなるべく向うへ行つてからの自分の行動を縛られないやうに気を附け、「一般アメリカ人の生活においてクリスト教は如何なる影響力をもつてゐるか」を知りたいと申し出た。これなら別に何もしなくてもいい、ただアメリカで暮してゐれば目的は達せられる。それと、劇作家としてなるべく多くの芝居を見たいといふこと、その程度のことを言つてみた。要するに夜は芝居を見て遊びたいといふに過ぎない。ファーズ博士はそれで満足した、私はファーズ博士が満足したことで満足した。

サン・フランシスコに着くと、一体どういふことでさうなつてゐるのか、今は全く忘れてしまつたが、私の手荷物が二つ大きな工場の出入口のやうなところに並べてあり、その大きな鞄のベルトに何か紙が挿んである。私は直観的にそれが私の名札を頼りの置手紙と察した。私はすぐさま、その紙を取つて、開いてみた、「直ぐ戻るから、待つてゐてくれ」と書いてあり、ロックフェラー財団の何某と署名してある。私の大脳コンピューターは「早く逃げろ」と合図してくれた。私は重い手荷物を抱へて直ぐその場を逃げだした。

後になつて考へてみると、これは私が悪かつた。財団では親切に人を出して寄越したのであらう。だが、私には私なりの都合がある、二十日ばかり一人でアメリカ大陸を横断したかつたのだ。子供ではあるまいし、四十面さげた男に今さら道案内でもあるまい。向うは親切かもしれないが、こちらはこちらで、誰にも知られず一人で二十日間、未知のアメリカを旅するやうに旅程が組んである。言葉に不自由することは覚悟の上であつた。さういふと、誰も信じてはくれない、英文卒で、シェイクスピアを英語で読んだことのある人間が、日常会話が出来ぬはずはないと誰しも思ふ。だが、私は英語は習つたが、その英語を恰も因数分解の難問を解くやうにして習つたのである。結構それで済んでゐた、戦前の日本では外国人に出遭ふといふことがないからだ。そんなわけで、大抵の者が英語を耳でなく目で覚えた。だから未だに英会話が身に附かない。それは必ずしも私だけではない、当時の英語教育はそれで事たりた。

それに幾ら英語が喋れなくても、私はサンタ・フェ鉄道の切符を買ふのに少しも不自由はしなかつた。一般に買物に必要な程度の外国語くらゐ単純なものはない。その店の戸を開けただけで、私の用向きは、つまり、私が物を売りに来たのではなく、買ひに来たのだといふことが、当の相手には直ぐ解る。鞄を持つてホテルのフロントに行けば、泊りに来たのだなと察してくれる。料理屋に行けば、これは食ひに来たのだなと直ぐ察しがつく。かうして二十日間をロス・アンゼルスからグランド・キャニオン、サンタ・フェ、タオス、ニュー・オーリンズと遊んで廻り、ニュー・ヨークのロックフェラー財団に出頭したのだが、フェーズ博士は長身にいつもの笑みを湛へて、そつと右手を差出してくれた。別に怒つてもゐなかつたし、サン・フランシスコで雲隠れしたことにも一切触れはしなかつた。結局、私は財団の目的にも適ふことをしたのだ。つまり、アメリカ大陸に何の註釈もなしに自分の手で触つて確かめてみることができたのである。

だが、好事魔多し（かうず）とはよく言つたもので、財団ではアメリカでの私の暮し方を既に決めてあつたのだ、ロックフェラー三世の秘書をしてゐたエドワード・ヤング氏の家で暮すことになつてゐた。数日後案内されたが、それはニュー・ジャージーのサミットにある林間の一戸建ての、差詰め、洒落た別荘といつた感じの家で、誰でも、こんな所に住めたらいいなと思ふだらう。だが、サミットとニュー・ヨークの間は汽車で一時間半、これではブロードウェイの芝居がはねてからでは帰りが大変だ。それに、まさか朝は昼近くでないと起きられないとも言へず、まして奥さんの買出しや皿洗ひの手伝ひとなると、いよいよ大事だ。要するに、私は第三者の、いや、自分の金主の命令を出来るだけ避け、両手とも自由にあけておきたかつたのだが、あからさまにさうも言へない。やはり私がアメリカに来たのはブロードウェイやグリニッチ・ヴィレッジの芝居が目当てだといふ正攻法でなければ通らない。さう思ひ直して、「あそこは素晴らしい、日本なら軽井沢のやうな町で、自分がアメリカに住むなら、ああいふ所を選ぶのだが」とまで下手な英語で力説し、ニュー・ヨーク住ひの必要を主張した。ファーズ博士は「なるほど、さうかも知れない」と同調してくれたが、「では、またほかを考へてみよう」といふことになつた。

そんなこんなで財団の手は一と先づ免れたが、さうなると早く自分で何処か適当な所を見つけなければならない。自分で見つけられる所といへば、まづアパートだ。たまたま、新聞の広告で手頃だと思ふのを見つけた日、ニュー・ヨークは大雪だつた。直ぐ飛んで行かないと、それが雪の中に消えてしまひさうな気になり、大急ぎで駆けつけ、その部屋を見せて貰つた。文字通りの鰻の寝床のやうな部屋であつたが、外の寒い雪の中から、外套のままでは汗をかくほどの熱い暖房の部屋に飛込んでみると、鰻の寝床でも蛇の寝床でも構はなくなり、月九十ドル余りだつたと思ふが、早々そこに決めてしまつた。それから三四日して、私にとつて生れて初めての独身生活が始つたのである。

いや、こんな調子で海外旅行の話を書いてゐたのでは切りがない、この辺で止めにしよう。

私が日本に帰つたのは昭和二十九年の九月であつた、丁度一年間日本を留守にしてゐたことになる。旅行中私は日本に戻つたら四つの仕事をしようと心に決めてゐた。一つは「文化人」批判で、その手始めが「平和論にたいする疑問」である。一つはシェイクスピアの翻訳である。どれだけ訳せるかわからぬが、好きな作品を幾つでも訳してみよう、シェイクスピアの詩を国語の美しいリズムに乗せられればよい、と思つた。次に国語問題であり、最後は教育問題である。

まづシェイクスピアについて書く。「ハムレット」は二十九年のうちに訳し始めてゐたから、「平和論にたいする疑問」と並行して書いてゐたことになる。岩田豊雄氏の口利きで文学座が取りあげることになつた。三十年の四月、名古屋、京都、大阪を廻り、五月に東京の東横ホールで上演した。主演は芥川比呂志である。

私がシェイクスピアを訳す遠因を作つてくれたのは二中時代の恩師、落合欽吾氏である。先生は間もなく新潟高校（今の新潟大学）へ移つたが、なぜか先生と私とはうまが合ふらしく、その後も文通が続き、中学卒業後も、上京される度にお目にかかつたものである。雑談のあひだにも、先生から、シェイクスピアといふのは難物だ、先づ原書はどの版を選んだらいいのか、文法、辞書などは何を参考にすべきか、を教へられた。最初に読んだのは「リア王」で、大学生の時である。大いに感動はした。が、シェイクスピアを訳さうといふ気にはならなかつた。原文は言ふまでもなく詩である。その詩の味はひを日本語に生かす手だてが思ひ浮ばなかつた、それが台詞であつてみればなほさらのことである。ところが、この昭和二十九年、イギリスへ行つて目が開けた。当時オールド・ヴィック座の五箇年計画が始つたところであつた。これは演劇史上画期的な試みで、一六二三年に出た二折本のシェイクスピア全集を五年間で上演するといふ計画だつた。そこで私はマイケル・ベントール演出の「ハムレット」を観た、「ハムレット」といふのはこんなに面白いものだつたのか、当りまへのことかもしれぬが、台詞も今の英国人が喋るやうに喋つてゐる。しかも弱強調のリズムに則つてゐて、実に躍動感がある。私は手応へを得た、と思つた。

帰国後、昭和三十年五月、河出書房から「シェイクスピア全集」第一回として「ハムレット」を出版、ついで「じやじや馬ならし」を七月、「マクベス」を十一月、「リチャード三世」を三十一年四月、「夏の夜の夢」を三十二年一月に上梓したが、その後、間もなく河出書房が倒産してしまつた。以後全集は新潮社に移り、昨年十九冊目の「リチャード二世」を出版した。

「平和論にたいする疑問」は、読んでもらへば分るだらうが、今日の目から見れば至極当り前のことを言つたに過ぎない。だが、これが切掛けになり、私は「保守」であるばかりでなく、その下に「反動」の二文字を加へて、「保守反動」呼ばはりされ、論壇からいはゆる「村八分」の処遇を受けるに至つた。もつとも、これを書くに至るまでには多少の経緯(いきさつ)がある。

私は帰国直前の昭和二十九年八月、パリで清水幾太郎氏に会つたが、その時私は「帰つたら平和論に疑問を呈するつもりだ、」さう笑ひながら氏に言つた。「笑ひながら」と言ふのは、相手が内灘問題の闘士だからである。彼は身を乗り出すやうにして私に賛成し、かう言つたのである、「一つ、それを二十世紀研究所の人達に話してくれないか、日本の平和論は少しをかしいからね。」いや、確かにこれはをかしい、当然、氏の反論を予想してゐた私は、何か拍子抜けした思ひで、相手の顔から視線をそらせたことを、今でもはつきり覚えてゐる。あるいは、氏は久しぶりに異国で会つた後輩に対して一種のなつかしさを感じ、必要以上に寛大になつてゐたのかもしれぬ、まさか、罠にはめてやらうといふ気はなかつたらう。

当時の清水氏は、岩波書店の一室を使つて「二十世紀研究所」の会合を催してゐたが、帰国後、そこで平和論にたいする疑問を話すやう勧めて来た。私は快くその勧めに応じた。その時の手控へをもとにして書いたのが「平和論にたいする疑問」である。その時、清水氏は「今の話は大層面白かつた。誰でも質問のある人は遠慮なく」などと司会をつとめてゐたが、ひとたび「中央公論」に私の「平和論の進め方についての疑問」が掲載されると、二人だけの「パリ歓談」の時とは態度が一変してしまつた。やはりパリはパリ、東京は東京だつたのであらう。この巻に収めてある「素顔のないもののみが風潮を作る」から引用する。

清水幾太郎が「知性」の四月号に、私の平和論懐疑に対する反駁を書いてゐた。そのなかに、日本に帰つて来てうんざりしたことは、平和に対する相も変らぬ嘲笑がジャーナリズムを風靡してゐることだつたといふ意味のことが書いてある。その例として新聞の匿名欄があげられてゐた。これが問題であるのは、第一に「匿名の文章の責任が新聞そのものに帰せられるといふこと」。第二に、それを書いてゐる連中は、みな才能もあり立派な人だが、「そういう人たちが覆面に隠れて、マス・コミュニケイションの暴力の庇護の下に、重病人（平和のこと）の枕頭で騒々しい放言を繰返えしている」ことだといふ。

私はここで平和論争の蒸し返しをしようとは思はぬが、これは私が日本に帰つてきたときの印象とはまさに反対のものであつた。清水氏は新聞の匿名欄だけを問題にしてゐるが、匿名欄は、無署名ながら、やはり特定の個人といふ紐がついてゐる。「あれは誰が書いたんだ？」といふことが話題になりうる。それは覆面である以上、素顔はある。

ところが、私が日本に帰つて来て最初に感じた印象は、新聞、雑誌にみられる素顔のない平和論だ。もつとも雑誌には署名があるから、素顔がないとはいへぬが、風潮としての平和論といふ意味では同様である。風潮となれば、なにごとによらず素顔はなくなるのだ。

近ごろでも、新聞に平和といふことばを見ない日は、ほとんどない。事実、平和条約が結ばれたり平和会議が催されたりしてゐれば、平和といふことばを用ゐるのは当然であらう。が、それが当然以上の作用をもつてゐることも事実である。私は先日、読売新聞社の近くに「平和」といふパチンコ屋を見かけて苦笑したが、このことばが、煙草の名からパチンコ屋の屋号にまで普及したのは、やはり新聞の力である。しかし、かうした普及は平和の本質となんのかかはりもない。

（昭和三十年九月執筆）

これは妙だ、私と清水氏とでは新聞の読み方がかうも違ふのだらうか。当時の新聞紙上は「平和」一色に塗潰されてゐたのだ。さもなければ、私がわざわざ平和論批判をするわけがない、またその意味もない。

「平和論の進め方についての疑問」は昭和二十九年十月に書き、「中央公論」十二月号に載せ、「ふたたび平和論者に送る」は十一月に書き、同誌三十年二月号に載せた。両者とも、同年三月、「平和論にたいする疑問」と題して文藝春秋新社より上梓した単行本に収められてゐる。ここにその「あとがき」の一部を引用しておく。当時の風潮が如何なるものであつたかが、よく現れてゐると思ふ。

この本の校正刷ができあがるころ、二十五歳の青年といふ未知のひとから、こんな手紙がきました。自分は戦争中、軍閥政治にをどらされて、なにも勉強せずにすごした。ところで戦後はあなたのいふ似而非進歩主義者に脅されて、かれらのいふことを一から十まで服膺してきたが、それがみんな軽薄な虚偽とわかつた。そこにあなたの「平和論」攻撃が出たので、なにか救はれたやうな気がした。ところで話は三転四転して、その青年のいふには、ごく最近「新潮」といふ雑誌を読んでゐたら、福田の論文は人寄せの花火みたいなものだ、いい気になつて反論を書けば、福田に利用されるだけだといふ匿名批評を読み、自分はほとんど絶望の谷に突きおとされるやうな気がしたといふのです。

そして、かれは私に問うてをります。あなたもやはり国民を置きざりに勝手な御託をならべ原稿料かせぎをする、「文化人」なのかと。私はばかばかしくなりました。かれは私から「さうぢやない、私はまじめだ」といふ返事をもらへば、それで安心するといふのでせうか。私の「文化人」批判は、さういふ知識階級のふがひなさへの非難にも通じてをります。

平和論にたいする私の疑問を読んで、まあ、だいたい納得できるが、さういふおまへはなにをしてゐるか、立場がわからないといふひとが多いやうです。原因は二つあります。最初の題が「平和論の進め方についての疑問」となつてゐるので、進め方を批判してゐるだけで、平和を願ふ気もちはおなじと見てゐるといふこと。もうひとつは、平和を問題にしない人間が、知識階級のなかにゐるとは、まさかに考へてゐないこと。そのため、私への疑ひが起きたのでせう。

しかし、よく読んでくだされぱわかるでせうが、私はすべての問題を平和と戦争といふ二つの因子だけで解かうとする風潮に反対してゐるのです。平和と戦争とのいづれの時世にもかかはらず一貫して私たちの人間の心を領してゐる問題があるはずで、それこそもつとも重要なことがらであるといつてゐるのです。それらはこの本の第二部以下に、わづかながら暗示されてゐるでせう。さらに、この本と前後して創元社から出る「文化とはなにか」以下数篇を収めた本を併読してくだされば、なほよく理解していただけるとおもひます。また現在、雑誌「文藝」に連載中の「日本および日本人」もさういふ試みのひとつですし、のみならず、私の仕事全体がその問題にかかはつてゐると申せませう。

（昭和三十年一月三十一日執筆）

私は当時を想ひかへして「暗然」となる。今日の論壇もその頃と少しも変つてゐはしない。

ところで「平和論にたいする疑問」の初出の題は「平和論の進め方についての疑問」である。「中央公論」編輯長、嶋中鵬二氏の配慮によるもので、「平和論」に疑問を呈してゐるのではなく、その「進め方」が問題なのだと、事を穏便に済せたかつたのであらう。さらに氏は、私の「疑問」を愚問と思ふ人もあるかもしれぬが、「このやうな根本的な問題が、広い場所で大きな声で論じあはれる必要が大いにあると感じて、敢へて巻頭に掲げた」と編輯後記に書いてゐる。それほど「平和論」は大手を振つて論壇を罷り通つてゐたのである。

要するに「平和論」とは何であつたのか。よく街なかで見かける「世界人類が平和でありますように」といふ護符のやうなものに過ぎなかつたのではないか。

ここに一つ断つておきたいことがある。私は「平和論にたいする疑問」では、私たちに自由があるかのごとく論じてをり、「人間・この劇的なるもの」の中では、人間に自由は全くないと論じてゐる。これは矛盾でも何でもない。普通、私たちは「自由主義社会」といふやうに政治、社会概念として自由を認めてゐる、が、哲学、倫理概念としての自由を私は全く認めない。真意はそれぞれの文章について読みとつて戴きたい。

この辺で「日本および日本人」にも触れておきたい。単行本「平和論にたいする疑問」の序として私は「自信を持たう」と題する短文を掲げておいた。

私が外国旅行から帰つてきてすぐ、毎日新聞の消息欄に、「日本は立派な国だ」といふ私の談話の一片が載りました。それを読んだひとは、たいてい疑はしげに「ほんとですか?」ときく。これだけではいかにも誤解を招きやすいことばですが、一度外国を見てきたひとは、ほとんど例外なくわかつてくれたやうです。

そのあと間もなく清水(幾太郎)さんが、やはり外国から帰つてこられて、その記者との会見記が東京新聞に出てをりましたが、そのなかに「日本人は(自分をも含めて)みんなバカぢやないかとおもつた」といふことばがありました。かうなると、ちやうど私の意見と正反対になるので「これはおもしろい。清水と福田とを対談させてみよう」そんな企画をたてた雑誌が二三ありましたが、私はどれもおことわりしました。清水さんと私とは、そんなに意見が対立してゐるわけではない。すくなくとも、私には清水さんのいはれることは、よくわかつてゐるつもりです。いまさら対談でもありますまい。

それにしてもをかしなことです。外国から帰つてきて、日本の国がいいとかわるいとか、そんなことが話題になるなんて、こんな国がどこにあるでせう。強ひていへば、そこだけが日本のわるいところだ。日本人は極度に自意識過剰に陥つてゐる。私にはさうとしかおもへません。日本がいいとかわるいとか、さうしたことばはすべて、諸外国との比較のうへになりたつものです。自分を他人と比較し、たえず自分の位するところを気にしてゐる、それが自意識といふものでせう。

だが、私が「日本は立派な国だ」といつたのは、さういふ比較考量の上に立つてばかりの話ではありません。なるほど、一年間、外国を歩きまはつてきて、世界のどの国にも劣らぬ日本の長所といふものを、いくつか列挙して見せることは、いまの私には容易なことです。が、私はそれ以上のことをいつたつもりでした。

日本を一々外国と較べるなんて愚なまねはよさう、そんな偉いもの順の背くらべなどをしてゐるから、日本人は十二歳などと侮られるのだ。私はさういひたかつた。日本人は日本を立派な国だとおもはうぢやないか、そしてそれはごく自然なことぢやないか、私はさういひたかつたのです。

（昭和三十年一月一日）

自分の親と隣の親とを比較して、自分の親の方が偉いとわかつてから、やつと愛情が湧くわけではないだらう。日本に生れたら日本に一番愛情を持つのが自然であり、他と較べなければ納得しないといふのはをかしい。

「日本および日本人」の前半では、そのこと、つまり日本のよさを書いたのだが、後半になると一転して外国の美点を説いてゐる。私は前半を書いてゐる時、ちやうど自惚鏡に自分の顔を写してゐるやうに、日本のよさばかりが目についた。さうして日本の美徳を讃美してゐるうちに、そのこと自体が鼻につきだした、といふのは、同じ鏡を隣から覗き見しようとしてゐる一種の日本人気質のやうなものを読者のうちに読みとつたからである。これはいけないと思つて、後半、軌道を修整した。いづれも正しいのである。

言葉も同じことである。英語の方が日本語よりやさしいといふ人があるが、その真偽は別として仮りにさうであつたとしても、私たちは親を自由に選べぬごとく、自分の国語を自由に選ぶことは出来ない、日本に生れ育つたことは私たちの宿命なのだ。その国語問題については第四巻の「私の国語教室」を読んでいただけば明らかであるが、本巻にも「漢字恐怖症を排す」以下数篇の論争が収めてある。この「漢字恐怖症を排す」は確か戦争中、同人雑誌「新文学」に書いたものであり、そこだけ切抜いて取つて置いたはずだが、それがどうしても見つからない。第四巻の「きのふけふ」の中に「当用漢字」と題する短文がある。「当用漢字表」の中にある漢字を集めて、陶淵明の詩に出てくる熟語をいくつか記し、いくら字が易しくても、必ずしも意味がわかるとは限らないことを例示したものである。が、これは既に「漢字恐怖症を排す」に書いたことで、つまり「きのふけふ」を書く時には、わが書斎に「漢字恐怖症を排す」は確かに存在したのである。必要な時に出て来ない、窮した私は小学校時代からの友人、高橋義孝に問合せた。私は彼に誘はれてその雑誌の同人になり、確か彼もその時漢字制限反対の文章を書いてゐたからである。が、やはり彼も持つてゐないといふ、そして彼は野口冨士男に訊ねてみたらどうかといふ、氏もその雑誌の同人だつたのだ。野口氏は持つてゐてくれたのである。さうまでして尋ね廻るほどのものでもないが、私と国語問題との結縁からやはり欲しいと思つたのである。

次の「国語問題と国民の熱意」は「当用漢字」「現代かなづかい」が告示される数日前に書いたものであるが、その頃、私は至極呑気に構へてゐた。そんなものはやがて忘れ去られてしまふだらうくらゐに高を括つてゐたのだが、その内閣訓令が告示されると、意外にも人々はそれを歓迎し、あたかもそれまでの用字用語法が全く無理なものであり、その無理を心ならずも強制されてゐたかのやうに進んで転向しはじめた。やはり、悪貨が良貨を駆逐したのであらう。

昭和二十八年二月、小泉信三氏は「文藝春秋」に「日本語」を発表し「吾々はもつと日本語といふものを大切に扱はなければならぬ」と述べ、戦後の国語政策に反対した。それに対して四月、金田一京助氏が「中央公論」に「現代仮名遣論――小泉信三先生にたてまつる」を、桑原武夫氏は「文藝春秋」に「みんなの日本語――小泉博士の所説について」を発表、戦後の改革を擁護する側に立つた。私は気になりながらも外国へ行く前で忙しく、国語論争はそのままにして出発した。

帰国後、私は「『国語改良論』に再考をうながす」を書き、昭和三十年十月の「知性」

に載せた。遅れ走せながら、小泉氏と金田一、桑原両氏との論争から手をつけはじめたのである。これに対して金田一、桑原両氏の反論が十二月の「知性」に発表された。「福田恆存氏の『国語改良論に再考をうながす』について」である。以下、引用文はすべて昭和三十七年十二月に新潮社から出した自分の「国語問題論争史」からのものである。この書は土屋道雄との共著であるから、絶讃してもよいのだが、ここではよく纏つてゐるとだけ言つておかう。

金田一は「かなづかい問題について」と題し、先づ前回の「まえがき」の文章につき「私の全人格をあげて恐縮しながら、最敬語を用いて述べている部分である」と弁解し、次いで六項目の質問を提示した後、現代仮名遣は表音仮名遣ではないなどとは言はぬ、「今回新かなづかい案には、どこにも『表音式かなづかいにする』と言っていません」と言つただけだと弁明してゐるが、どうやら「表音式かなづかいにする」とは言つてゐないが、「表音式かなづかいではない」とは言へぬらしい。また桑原は「私は答えない」と題し、福田氏は「問答無用の態度は引っこめていただきたい」と言ふが、「私はやはり卑怯といわれようとも、問答は遠慮したい」として、単なるレトリックと揚げ足とりに終つてゐるのは何とも見苦しい。

続いて私は翌三十一年二月の「知性」に「再び『国語改良論』に猛省をうながす」を発表、金田一氏が英語の例を以て「現代かなづかい」を正統化する愚を指摘した。

次いで、五月の『中央公論』に、金田一は「福田恆存のかなづかい論を笑う」を発表、今までの態度とは打つて変つて「男らしく白状したまえ、私の『現代仮名遣論』の根本精神には決して反対ではないのですがと」といふやうな高飛車な調子になつた。それは「前置き」に「ただ、先にも私の文辞にまで介入して苦言をたまわるから、えらい大家だろうと謹んで敬意を表したが、聞けばまだ私の倅ほどの人だそうな」とあるから、福田ごとき若輩には謹んで敬意を表する必要はないと判断したためらしい。金田一は、歴史的仮名遣で「不自由がないとは、あなただの、私ども、旧かなづかいを物にして成人したもののことで、これから新しく学ぶ国民と教える人の苦労は言語に絶します」と述べてゐるが、既に論述した通り、一週間程度の学習で不自由なく駆使できるものを「苦労は言語に絶します」といふのは不当である。

ここに至つて私もつひに堪忍袋の緒を切り、「金田一老のかなづかひ論を憐れむ」を七、八月の「知性」に書いて、さんざん厭がらせの悪態をつかせてもらつた。かういふ経緯を承知の上で本巻をお読み戴きたい。因みに、金田一氏の子息春彦氏と私とは浦高時代の同級生である。「聞けばまだ私の倅ほどの人だそうな」とあるのはそのことであらう。国語問題では、平和論の時ほど私は孤立無援ではなかつた。

三十一年六月の『中央公論』に、高橋義孝は「国語改良論の『根本精神』をわらう」を發表、「私は金田一さんの根本精神、假名遣改革の根本的前提であるところの一種の合理主義、便宜主義、その言語解釈に看取せられる機械論的偏向、言語道具説には全然反對である」「言語は、ある思想・観念・内容を表現するための手段・形式となりうる」が「言語は同時に、手段でも、しかしまた目的でもなく、ほかならぬその思想・観念・内容そのものでもあると考える」と述べ、それをフロイトの「夢判断」中に引用分析されてゐる夢の実例を以て実証した後、「国語は国語学者の独占物ではない。民族全体の財産である。日本語をこうすべきだ、ああすべきだというのは、殊に言語に関心を持つ国民のする仕事である。国語学者は国民がその仕事をより容易になしうるために、いわば地ならしをしてくれるべきものである。材料を提供してくれるべきものである」と説いてゐる。

三十一年五月、太田行蔵の「日本語を愛する人に」が刊行された。太田は当時の雑誌や新聞に掲載されたいくつかの意見を取上げ、それを論評すると同時に戦後の国語政策を批判してゐる。太田は「金田一京助君と石川啄木」において、特に四十頁を費して、福田・金田一論争における金田一の論理の矛盾と言葉遣の不用意なことを指摘し、「啄木と金田一氏との親しさをもつて金田一氏に遠慮なく物を言つて」みたいといふことから、次のやうな口調で金田一を窘(たしな)めてゐる。

＊金田一君。君は、かつて、こう言った。文字は言葉を写す約束的符号と思っていたが、その一つ一つの裏に永い国民生活の血のりがついている。根が生えていると。あのころの心持を、この際福田氏などの熱意にふれるにつけても、なるほどと、いま一度思い出すべきではないか。

＊君には「に」と「へ」の区別ができない。君の文を見ると「石川君へ話した」「相手へ話した」などという例がいくらでも出てくる。

＊この「に」と「へ」との区別のできないような言語感覚の持主たちが集まって、助詞の「へ」は「え」でよいなどというオキテを作ろうとしている日本の現状は、その点だけではまさに無知——無恥、何とも言いようのないなさけなさだ。

次いで太田は実例を以て国語教育の基礎学力を養ふべき方法について考察し、教育者としての豊かな経験をもとに「文を読みやすく書くことは必要である。しかし頭脳を力強くすることは、さらに必要である」と述べ、更に「あとがき」において「漢字音の仮名づかいと国語の仮名づかいを同列において論じるのは、知らぬを幸に人をあざむくというものであらう」と述べ、「やむを得ないものとして認める」「というような態度で引きずられて行くことは、やめなければいけない」と、真に「日本語を愛する人に」強く訴へてゐる。

「金田一君。君は、かつて、こう言った」で始まる文章は、いはば啄木の声帯模写である。親友啄木の口真似で、「君、いいかげんにしたらどうだ」と諭されて、金田一氏はいささか堪へたであらう。

この後も相変らずカナモジ論者、ローマ字論者、それに雷同する慌て者までが、私の主張する正統表記を反動思想視して様々な愚説怪論を開陳した。たまたまその頃、丸善が私たち鉢木会同人の編輯する季刊誌「聲」を出してくれることになつた。昭和三十三年十月である。同人の大岡昇平、中村光夫、三島由紀夫、吉川逸治、吉田健一と私の六人はいづれも正統表記の支持者であり、A五判のその表紙一杯に「声」にはあらざる「聲」と正字で大きく書かれてゐた。私はその創刊号から五回に亙って「私の国語教育」を発表したのである。

私の文法への関心は二中時代、三年の頃から、福永勝盛氏に国文法といふ名の古典教育を受けたことに始まる。まづ先生は手ぶらで教室に姿を現はし、黒板に向ふ。立ちどころに「源氏物語」から数行の名文が流れ出て来る、一つの誤字もないきれいな板書である。当てられた生徒は引用された名文を品詞に分けさせられ、それぞれの活用やら接続やらを説明せねばならない。出来ないとくそみそにやつつけられる、実際に殴りこそしなかつたが、先生の罵詈雑言は全くすさまじいもので、普段の悪童共が低く頭を垂れ、ひたすら自分に当らぬことを祈つたのである。手に汗を握るといふのは単なる比喩でないことを身に沁みて知つた授業だつた。

私は文法といふものが初めに話し言葉があつて、それから出て来た「言葉の法」だとは思ひたくない、「初めに法ありき」といふ観念論の方を信じたくなる。普段使つてゐる話し言葉はその法を目指し、法に引きずられながら、法に合わぬ道をふみ迷ふ悪戦苦闘の姿なのではないか。久保田万太郎は「芝居は人の血を騒がせる」と言つたさうだが、国語問題は「人の気を騒がせる」、言葉で言葉のことを論じるからであらう。

昭和三十四年十一月四日麻布国際文化会館において、発起人総会が開かれ、戦後の国語政策に疑問を有する各界有志百六十余名の賛同を得て「国語問題協議会」が設立された。同会設立の因をなしたのは、現在主事として会の運営に当つてゐる、岩下保、近藤祐康の現場教師であるが、いづれ二教師の果した役割が高く評価される日が来るに違ひない。同会から十二月十七日に発表された「宣言」には「戦後の国語政策は、国語そのものの性格に対する認識を欠き、十分な調査研究を経ずしてひたすら簡易化を事とした。しかも、そのために生じた矛盾は、簡易化の美名にお丶われて、そのま丶容認されている」「このま丶推移すれば、人々は国語国字について何が正しいかという言語意識を失い、矛盾や不合理に反撥する健康な語感の麻痺を、ひいては思考力、表現力の低下を招くに至るであろう」とあり、「事態のこれ以上の悪化を防ぐために」、文部省及び国語審議会に対して「改革案の矛盾と混乱とをどう処理するつもりか、その見通しを示すこと」「改革案の教育への適用を見合わせること」等四項目、内閣に対して「伝統と未来とにかゝわる国語国字を、内閣訓令、内閣告示をもつて軽々に左右しうる現在の在り方を改めること」等三項目の要求を行つてゐる。また同会の理事長には小汀利得、常任理事には新井寛、犬養道子、臼井吉見、大岡昇平、大野晋、木内信胤、田邊萬平、豊田雅孝、福田恆存、山本健吉が就任してをり、理事・評議員中には、左の作家・評論家の名前が見られる。

井上　靖　北原武夫　篠田一士　子母沢　寛　亀井勝一郎
海音寺潮五郎　江藤　淳　進藤純孝　高橋義孝　中村光夫
野田宇太郎　久保田万太郎　村松　剛　服部嘉香　細川隆元
村上元三　小島政二郎　田中美知太郎　石川　淳　大井広介

小林秀雄　小宮豊隆　田中千禾夫　長谷川如是閑　木村　毅
五味康祐　佐藤春夫　田中澄江　谷崎潤一郎　御手洗辰雄
今　東光　中山義秀　佐伯彰一　長谷川　伸　田村泰次郎
三島由紀夫　林　房雄　沢野久雄　広津和郎　三浦朱門
日夏耿之介　平林たい子　森　茉莉　杉森久英　室生犀星
結城信一　山之口　貘　安岡章太郎　村岡花子　舟橋聖一
吉田健一　森田たま　金子光晴　河上徹太郎　里見　弴
尾崎一雄

　また同会は、毎年一回国語問題講演会を開催すると共に、三十五年十二月の創刊号以来、隔月に機関誌「国語国字」を発行し活発な運動を展開してをり、三十六年六月内部に研究調査小委員会（委員長・時枝誠記）を設置し、戦後の国語改革の実態とその影響を調査し、国語問題白書を作成する仕事に着手した。

国語問題協議会は今日なほ存続してゐるが、当時の理事長以下、理事、評議員の三分の二は既に鬼籍に入つてゐる。

国語審議会の暴走を危惧する在野有志の活動にも拘らず、国語審議会はいつも衆議に任せるがごとき柔軟な態度を見せながら、その真意は頑なに旧のままであり、いつでも漢字撤廃、表音文字化できる姿勢を変へなかつた。

三十六年三月二十二日に開かれた国語審議会の議題は「国語審議会委員等推薦協議会について」であつた。先づ土岐善麿会長より、三月十七日の総会の経過報告があり、次いで成瀬正勝委員から「十年をふりかえってみて、どうしたらよいかという点について、新しい構成員で、広い視野で見なおす必要があるのではないか」といふ委員総辞職論の説明があり、塩田良平委員より「国語の見識や歴史よりも国語の応用面が重視されるような現状で、はたして正しい国語の審議ができるであろうか」といふ審議会の現状に対する批判がなされ、舟橋聖一委員から「このまま推薦協議会を作れば、前と同じものになることは明らかなことである」といふやうな発言があり、山岸徳平委員よりそれを支持する発言があつたが、松坂忠則委員は、審議会の方向は既に決つてゐる、「戦後の大きな流れを無視し、当用漢字表、現代かなづかいを否定するようなことになるのであれば、それをくいとめることこそ、なによりも必要なことであろうし、それこそがわれわれの態度であるべきである」と述べ、従来通りの互選を主張してゐる。これに対して山岸委員より「国語審議会の方向がすでに決まっているということが事実であるとするならば、もはや審議の必要を認めないものと思われるが、どんなものか」といふ反論があり、推薦協議会委員の互選をめぐつて会議が紛糾したため、舟橋委員から「会長が推薦協議会の委員を指名するといふことはできないものか」といふ提案が出された。この提案を塩田委員が支持し、更に宇野精一委員からも「審議会の方向などについていろいろ批判があり、たまたま改選期であるから、新しい委員によって適当な改組をしたい」といふやうな賛成意見が述べられたが、結局一人でも反対があれば舟橋委員の案は採用できないといふわけで、到底見込みなしと判断した舟橋委員は委員を辞職したいと述べ、塩田委員も「カナモジ化に進んでいく方向が変わらないかぎり、舟橋委員の発言と同様に、国語審議会の今後の方向に対して、深い憂慮をもって立ち去るよりほかはない」との発言があつた後、十二名の推薦委員を選ぶことを決定して十分間の休憩に入つた。再開後直ちに成瀬委員より発言があり、「このような状態のもとで行われる互選は、前にも述べたように、永久政権を続けるにすぎないものであるとして、われわれ五人は退場することとした」といふ言葉を残して、宇野、塩田、成瀬、舟橋、山岸の五委員は席を立ち、国語審議会から脱退したわけであるが、前の委員が次の委員を選ぶといふ方法による限り、最初多数を占めた一派が永久に主導権を握るといふ弊害を阻止できないわけであるから、五委員が脱退したことは蓋し当然と言へよう。元来国民の一割そこそこの支持者しか持たぬ仮名・ローマ字論者が審議会の主導権を握つてゐること自体不自然なことなのである。ローマ字論者である土岐が十年間も会長を務めたといふことは、日本文化にとつて極めて危険なことでありながら、明治以来の惰性によつてそれが許されてきたといふことは実に驚嘆すべきことである。

これが五委員の「脱退事件」である。この時私は共に会場にゐた。国語審議会では国民の総意を聴くといふ形で傍聴を許してゐたので、話の模様は逐一承知してゐた。五委員の脱退は国民の目を俄に国語国字問題へ引きつけ、報道機関もこれを報じたが、善かれ悪しかれ、新聞はただこれを報道するだけで、既に廻り始めた改悪の歯車を逆行させることはもちろん、これを止めることも到底出来なかつた。脱退した五委員のうち、存命者は宇野精一氏ただ一人である。まことに往事渺茫として、すべて夢に似たり、といふべきか。

この頃、私は大磯で三度目の引越しをした。それまで住んでゐた借家の期限も切れかけてをり、本が廊下にまで溢れ出る有様でもあつたので、私が帰国する頃までに何処か適当な家を探しておくやう、家内に頼んでおいた。が、帰つて来てみると、どれも帯に短し襷に長しで、適当な家がない、一つ、七百坪の土地に七十坪の家付きで、二百万円といふのがあつたが、如何にもこれは身分不相応だと思つた、ただ家主の方は、いわゆる「戦後成金」で、丁度そのころ曲り角に来てゐたらしく頻りに売り急ぎ、私に買へ買へと催促する。だが、二百万といふ金が私にあるわけがない。なんとかならぬものかと思つて、文藝春秋新社に頼んでみたところ、二百万は無理だが、五十万なら貸してもいいといふ。その五十万を頭金として、いづれは買取る約束で、その家を借りることになつた。家主は五十万でも何でもとにかく現金が欲しかつたらしい。それから何や彼やと紆余曲折があつて、土地の方は大分狭くなつたものの、そのままそこに住んでゐる。文春から借りた五十万は無事に返済した。当時の文藝春秋新社社長佐佐木茂索氏は「色々文士を知つてゐるが、約束の期日までに完済したのは福田恆存だけだ」と言つたさうだ。これは褒められたのか、それとも文士不適格と腐（くさ）されたのか、どちらだらう。

この家に越して来たのは昭和二十九年の末である。爾来、三十余年、これが私の一番長く暮した家といふことになる。その頃とは違ひ、今は見る影もないあばら家になつてしまつた、が、恐らく私はこの家で自分の生涯を閉ぢることであらう。

福田恆存全集　第四巻（覚書四）

前巻の覚書に書いたやうに、「私の国語教室」は新潮社から刊行されたのだが、その帯には私の二中時代の恩師、時枝誠記博士が次のやうな推薦の辞を寄せてくれた。

　本来、国民の文化運動として解決されなければならない国語問題を、官庁の一片の通告で左右しようとしたのが戦後の国語政策である。それを実施することによつて、どのやうな混乱をもたらすかの理論的実験を行ふこともなく強行されたことは、かへすがへすも残念なことであつた。残念といふよりは、かりそめの人体実験をやる以上の暴挙であつた。福田恆存氏は、英文学者として、翻訳家としてまた評論家として、国語に対して血のにじむやうな愛護と苦労を重ねて来た人であつて、戦後今日に至るまで一貫した立場を持してゐる。私のやうなただ学究として国語のあるべき姿を考へてゐる者にとつて、その所説には傾聴に値する多くの示唆を含んでゐる。

時枝先生は「現代かなづかい」が制定された昭和二十一年九月の第十一回国語審議会

で、主査委員二十名のうち、その制定に反対した少数派の一人であり、これを最後に委員のうちに先生の名を見出すことはない。二十名を左に掲げておく。

安藤正次　有光次郎　時枝誠記　山本有三　神保　格　金田一京助
清水彌太郎　河合　勇　井手成三　藤村　作　小幡重一　東條　操
松坂忠則　佐伯功介　長沼直兄　石黒　修　岩淵悦太郎　西尾　実
服部四郎　宮川菊芳

戦争中、私が日本語教育振興会から中国に出張を命ぜられた時、当時の京城（ソウル）に立寄つて、たまたま京城帝国大学の教授であつた時枝先生に会ひ、その地の博物館に案内され、初めて李朝白磁の美しさを教へられたことが想出される。先生は、その後、橋本進吉博士の退官の後を受け、昭和十八年に東大国語科の教授になつてゐる。

右表のうち藤村作博士にも北京でお目にかかつてゐる。博士はそのころ中華民国国立北京師範大学の名誉教授として渡支してをり、一夕支那料理を御馳走になつた。中学、高校時代の友人上甲幹一がやはり日本語教師として北京に在り、かつて東大で教はつた藤村博士の下で働いてゐたからである。なぜそんなことまで書くかといふと、右表の人名簿中、学者として「現代かなづかい」に反対だつた時枝先生と行を共にした人といへば、藤村博士一人くらゐしか思ひ浮かばないからである。博士も上甲も今はこの世にない、いや、時枝先生も既に昭和四十二年に亡つてゐる。その後継者たるべき大野晋氏は学習院大学に去り、築島裕氏が代つて師の後を継いだ。氏は最近、中公新書の一つとして「歴史的仮名遣い――その成立と特徴」といふ本を「現代かなづかい」で出してゐるが、その冒頭に師の時枝先生を懐しみ、先生はその歴史的かなづかひしか用ゐず、自分もまたその例に倣つてゐるといふ、その人が「現代かなづかい」を用ゐ、「歴史的仮名遣」について一体何が書きたかつたのだらう。

時枝先生は昭和二十二年の「國語と國文學」に「国語審議会答申の〈現代かなづかい〉について」を発表し、表音主義の表記上の不合理を指摘したのち「云はば、表音主義は表記の不断の創作とならざるを得ないのである。これは、古典仮名遣の困難を救はうとして、更に表記の不安定といふ別個の問題をひき起すことになるのである」と述べ、なほかう続けてゐる。

更に伝統は、単に無意味な文字の固定を、ただ伝統なるが故に守らうとするやうなものではない。本来表音的文字として使用せられた仮名は、時代と共に、表音文字以上の価値を持つものとして意識せられて来る。それは観念の象徴として、例へば、助詞の「を」「は」「へ」の如きはその最も著しいものであつて、ここに於いて文字発達史の通

念である表意文字より表音文字への歴史的過程とは全く相反する現象が認められるのである。　（傍点福田）

まことにその通りである。本来、表音文字たるかなも、成長すれば「音」とは違つた「意味」を持つやうになるのだ。その簡単な理窟を解つてもらふために、私は三百頁に近い「私の国語教室」を書いた。だが、この解り切つたことが未だに解つてもらへぬまま、私がそれを書いてから既に三十年近い歳月が経つ。「現代かなづかい」が制定されてからは尤(ゆう)に四十年を数へ、今や「立派」な大人に成長してゐる。もう一度言はせてもらはう、何も三百頁を必要とはしない、ただ第六章の「国語問題の背景」のうち、その（八）の「文字言語と音声言語」だけを、つまり三百頁のうちの三頁だけを読んでもらへばいいのだ。

私が第六章末尾に附けた「追記」の中で「土岐氏自身の失言」と呼んだのは次のやうな経緯からである。諄(くど)くなるが、「聲」第六号の座談会の記事を読んでもらはう。

土岐　これは、あるいは僕が御説明をしておいた方がいいかと思ひます。そしてなほ私の足らないところは、それぞれの方から補足していただくとして……。（中略）当用漢字なりかなづかひなりに対するいろいろな批判がありますが、そこにはいろんな誤解もあるので、その制定の基本的な考へ方といふものは、結局正書法の決定といふことにあると思ひますが、あれを制定したときには、その点がはつきりしてゐなかつた。現実的にはさういふことになるやうだけれども、正書法といふ基本的な考へ方ははつきりとは出てゐなかつたと私は判断したわけです。

たとへば、「ジヂ」「ズヅ」の問題です。これは必ずしも表音的ではない。その矛盾が非難の対象になるわけです。一口に表音的といつても、その同じ表音的といふものの中にも幅がある。その音の上では同じなのに、書く場合、別々になつてゐる。どうしてさうなつてゐるかが問題ですが、それはかなづかひに語意識といふ考へを加へてゆけば、現代かなづかひは表音的ではないではないかといふ形の非難なり批判に答へられる。語意識といふものが加はれば説明がつくだらう、といふ工合に私は考へたわけです。そこで正書法といふことをいひ出した。つまりかなづかひの語意識の問題を考へて、正書法といふものへ導いてゆけるだらうといふ工合に私は考へたわけです。

――(中略)

土岐　正書法としてきまれば、大体その線のところでみんながやつていけば、まちまちであるよりも便利だらう。便宜主義的にばかりはいかないけれども、現実的に処理するにはさういふことが必要だらう、かういふことだつたんです。必ずしもそれをもつて全部が解決しないかもしれませんけれども、一応さういふことでもつて説明がつくと私は考へたのです。

――（中略）

山本　国語審議会で語意識が問題になつたのは、昭和三十一年に「正書法について」といふのを発表された場合、あのときがはじめてですか。

白石　はじめてかどうか……まあはじめてでせうね。

山本　その場合に、「遠い」は「とおい」で「冬期」は「とうき」だとか「言う」は「いう」で「結う」は「ゆう」だとか、さういふ決め方は当然文法・語法との関聯が考へられてをりませうから、その場合にも語意識といふ言葉は使はれてゐるわけですね。

岩淵　やつぱり広い意味では語意識と言つてもいいわけですね。

白石　語意識と考へていいわけです。

岩淵　しかし、最初のきめたときのころには、語の表記だか、音の表記だとかといふことがはつきりしてゐなかつたでせうね。土岐さんが、あらためて取り上げられたときに語意識といふのが問題になり、表面に出てきたんぢやないでせうか。

山本　語意識だけぢやなくて、正書法すらもまだ考へてゐなかつたらしいといふことをいはれましたからね。

土岐　正書法的な意識がはつきりしてゐなかつたといふことはいへますね。社会的にも単純に表音的に書けばいいといふ程度の受取られかただつた。しかし、私が責任を負つたやうな形でもつて仕事にかかつたときには、事はすでに決つてゐた。その決つたのをどういふふうな工合に考へればいいか、といふことを考へる立場になつてきた、かういふことです。表音といつてゐながら、さつきの「ジ」「ズ」のほかにも、たとへば、「は」とか「を」とか「へ」とか表音的ではありませんが、それも正書法といふ概念をもつてくれば、いま使はれてゐる「は」とか「へ」とか「を」とかいふのを、一概に表音的にしなくてはいけないんだ、といふ工合に考へないでもすむ。これは不徹底だといへば不徹底ですけれども、分ち書きが行はれてゐないときに徹底的な表音化をやつたんでは、新聞なんかもついてゆかれないといふことになるから、不徹底なものでも暫定的に一応認める。認める理由は、それが正書法といふことにすれば、それで説明がつく。かういふふうに考へたわけです。

つまり、日本の国語の問題を解決するのに、いろいろな条件を考へて、妥協のやうな形をとらざるをえないんだが、その妥協の形を合理化しなければならない……さうしていくらかでも合理化されるといふことは、説明がつくといふことだつたんです。

この長広舌は土岐氏が自分の「失言」を「失言」とは気づいてゐない何よりの証拠であらう。そのため「語意識といふものが加はれば説明がつくだらう」、「かなづかひの語意識の問題を考へて、正書法といふものへ導いてゆけるだらう」、「一応さういふことでもつて説明がつく」、「正書法といふことにすれば、それで説明がつく」「さうしていくらかでも合理化されるといふことは、説明がつくといふことだつたんです」といふやうな、すべてが説明のつかぬことにあへて説明をつけようとする後智慧から生れた同語反覆に終始してゐる。つひに大野氏が痺れを切らせて、かう言つた。

いまのお話で、私非常に大事だと思ふ点が一つあるので、その点について発言させていただきたいと思ひます。土岐先生のお話ですと、戦後の表記法改革に関して、はじめは正書法の意識はなかつた。それが出てきたのは、土岐先生が会長になつてからであるといふことなんですけれども、これは何を意味してゐるかといふと、私にはかういふことのやうにとれるのです。

といふのは、かなづかひの問題といふやうなことは、正書法の問題なのだといふことは、すでにもう戦争前から、国語学者の間では、たとへば橋本進吉先生が、いろいろお書きになつてゐるやうなものなどからもわかることなので、それは岩淵さんのおつしやつたとほりです。（中略）つまり従来は契沖のかなづかひといふものが正式なものであつた、正しいものであつた、その正しさの基準は現代の発音ではなく、語を書き表すかなづかひといふことにあつたわけですが、それをさうではなくて、現代の発音ふうに書くのが正しいのだとして、表記の正しさの基準を戦後に変へてしまつたといふところに問題があるわけなんです。さうだとすれば、（中略）その前はどういふ状態だつたかといふことが問題になる。それは、現代かなづかひ制定にともなつて発表された文章の書き方からおして解りますけれども、つまり発音かなづかひにするのだといふ考へ方が、とにかく支配的だつた。言葉は発音ふうに書けるものだと思つていらつしやつた方があるかもしれないし、それから発音ふうに書かなければいけないので、さうすればやつぱり書けるんだと思つていらつしやつた方もあるんぢやないかと思ふんです。（中略）

本来ならば、現代かなづかひといふものは、契沖のかなづかひがとにかく一通りきまつたわけですから、それをどのやうに変へるか、その変へる……もし変へるものならば変へる方向として、現代の発音に近づけるといふ方向をとるべきであつて、かなづかひの基準そのものを変へてしまふべきではなかつた。（中略）発音といふことだけでもつて、なにか「いける」といふふうにお考へになつてゐたところに問題があるんぢやないかと思ふ。

私の目には、「現代かなづかい」「当用漢字」「音訓表」などの枠を著せられた国民は、まだ肩あげの降りてゐない四つ身の衣裳を著た大人としか見えないが、それが並みの日本人だとすれば、やはり原富夫氏が先の座談会で次のやうに言つたことにも一理ある。

政府でやつたから従はなければならんといふ被治者根性がいけないんです。これは国語問題だけぢやなくてね。私は道徳が専門ですがね、道徳の問題でもさうなんですからね。とにかく文部省できめてくれればその通りにやりたいといふのが、大体の傾向なんです。だからもう百年もたてばどうか知りませんがね、まだ徳川の庶民根性といふものは続いてゐるわけですよ。その庶民根性から直して、たたき直していかなければならないといふことになりますな。

だが、その被治者根性も一種の小心から出てゐる。かなにせよ、漢字にせよ、もし自分が間違つた文字を書いたら大変だといふ、これも「ひよわな」被治者にありがちの反省過剰癖にほかならず、要するに「偽善」よりは「偽悪」を畏れるといふ徳川時代に植ゑつけられた「庶民根性」が禍ひをしてゐるのであらう。いささか唐突であるが、鷗外もその「仮名遣意見」のなかでかう言つてゐる。

口語の広く用ゐられて来るやうなものを見ては之れをぽつ〳〵引上げて仮名遣に入れる。さう云ふやうに楫を取つて行くのが一番好い手段ではあるまいかと思ふのでありま す。私は正則と云ふこと、正しいと云ふことを認めて置きたいのであります。

ところが古い仮名遣は頗る軽ぜられて、一体に Authorities たる契沖以下を軽視すると云ふやうな傾向がございますが、少数者がして居ることは詰らぬと云ひますと云ふとどうでせう。一体倫理などでも忠孝節義などを本当に行つて居るものは何時も少数者である、それが模範になつてそれを広く推及ぼして国民の共有にするのであります。少数者のして居ることにもう少し重きを措くのが宜しいかと思ふ。

話が「高級」になりすぎた、再び「庶民」的な事柄に戻さう。私のところへ来る書簡も、返事の要るものには、いづれも差出人が「気を利かせて」返信用葉書を附し、それには「諾否」の左横に、「ご住所」「ご姓名」と並記してある。いくら音訓表といふものが陰で睨んでいゐるとはいへ、敬意を示す「御」をすべてかなで混ぜ書きに表記することはない。その位なら、寧ろ「住所」「姓名」と率直に表記したらよい、さうしてくれれば、こちらとしてはわざわざその上に斜線を引く手間が省ける。さう思つてゐたところ、最近はこの「御」を漢字で書いたものが屢々目につくやうになつた、たとへば「観劇御希望日」「御住所」「御電話」「御名前」とあり、「御電話」「御名前」に至つては、全く音訓表を無視し「オ」と読んでくれと言つてゐるに等しい、「御」の字に関する限り、その種の表記が目立つて多くなつてゐる。一方、本文には「御来臨」、「御案内」と書いてありながら、末尾に左のやうな注意が二行ばかり別書きしてあるものもある。

＊　お手数ですが、折返し同封のはがきで御出欠をお知らせください。

＊ご来場の際は、本状封筒を受付にお示しください。

これなどは、やはり「当用漢字」が「常用漢字」となり、「音訓表」などは単なる「目安」になつたのだと安心して、「被治者根性」から離れようとした、さらに重症の「被治者根性」を丸出しにしたものと言へようか。

ところが、実際はさうではなかつた。たまたま知人の駒井鐵平氏に会ふ機会があり、このをかしな話をしたところ、氏は帰つてから早速「公用文作成の要領」の写しを送つて来てくれた。さて、その「公用文作成の要領」だが、これは最初、昭和二十七年に当時の官房長官の名義で各省庁に送られたものである、その後、中味は「当用漢字表」を「常用漢字表」と書直し、その患部を一部剔抉してはあるものの、その他は今日もなほ生きてゐるのである。その中の「接頭語・接尾語」の書き方のところに（「お」は、かなで書くが、「ご」は漢字でもかなでもよい。たとえば、「お願い」「御調査」「ご調査」）とある。これで解つた、「お」はかなで書き、「ご」は「御」とも「ご」とも書くのは、倦くまでこの「公用文作成の要領」を死守しようとしてゐるのだ。それにも拘らず、「御電話」「御名前」と書いてくるのは、尊敬・丁寧の接頭語「お・ご・おん」すべては「御」であるといふ語意識が、私達被治者の心のうちで、最後の抵抗を試みてゐるからではないか、それをわざわざ「ご精神」「ご在位」「ご気性」「ご丁寧」などと混ぜ書きを強ひる必要はない。

もう一つ、山田孝雄博士のことを言つておきたい。博士と橋本進吉博士とは大正、昭和両期に亙る国語学界の双璧である。橋本博士は東大を出て上田萬年博士の下にあり、昭和三年に助教授、同四年には教授になつてゐる。それに反して山田博士は九年の年長であるが、中学中途退学後、小中学校教員検定試験に合格、幾つかの中学を歴任、大正十三年に東北大講師、教授、昭和十五年には神宮皇学館大学学長になり、昭和二十年七月には国史編修院長になり、間もなく終戦、橋本博士はこの年に亡つてゐるが、山田博士はなほ長寿を保ち、昭和三十三年に八十六歳で死去した。

その多くの著書のうちに「仮名遣の歴史」（昭和四年）があるが、それは左の本文六章と附録二章から成つてゐる。

第一章　仮名遣の起源
第二章　定家仮名遣
第三章　復古仮名遣
第四章　字音仮名遣
第五章　明治時代以来の仮名遣
第六章　回顧
附録

一 文部省の仮名遣改定案を論ず

二 右の意見発表前後の事情

その附録の（一）は、大正十三年十二月二十四日に、文部省の臨時国語調査会（国語審議会の前身）が文部大臣以下出席の下に、満場一致をもつて、いはば今日の「現代かなづかい」「当用漢字」に類したものを可決したのに対し、博士が翌年二月、十五章に亙つて、その非を論難したものである。それを受けて芥川龍之介、藤村作、美濃部達吉、松尾捨治郎、高田保馬、本間久雄、木下杢太郎などの反対論が発表され、帝国議会においても問題となり、つひに文部省の「仮名遣改定案」は、単に「案」としてとどまり、実施されるに至らなかつた。

それに先立つ明治四十一年五月、文部省が臨時仮名遣調査委員会を設け、改定案を通さうとした時も、森鷗外は伊沢修二と共に委員に選ばれ、「仮名遣意見」を草し、同じく反対論を述べてゐるが、山田博士はその間の事情を知つてゐるので、「森林太郎博士苦心の事」と題して、附録（二）に左のごとく附言を載せてゐる。

余はこの機会を利用して故森林太郎博士が国語問題に如何に心を労せられしかについて余の知れる限りの事を世人に告げおかむと欲す。同博士の仮名遣問題に対する意見は明治四十一年に設けられたる臨時仮名遣調査委員会に委員として開陳せられたる意見にて明かなり。この意見は明治四十二年に文部省が発行せし同会の議事速記録に記載せられ、一昨年の「明星」にこれを載せ、鷗外全集第二巻にもまたこれを載せたり。その論中正穏健にして同じ委員伊沢修二氏の熱烈なる議論と相表裏し以て文部省をして議案を撤回せしむるの止(やむ)を得ざるに到らしめしものなり。かくてその後のその会も廃止せられたるなり。大正十年今の国語調査会の設けらるるに当り、同氏会長の任を受けられしが、常に余等に語りて国語問題の慎重に論議すべきことを以てせられたり。しかるに大正十一年六月上旬に至り、濱野知三郎氏が面謁せられし時、同問題の将来をいたく憂慮し、慷慨淋漓たるものあり、終に旨を濱野氏に含めて不肖に伝へらるる所ありきといふ。この時同博士既に前途を覚悟してあられしが如くに見え、その後、会長の職を辞せむとして辞表を提出せられたりといふ。

この前後に際し、余は近親の不幸にあたり、その生前よりの遺嘱を果さむ為に寧日なくして同博士に面謁するを得ず、濱野氏再三余が居を訪はれしかども常に不在なるが為に、これ亦面会の機を得ざりしが、七月八日の夜、濱野氏の来訪あり。この時はじめて森博士の重態を聞きて大いに驚きしが、それと同時に同博士の命を承くるを得たり。濱野氏は同博士の生前にこれを余に伝へおかむと焦慮せられしが、幸にして目的を達したりといひて、夜半に帰られぬ。その翌九日は実に同博士薨去の日なり。余これが旨を受けてよりは、国民としての自己の責任と共に森博士の誠意を思へば、常にこの国語問題に重大なる責任を感ずるものなり。今たま〳〵「明星」の諸君が森博士の遺志を体して、国語の為に誠意を披瀝せられむことを企てられ、不肖にも亦一言を寄せよと求めらるるにより、この文を草せり。余が上述の言論はもとより余一己の私見にして毫末も森博士の名を汚すべき関係無し。森博士また、その生前にも余に向ひて命令がましき事を言はれたる無きを以て、余が言論を以て森博士の指嘱に出づるものとなすなかれ。ただ要は国語問題の正路を失はむことを憂慮せられたるにあるのみ。余もとより不敏なりといへども、森博士に名にかりて私見を逞くせむの卑劣なる考あらむや。ただ同博士の生死の際に国語問題に非常なる憂慮を費されしその誠意は後進たる余が責務として何の時かこれを世に公に伝へおかざるべからざる責任を深く感ずるによりて、ここに同博士に縁故深き「明星」誌上を通じてこれを世に告げむと欲するなり。而してここにかく公にするはその旨を伝へし濱野氏の認諾を経たるものなり。（大正十四年一月十六日正午稿了）

その濱野先生に、やはり二中時代、漢文を教へてもらつた。漢和辞典を著し、国書刊行会を作るのに力を竭（つく）した濱野先生としては当然のことであらうが、「漢字音が解るのは、まあ、わしぐらゐのもんぢやろな」と言つて、にこにこ笑つてゐた顔が、つい昨日のことのやうに想出される。

かうして幾多の先学の血の滲むやうな苦心努力によつて守られて来た正統表記が、戦後倉皇の間、人々の関心が衣食のことにかかづらひ、他を顧みる余裕のない隙に乗じて、慌しく覆されてしまつた、まことに取返しのつかぬ痛恨事である。しかも一方では相も変らず伝統だの文化だのといふお題目を並べ立てる、その依つて立つべき「言葉」を蔑ろにしておきながら、何が伝統、何が文化であらう。なるほど、戦に敗れるといふのはかういふことだつたのか。

福田恆存全集　第五巻（覚書五）

「批評家の手帖」は昭和三十四年一月から十二月まで「新潮」に連載したものだが、その前年の「聲」秋季号から「私の国語教室」を書き始め、この年の終りに完結してゐるので、三十三年と三十四年の二年間といふもの、私は言葉について考へ続けたことになる。といつて、別に大したことではない、「初めに言葉ありき」であり、人間がそれを作つたのではなく、言葉が人間を作つたのである以上、一年や二年、それに掛り切りになつたからといつて、何も自慢にすることはない、いや、一年や二年のことではない、私はいつも言葉のことが気になつて仕方がないのである。「批評家の手帖」には「言葉の機能に関する文学的考察」といふ大仰な副題が添へてあるが、それは終始、言葉のことばかりを論じたものである。

試みに言葉とは何かと問うてみるがよい、その問ひも、その答へも、共に言葉によらなければならぬとあつては、全く雲を摑むやうに取りとめがない、むしろ言葉を摑むやうに取りとめがないと言ふべきであらう、全く言葉について論じ始めたら、これで充分といふことはありえない。もしこれで切りがついたと思へる手応へが得られるなら、それはどこかで手を抜いてゐるのだと思つて間違ひはない。いはゆる言語哲学といふやうなものも、哲学の、あるいは学問の埒内に言葉を閉ぢこめることによつて、それに切りをつけようといふ試みであらう。別に因縁をつけようといふのではない、言葉とはさうでもしなければ、しかたのないものなのである。言語哲学は言語についての学であつて、言葉そのものについて考へる学ではない。言葉は学問の対象にはならない。

もし「言葉」といふ言葉の意味は何かと訊かれ、手もとの辞書を引くとする、それには「人の発する音声で意味をもつたもの」とある。なるほどそれも間違ひではないが、「言葉」といふものの姿が髣髴として来ない、なんとなく謎々あそびの答へのやうで拍子抜けがする、同じ拍子抜けさせられるなら、いつそ「言葉」と開き直つて答へてくれればいい。いや、それよりはジョンソン博士の顰みに倣つて「皆さん御存じのもの」とやつてくれた方がありがたい。要するに、「言葉」の意味は辞書によつては得られない。

言語哲学も辞書もつまりは他人の言葉でしかない、それに相談する者にとつては、つひに他人の言葉に過ぎず、どこまでも他人のせりふに止る。つまり言葉をもつて言葉を説明するためには、何かそこに特別の枠を設けて、言葉をその中に囲つておかねばならない、専門用語、つまりは他人の言葉をもつて、はじめて言葉は「安定」しうるのだ。もしそれが厭なら、その時々に応じて意味が違つて来る自然言語に、つまり自分の言葉、自分のせりふに心中立てするがよい。さう思つて書いたのが「批評家の手帖」である。その結果、言葉で言ひ表せることと、言葉では言ひ表せぬことと、その二つの戸口の間をまるでお百度でも踏むやうにして、ああでもない、かうでもないと呟きながら、往き来を重ね、ただその快を貪るだけに終つてしまつた。

言葉についてそのやうなことを考へるのは、私の「潔癖症」の現れであらうか、さうかも知れないし、さうでないかも知れない、とにかくその判断は読者に委ねることにしよう。その材料として、「新刊ニュース」昭和五十二年一月号所載の、評論集「知る事と行ふ事と」に関する自分の文章を左に引用しておく。

旧制高校に入学した直後、中学生時代の同級生の最初の集りがあり、担任の先生も出席して、一人一人、自分は「どういふ職業に就きたいか」と今後の抱負を問はれた時、私はかう答へた事を覚えてゐる――自分は何々家、何々業などといふ肩書は勿論、自分に対する一切のレッテルを拒否する様に生きたい、と。考へて見れば、これほど傲慢、不遜な言葉は無い。しかし、さう言つた当時も、またそれ以来、大よそその言葉通りに生きて来た今日も、そんな思上つた気持は毛頭無く、極く気楽に何物にも捉はれずに生き、考へ、他人ばかりでなく、自分もまた自分の生涯や役割を規定しない様に心懸けたいといふ程の意味に過ぎない。（中略）

今度の評論集の雑然たる形にそれが一番よく現れてゐる様に思ふが、それを含め最近の評論集の題名が三つ共「……といふ事」或は「事」となつてゐるのも偶然ではあるまい。「知る事と行ふ事と」といふのも実は「知るといふ事と行ふといふ事と」としたかつたのだが、長たらしくなるので、「……といふ」を省いたまでである。「……といふ」とは英語の so-called で「所謂」「世に言ふ」の意味であるが、自分の仕事にレッテルを貼られたくないといふのと同じに、世間で一般に使はれてゐる言葉、即ちレッテルをそのまま素直に受容れては使ひにくい気持が日増しに強くなつてゐる。その為であらう、「……といふ事」といふ言葉遣ひが、自づと私の書く物の中に多く出て来る事に最近改めて気附いた。

その「……といふ」が無い場合でも、所詮言葉はその程度のものなのかも知れぬ。ハムレットもホレイショーにかう言つてゐる――

There are more things in heaven and earth, Horatio,
Than are dreamt of in your philosophy.

この天地の間には幾らもあるのだ、ホレイショー、
人智などといふものでは到底思ひも及ばぬ事がな。

――この your philosophy の your は「君達の言ふ」＝「世に言ふ」である。となれば、言葉はすべて言つて見るだけのものに過ぎぬ。そして言葉は行動であり、行動も、

その連続である個人の一生も、行つて見るだけのもの、生きて見るだけのものに過ぎぬのではなからうか。

「常識に還れ」は昭和三十五年の安保騒動を批判したものであるが、安保騒動とは一体何であつたのか、何を求めて安保反対を叫んだのか。その年の六月十五日夜に行はれた国会デモの後、社会党は次のやうな声明を出した。

全国民の世論となった岸内閣退陣を要求して国会に参集した学生、労働者に対し、凶暴化した警察官は暴力団と共謀して野獣のように襲いかかり、無残にもかよわい女子学生を撲殺し、無抵抗の学生ばかりではなく、心配して集った大学教授、通行人多数に重軽傷を負わしめた。われわれの恐れていた最悪の事態がついに来た。

私は冒頭にこの文章を引用して「常識に還れ」を書き出してゐるが、今もう一度、これを読んでみると、やはりその中にすべてがあるやうに思はれる。意地の悪い言ひ方だが、警察官は警棒の使用に余程手心を加へたらしく、それに打ちのめされた死者は一人も出ずに、いや、ただ一人の「かよわい女子学生」が身方のデモ隊によつて踏み殺されただけであり、あらうことか、さうして身方が一人死ぬことによつて彼等の目的が達成せられたのだ、その一人の偶然の「事故死」によつて初めて彼等は自分たちにとつて必然の目的を発見したともいへる。仮に初めから彼等に何らかの目的があつたとするなら、それは大がかりなデモを演出することであり、そしてその祭りの仕上げに、祭神の求めるがまま一人の女の生贄を捧げることであつた。祭りは終り、芝居は終つたのである。要するに、思ふ存分荒れ狂つたなら、それで気の済む程度の戦ひだつたのだらう。

もしそのデモに仮託したものの大義名分は何かと言はれれば、それは「反米」といふこと以外に何もないであらう、が、その「反米」はどの個人、どの団体の意図をも代表してはゐたが、どの個人、どの団体の意図をも示すものではなかつた。だれにでも当て嵌る言葉によらなければ、共闘は成立たないかも知れぬが、さういふ言葉に従ひさへすれば必ずしも共闘が成立つものとは限らない、必ず夢から醒める時が来る、必要条件は十分条件ではないからである。ある時期までは一緒だつた者が、その時期が過ぎてみれは、悉く「同床異夢」に過ぎなかつたと気づかせられ、それに気づいてみれば、「同床」ですらなかつたことを思ひ知らされるからだ、正に「反米」といふ言葉はさういふ類ひのものだつた。それでは私たち日本人にとつて、「アメリカ」とは一体なんのことだつたのか。この巻の「進歩主義の自己欺瞞」の中に私は次のやうに書いた。

彼等が愛するのは事実としての進歩ではなく、価値としての進歩である。進歩の実質ではなく、進歩の象徴である。彼等にとつて大事なのは進歩の過程を歩むことそのことではなく、一気に進歩の終点そのものに行きつくことである。（中略）急進主義は進歩を社会改善の唯一最高の手段と見なす考へ方であり、それにたいして漸進主義はそれを幾つかの手段の一つとしか見ない考へ方である。したがつて、両者は程度の差ではなく、進歩にたいする本質的な考へ方の相違なのだ。言ふまでもないが、進歩主義はその発生において、また日本における在り方において、急進主義たらざるをえぬ宿命をもつてゐる。

アメリカは彼等にとつて太平洋の向うにある現実のアメリカ大陸ではなく、彼等が目ざしてゐる理想であり、価値であり、象徴なのである。彼等はそれを生身のアメリカに背負つてもらひたいと思つてをり、それを裏切られれば、手痛い傷を負ふ、そしてかう言ふだらう、「アメリカは俺たちを裏切つた、今度は俺たちがアメリカを裏切る番だ。」安保騒動を演出した連中はこのやうに屈折した感情を持つてゐる、彼等は表に反米を唱へてゐるからといつて、必ずしもアメリカを憎み嫌つてゐるのではなく、むしろその裏側には、自分の片想ひに肘鉄を食はされた激しい劣等感が隠れてゐるのだ。昭和四十三年の大学紛争の時も同じである、「偽善と感傷の国」（次巻所収）の中でそれを私は次のやうに書いた。

私の関心はアメリカそのものより、それに対する日本人の反応の方にある。手取り早く言へば、私は反米の軽薄が不愉快なのだ。反米に限らない、今日、民族主義の名の下に大国に対する反逆の姿勢が俗流に人気がある様だが、これは戦後二十年間の排外的劣等感の反動であるばかりでなく、実はその単なる裏返しに過ぎず、従つて戦後そのままに引続き残存してゐる劣等感が透けて見えるのである。

では、今日ではどうなつたか。日本は押しも押されもせぬ「経済大国」に伸し上り、「経済人」が日本を支配し統治するやうになつた。それは戦後、民主主義のほかに何の目標をも持たぬ民主主義国家の成長に伴つて生じた現象で、あたかも蝶が蛹の中で成虫に変るのにも似た物静かな目立たぬ変容である。このよく管理された「経済人」は絶えず微笑を浮べ、目に角を立てず、物柔かに勤勉に物事を処理する。そこで世間は理解するだらう、「経済」は「政治」を支配せず、「政治」と抗争はしないといふことを。その「政治」もやがて彼等の流儀を納得し、他を支配したり抗争したりはせず、平和共存が実現するに違ひない。すべての「摩擦」は「経済摩擦」や「貿易摩擦」にとどまり、「外交摩擦」や「政治摩擦」に転化することはありえない。ましてや戦争に転化するなどといふことはありえないだらう、戦争は引合はぬ「摩擦」であることを彼等は知つてゐるからである。

だが、「軍事大国」にも「経済大国」にも成らうと思へばすぐ成れる、その誘惑にはつひに克てず、己が一生を二色に染め分けて生きようとしたのが近代日本の姿であつた、それが今、やうやく私たちの意識に上りつつある、仮にさうだとしても、日本のためにそれが良いことか悪いことかは別箇の問題であらう。とにかくこの日本の近代化といふ問題が、私がものを書き始めて以来、終始こころのうちに蟠りつづけて来たのである。「政治主義の悪」の中で私は次のやうに書いた。

敗戦直後、日本にゐたある外国人教育家は日本の民主化には十五年を要すると言つたさうである。丸山氏はその「象徴的な予言」が当つて、正に十五年目の今年の六月に日本の「市民意識のめざましい高まり」が起つたと喜んでゐる。私に言はせれば、十五年目に「日本の民主化」のではなく、日本の進歩主義者のぼろが出ただけのことだ。安保闘争において見られたといふ「連帯感」は、精神を軽蔑する戦術主義が、これまた精神を下足に預けた集団的自我の断片を操つたところに、あるいは操りそこなつたところに生じた見せかけに過ぎず、孤立を恐れる日本的「仲間意識」の弱み、あるいは強みにつけこんだものではないか。

それを助長した新聞、テレビ、ラヂオの責任は大きい。が、考へてみれば、報道の送り手、受け手、いづれの側にもある、異常事に昂奮しやすい、緊張に堪へられぬ個人の弱さといふことに根本の問題がある。今度の場合だけでなく、日頃から「マス・コミ」

を個人の生活の一部に位置づけ、集団的自我にそのつきあひをさせて、個人的自我は深部に取つておくといふ近代人の「精神の政治学」を心得てゐないことに、日本の近代史の弱点があるのだ。

そして皮肉なことに、明治以来の「近代化」はさういふ弱点を利用することによつて、世界史に類のない大成功を収めたのである。が、それはあくまで制度、経済などの物質面における「近代化」に過ぎず、それが異常な成果をもたらしただけに、その陰では精神が未熟のまま放置されてゐたのだ。そして、その両者の矛盾を維持することの辛さが、時折、国民を軽挙妄動に走らせる。かうして私達の歴史は右から左へ、左から右へと、事前には全く予期できず、事後には夢としか思はれぬほどの、そして外国人には決して理解できないやうな極端な転換、ないしは「盛上り」を示してきた。

だが、その「政治主義の悪」の代りに、今私たちの前には「経済主義の悪」が立ちはだかつてゐはしないだらうか。

前巻の「日本および日本人」といふのは、「近代日本および近代日本人」と置き換へてもよかつたのである。それを前提として、本巻Ⅲを読んでもらひたい。これは「文藝春秋」の昭和三十八年十月号から「日本近代化試論」の名で連載したもので、出来れば一年位続けたいと思つてゐたのだが、六回でつひに「挫折」した。しかし、六回だけにせよ、私の意図は分つてもらへよう。それは各論に対する本論に当るものである。「演劇的文化論」は右の本論が文化論を欠いてゐるのが残念なので、これをその代りとして読んでもらへれば幸ひである。

いささか唐突のやうに思へるが、ここで「シャーロック・ホームズ鳳凰堂本尊修理に挑む」について書いておきたい。先に引用した私の文章で「自分は何々家、何々業などといふ肩書は勿論、自分に対する一切のレッテルを拒否する様に生きたい」と不遜にも広言してゐるが、この「美術評論」もやはり他の諸論文と同じく私の描いた同心円の一つであり、それらはいづれも中心にある私の本質を目ざしてゐるつもりである。「推理小説」の形を取つたのは、その方が解り易いと思つたからだ。ここに出て来るシャーロック・ホームズは松原正業氏のことであり、ワトソンは私である。昭和三十三年の秋に私は松原氏に伴はれ、京都、奈良を見て歩いたが、これはその「見学報告書」の一部であり、私たちの間には殆どこれと同じ言葉が遣り取りされたのである。

さうは言つても、大方の読者は、その松原正業とは一体如何なる人物なのか、恐らく想像もつかぬことであらう、ここに氏の簡単な履歴を認めておく。氏はかつては帝展無鑑査の彫刻家であり、当時は文化財保護委員会に勤め国宝修理に従事してゐた。退職後は大倉集古館の学芸委員になり、また東京の国立近代美術館の調査委員をも兼ねた。東西美術の権威、矢代幸雄は生前、松原氏を称して「修理の鬼」と呼んでゐたのである。氏が亡つてから、来年の一月で丁度十七年になる。私は昭和三十四年の四月に出た「聲」の第三号に、松原正業著「埴輪」を書評してゐるが、その一部をそのまま「借用」する。

日本の美術史研究はフェノロサ、天心以来、少しも進歩してゐない。愚にもつかぬ美辞麗句に酔ひつづけてゐる。文学の、あるいは文学趣味の悪い影響が美術史研究におけるほど露骨に現れた例は他におそらくあるまい。最近では骨董屋まで彼等の文学的表現をまねて怪しげな鑑賞美学を展開するものが多くなつたさうだが、それも至極当然である。別に骨董屋の方で背のびしてゐるのでもなければ学智を衒つてゐるのでもあるまい。その種の文学的表現は、初めから三流骨董屋向きに出来てゐるのだ。

骨董屋に限らない。戦後の学校教育は軍事教練の代りに危気のない芸術教育に力を入れるやうになつたおかげで、京都や奈良の古寺では、修学旅行団の来襲にそなへるため、ここ数年来どこでも数名の案内人をかかへてゐるが、その案内人がことごとく美術書から抜書した言葉を忠実に復唱してゐる。それを聴くたびに感心するのだが、それらの言葉がなんと彼等に似つかはしいことか。百年の後には美術史家の方が彼等の影響を受けたと誤解されないでもあるまい。

それは物を造るといふ地道な作業とはなんの関りもないのだが、しかもどんな素人にもその神秘に参与しえたやうな浪漫的幻覚を与へる点で、早解り通俗科学書の在り方とよく似てをり、またその手を一度おぼえしまふと、誰でも手軽に通を発揮できる点では床屋政談そつくりである。（略）「埴輪」の著者松原正業氏はまづその馬鹿らしさに警告を発することから、この本を書きはじめてゐる。戦後、埴輪や土偶が前衛美術の祭神に祀りあげられるに至つたことを思へば、それも当然であらう。氏は「まへがき」でかう述べてゐる。

たとへば「ピカソを思はすやうな思ひきつた埴輪の表現」などといつてはならない。冗談にしかならないからだ。現代の画家や彫刻家のごとく、写実的表現の技術を修得しつくした者と、埴輪作者のごとく、技法がもたらすさまざまの制約内でより写実的たらんと志してゐた者とのあひだには、雲泥の差があるはずだし、また現代の芸術家たちの特技である無意識を装ふなどといふ離れわざは、埴輪作者のまつたくあづかりしらぬところだつたにさうゐないのである。

全く同感である。ただし彫刻家として「写実的表現の技術を修得しつくした者」である松原氏は自分の力量をもつて他を測りすぎた嫌ひがある。氏のために註すれば「写実的表現の技術を修得しつくした時代に生れた者」と、間に六字を追加すべきであらう。（略）氏はなほ自著「埴輪」の特徴について次のやうに書いてゐる。

私はまた、埴輪の製作技法を知らずに埴輪について論ずるわけにはゆかないと思つてゐる。とくに「埴輪の製作技法」といふ一章をまうけたゆゑんなのだが、これは単に埴輪に限らないので、仏教美術の場合でもさうなのである。たとへば金銅仏の製法を知らなければ、その真贋は見抜けないし、また本当の鑑賞もできないのである。戦後埴輪についていろいろなことが言はれてきたが、埴輪の製法についてはほとんどなにも言はれてゐない。私はこれは間違つてゐると考へる。なぜなら、埴輪の単純さ素朴さは、埴輪作者の天真爛漫のためもあらうが、また埴輪の製法がもたらす必然的な結果でもあるからである。

確かにホームズの言ふ通り、「仏像は見るものではなく、造るものだ。たとへ見るためのものにしても、造る気もちでなければ、何も見えるわけがない」のである。それはまた松原氏の口癖であり、私が氏から教はつたことのすべてである、「鳳凰堂本尊修理に挑む」はただそのことだけを書いたものなのだ。ホームズの手に掛り、その「比類のない〈完全犯罪〉」が一つ一つ突き崩されて行く過程は、今これを読んでみても吾ながら「巧く」書けてゐると思ふ。なほ「修理の鬼」松原正業の非凡を顕彰する話の種は他に幾らもあり、それらはいづれも読者を喜ばせるであらうが、興に乗つて今それを書いてゐる余裕はない。

この辺で昭和三十八年の劇団「雲」設立の経緯に触れたいと思ふが、その前に、私のこれまでの芝居との関りを一通り述べておかう。

私が戯曲に興味を抱くやうになつたのは浦和高等学校に入つてからである。その頃、友田恭助、田村秋子夫妻の築地座が脚本募集をしたことがある。私はそれに応募し当選作なしの選外佳作二篇のうちに入つた、それが私の最初の作品といふことにならうか。今見たら読むに耐へない幼稚なものであらうが、失つてしまつてみるとやはり懐しい。因みにその時はアメリカ帰りの川口一郎の「二十六番館」が大江良太郎の推薦で後から当選といふ形になり、昭和七年九月、築地座第六回公演として上演され、岸田國士、正宗白鳥、辰野隆の諸氏に激賞されてをり、私もそれを観てなるほどこれは私など及びもつかぬと思つたことを覚えてゐる。その後も同人雑誌に戯曲を発表したりしたが、私の関心は漸く評論の方に移り、暫く劇作から遠ざかつてしまつた。

その私が初めて芝居の世界に入つて行つたのは、覚書二に述べたとほり、戯曲「キティ颱風」を岸田國士の推薦で「人間」の昭和二十五年一月号に発表したのが機縁である。これはその年の三月に、杉村春子、芥川比呂志、その他文学座総出演の形で三越劇場において上演されることとなつた。文学座三幹事の一人である岸田氏の推薦によることは勿論である。続いて十二月には一幕物の「堅塁奪取」がやはり文学座のアトリエ公演として上演された。一方同じ年の十一月には岸田氏の戯曲「道遠からん」を氏と共同演出した、と言ふと聞えがいいが、実情はまことにだらしのない話で、最初は私一人の演出、といふ事だつたが、何しろ初めてのことではあり、自分の作品や翻訳ならともかく、ひとの作品では全く手の施しやうがなく、始末に困つて作者に相談したところ、それでは一緒にやらうといふ訳で共同演出といふ形になつたのだ。私にとつては一つの得難い経験だつたと言へよう。

二十六年五月には、大岡昇平の小説「武蔵野夫人」を脚色し、これも文学座が上演したが、この公演の途中で芥川が胸部疾患のため倒れ、宮口精二が代役をすることとなる。芥川は前年にも一度たふれたが、これが以後三十年に亙る彼の宿痾となつた。私はこの年の秋、戯曲「龍を撫でた男」を書き、芥川の健康の恢復を待つて、翌年の十一月に舞台にかけることが出来た。この時の芥川は一段と演技力を伸ばし、「週刊朝日」がその年の〝最高演技者〟として推したほどの出来栄えで、田村秋子、杉村春子の「二大女優」を相手に見事な主役をつとめたのである。私もこの頃には岸田氏との関りもあり、一番肌も合ふ文学座の文芸演出部に籍を置くやうになつてゐた。

昭和二十九年の三月初め、私はどうやら前半のアメリカ滞在を無事終へて、次の予定地のイギリスへ移るため身の廻りの整理に忙しかつた。そんなある日、気附先のロックフェラー財団の事務所に日本から電報が届いてゐると連絡があつた。ヨーロッパへ移つてからの半年間もロックフェラー財団からの給附はあるのだが、やはり多少の余裕は欲しい、手許が少々心細くなつて来てゐたので、その時千五百ドル（六十万円）ばかりを家から送つてもらふやう手配を頼んであつた、それが来るといふ報せだらうと喜び勇んで出かけて行つた私が手にしたのは岸田氏の訃報だつた、氏は「どん底」の舞台稽古の最中に倒れ、そのまま翌五日、初日の朝亡つたのである。あの時の、いはば虚脱感とでもいふのであらうか、胸の中に穴の明いたやうな何とも心許ない気持を忘れない。事務所を出てどこをどう歩いたのだらう、急に目の前にタクシーが止つたのでドアを開けて足を踏みこんだところ、中には妙齢の美人が恐しい顔をしてこちらを睨んでゐた、赤信号で止つたタクシーに、それと気附かず乗らうとしてしまつたのだ。

その年の九月帰国して「ハムレット」を訳し、芥川の主演で三十年に上演したことは既に覚書三に書いた。同じ二十九年の秋頃、中部日本放送が詩劇を書いてくれないかと言つて来た。日本で詩劇なるものが成立つかどうかは別として、私なりに「詩劇」といふものを考へて「崖のうへ」といふ放送劇を書いたが、果してそれを詩劇と呼んでいいだらうか、それは大方の読者の判断に任せることにしよう。後にこれを一晩芝居に仕立て直して

「明暗」と改題し、三十一年三月、文学座創立二十年記念第一回公演として上演した。この時の色々な経緯から結局文学座を退座することになるのだが、それにはまた後で触れることにする。

一方、劇団民芸、俳優座などほかの新劇団との関係はどうだつたか。私が一年の海外旅行を終へて帰つて来た二十九年の暮に、民芸が私の「幽霊やしき」を滝沢修主演によつて上演してゐる。民芸はその前年にもジェイムズ・バリの「あっぱれクライトン」（鳴海四朗との共訳）を上演した。私の作品を民芸が採りあげたなどとは誰も信じないかもしれない。民芸ばかりではなく、二十七年には俳優座がやはり私の「現代の英雄」を上演してゐる、小沢栄太郎、東山千栄子、千田是也など、殆ど劇団総出演の形であつた、これは俳優座に頼まれて書いたものである。文学座と違つてどちらかといへば左がかつた劇団の民芸や俳優座がなぜ私のやうな人間の作品を上演する気になつたのか、いま考へると不思議な気がする。逆にそれらの劇団が私から離れて行つたのはなぜか、それならはつきりしてゐる。「平和論にたいする疑問」を書いたからである。この一文が切掛けとなつて私は「保守反動」呼ばはりされ、論壇から「村八分」の処遇を受けるに至つたことは前に書いた。論壇で村八分にされた以上、劇壇でも当然同じ目に合はされた、といつても、当時は民芸、俳優座、文学座三劇団を新劇御三家と称してをり、その文学座は「保守的」とされ、他の二劇団はいふまでもなく「進歩的」であつたが、その進歩的な二劇団から「村八分」

にされたのである、それ以来、この二劇団とは交渉がない。劇団「四季」との附合ひが始つたのはずつと遅かつたが、私の翻訳でシェイクスピアのものを幾つか上演し、私が自分で演出したこともある。創作では「解つてたまるか！」や「総統いまだ死せず」を上演してくれた。

歌舞伎では菊五郎劇団で円地文子の、坂東玉三郎で三島由紀夫のものをやつたりしたが、最も関りの深かつたのは八世松本幸四郎（後の白鸚）である。彼とは現文藝春秋社長上林吾郎氏の仲立ちで知り合ひ、私は彼のために「明智光秀」を書いた。それが「文藝」の三十二年三月号に載った時、正宗白鳥から「これは歌舞伎役者にはできない、新劇でやるべきだ」と言はれたが、皮肉なことに種々の事情から「歌舞伎座ではできない」ことになつてしまつた、それを文学座の企画として採り上げてくれたのは岩田豊雄である。その結果、私の演出で歌舞伎俳優と新劇俳優との合同公演といふ史上初めての試みがその年の八月東横ホールで実現することとなつた。その後も彼との縁は続き、三十五年にはやはり私の演出で「オセロー」に出演してもらつた。また、その後一時東宝に移籍してゐた彼のために「有間皇子」を書いて芸術座で演出したこともある。それらいづれも歌舞伎の立役者として申分ない風格、貫禄、気品を持ち、いつも演出家としての私を満足させてくれた。それが思ひがけない早い他界で、今はただその風姿を偲ぶだけになつてしまつたのはまことに寂しい。五十四年秋、山本有三の「米百俵」を演出したのが彼と一緒に仕事をした最後だつた。

昭和三十八年一月十四日の毎日新聞には「文学座が分裂　芥川岸田ら脱退　劇団雲結成へ　中堅・若手の現状不満」といふ大見出しのもとに次のやうに書かれてあつた。

わが國の新劇界でもっとも古い歴史をもつ劇団文学座（代表、中村伸郎氏）は杉村春子、中村伸郎氏ら幹部と芥川比呂志、岸田今日子さんら中堅・若手俳優が一昨年から内部対立をつづけていたが、中堅・若手組の二十余人は、十三日夜ついに脱退を決め、十四日午後、演劇関係者に発表する。脱退者は芥川比呂志（病気入院中）、仲谷昇、神山繁、小池朝雄、加藤和夫、稲垣昭三、名古屋章、岸田今日子、文野朋子、福田妙子、日塔智子さんら。演出部からは荒川哲生ら三氏。……

この記事が毎日新聞だけに出たのには訳がある。文学座から別れようといふ相談は内々に進んではゐたが、まだ新聞に発表の何のといふ段階ではなかつた。それが丹阿弥谷津子の「軽挙」のために一月十四日に発表せざるを得なくなつたのである。「軽挙」とはこちら側の勧誘を受けて去就に迷つた丹阿弥が、人もあらうに毎日の記者をしてゐた日下令光に相談したのだといふ、新聞記者に相談するなどとは一種の「裏切り」にもひとしい。もつとも、そのことが解つたのちも、いかにも「お嬢さん」の丹阿弥谷津子らしいと笑ひこそすれ誰も怒りはしなかつた。ところで毎日新聞はこの「脱退」騒ぎを文学座の幹部と中堅若手との「時代感覚のズレ」が根本原因だとしてゐるが、さういふ見方は新聞報道の紋切型に過ぎない。当時、すなはち昭和三十八年の「中央公論」三月号に私が書いた「演劇集団〝雲〟設立の経緯」を読めば大体解つてもらへるだらう。

私もかつて文学座に籍を置いた事があつた。当時、杉村春子は私に向つて「女の劇団は駄目だ、文学座に一本筋を通してくれ」と頼んだものである。人の好い私は多少その気になつた。そしてまづその第一著手に自作「明暗」の主役を南美江に配し、杉村を「ふけ」に廻した。それまでも、それ以降も、杉村は若い女の主役をすべて自分のものと決めてゐるが、それこそ劇団として筋が通らぬではないか。もちろん、杉村は不満の意を洩した。「私が若い役を演れるのは、後五年しか無い、南さんや賀原さんはまだ先があるのだから、どちらかをふけに廻してくれ」と言ふ。私は頑として応じなかつた。それで良かつたと思つてゐる。なぜなら、それから早くも満七年になるが、杉村は依然として若い主役を演り続けてゐる。一方、南、賀原、荒木、その他の女優達は既に四十、つひに一杉村のために演劇的青春を喪失してしまつたのである。女優ばかりではない。文学座の男優達を見るがよい。宮口精二、芥川比呂志を除いて、杉村の相手役を勤めて来た連中は、単に女主人公の引立役として終始し、立役の出来る者は一人もゐない、これまた青春を喪失してしまつたのである。何の事は無い、雲の同人となつた男女優は、彼等を鏡として、そこに数年後の自分の姿を眺め慄然としただけの事である。

（略）

かういふ根本的な不満が十年も続いて、漸く今頃になつて爆発したといふ事の方に、世間は寧ろ不審を懐くべきであらう。私は杉村を中傷するために右の事を言つたのではない。まだ後がある。「明暗」の配役を切掛けにして、私は文学座を止めた。それも曖昧にではなく、はつきり杉村の非を責めて止めたのである。そればかりではない。その直後、私は芥川と一緒に劇団を立てようと計つた。ある事情でそれは沙汰止みになつたが、またある事情で、その「陰謀」は文学座に筒抜けになつた。また中共公演における「女の一生」改作についても、私は文学座を批判する文章を「芸術新潮」に公けにした。私が言ひたいのはその点である。性格が喧嘩早いといふこともあるかもしれぬが、文学座に対してさうまではつきり批判的な私を、その後も文学座が拒絶しなかつたのはなぜか。もちろん、芥川以下中堅諸君の支持があつたからである。が、それにしてもこれは他の劇団では理解できぬ事だ。批判者の私を支持する中堅は当然同じく批判者であり、しかも、それは座内で公然の事実となつてゐた。また私と関係あるなしを問はず、誰かが「謀反」を企ててゐるらしいといふ噂は、絶えず半信半疑の形で座内に流れてゐたのである。文学座は寛大なのか。さうではない。万事が好い加減なのだ。精々善意に解して、先に私はそれを温情主義と名付けたのである。その空気の中では、芸術上の問題にせよ、組織上の問題にせよ、折目正しく話合ふ事は不可能であり、たとへそれが出来ても明確な結論は出ず、また出ても実現されず、その実現されぬ事を改めて問題にする野暮は禁物なのである。ある意味でこの母系家族的包容主義は新劇界のみならず、程度の差こそあれ、日本の近代社会の特徴と言つてよからう。

新劇は附合へば附合ふ程、その矛盾、あるいは矛盾のごまかし方において、私にはこれこそ日本近代化の象徴、乃至は犠牲者に見えてくる。

もつとも、芥川比呂志と新しい劇団を作る話をしたのはこれが初めてではなかつた。昭和二十五年か二十六年のことであるが、胸を患つて倒れた芥川が、夏場、暫くを大磯で過したいといふので、この町に昔からある大内館といふ宿を紹介しておいた。その彼が大磯へ来て二三日経つか経たぬうちに、思はぬ相談を持掛けてきたのである、自分は文学座を止めて新しい劇団を作りたいと思つてゐるのだが、その時は私も彼と行動を共にしてくれないかと言ふ。私のことは兎も角として肝腎なのは芥川の方だ、まだ彼は一本立ちする時期ではないと私は思つた、芝居は一人では出来ない、何人かをその周囲に集めるだけの力が必要だ、才能にせよ、人間的な魅力にせよ、それがまだその頃の芥川には不足してゐる、さういふ意味のことを言つて、私は彼の「無謀」を押しとどめた。芥川はその話をもつともと思つて聴いたのか、さういふ私に気が無いものと見たのか、話はそれなりに終つた。

彼はこの頃文学座が「杉村春子の文学座」になるのを一番惧れてゐたやうに思はれる。私は「キティ颱風」の舞台稽古の日、三越劇場の楽屋で、だいぶ酒のはいつた芥川が肩を怒らせ目を据ゑて、「女座長」の杉村に食つて掛るのを見たことがある、「俺はあんたなどとは較べ者にならない芸術家なんだぞ。」いや、「食つて掛る」とはいつても大したことはない、胸は張つても腰は砕けてゐる。「舞台稽古だといふのにお酒なんか飲んで」といふ杉村の眦を決した一喝に出遭つて、そのまま引込んでしまつたのである。それまで文学座にゐた男優たちは誰一人として杉村に楯突くものはゐなかつた、芥川はどうするだらうか、若手俳優の誰もが彼のうちに「芸術家」を見てゐたはずで、それをこのやうな「酒の上の話」に終らせたくはなかつたのだ。芥川もそれを意識してゐる。それがいつも小出しに「酒の上の話」になつて現れてしまひ、かへつて一つの大きなものへの凝集力を失つて行く自分を苛立たしく見送つてゐたのであらう。

その芥川が「龍を撫でた男」の演技で褒められ、「ハムレット」でも生き生きした知的で行動派のハムレットを演じた、それは今日に至るまで「芥川ハムレット」の名を残すほどの出来であつた。いくら「女座長」の杉村でもこれには歯が立たなかつた。この頃になると杉村はもはや芥川の存在を無視できなくなつたのである。そのせゐもあつたらうと思ふが、「ハムレット」の大阪公演の時、杉村は「若手の中に不満があるらしいので、自分は座を外すから彼等の話を聞いてやつてくれ」と言つたことがある。その当時の様子を北見治一は「回想の文学座」（中公新書）の中で次のやうに書いてゐる。

『ハムレット』の初演の大阪公演中、帰京する福田を歓送する会食が、上野旅館でひらかれた。そのあと、当時の若い世代で彼をかこみ、いつもはおそくまで麻雀に興じる応接間で、話しあいをしたことがあった。福田は力説した。

「ヴェテラン連中は、もはや動脈硬化した人間ですよ。なおさらこっち側が、柔軟性をもたなくっちゃあいけない。君たちもあせったり、ヤケをおこしたりせず、徐々に改革してゆくことがたいせつです」

福田は前年の文学座が、『二号』や『探偵物語』（キングスレー作）を上演したことについても、納得がゆかないといった。彼にいわせれば、「これじゃあ現状維持どころか、一歩後退」だったからだ。彼は三年まえの『龍を撫でた男』を機に、神西清、鳴海四郎（すこしおくれて鈴木力衛。以上はいかにすぐれた翻訳陣であったことか）とともに、文芸演出部にくわわっていた。しかし、彼の外遊中、岸田國士が急逝し、座内の雲の会運動の精神が、稀薄化したことを人一倍憂えてもいた。

そのころ評判の高かった芥川のハムレットへの対抗意識もつよかっただろうが、この役にこれまでの彼女のすべてを、ぶちこんでいたといってよかった。

そのころ杉村は、こんなことまで僕にもらすことがあった。

「あたしも、若い役をやれるのは、いまのうちだし、いずれは脇へまわらなくっちゃならないトシがくるとおもうの。なにしろあなた、あとからあとから、若い女優が追っかけてくるんだから、そりゃあしんどいわよ」

当時は、すでに田村秋子が〝名誉座員〟の地位を返上していたから、杉村の座内でのライバルといえば、芥川比呂志が彼女をしだいにおびやかす存在になりつつあり、そしていつのときも、追うほうが勇ましくみえるのもたしかだった。

折り目切れ目のただしい芥川も、酒がはいると、役者としてのマゾヒスト的な性格よりも、演出家としてのサディスト的性格が、つよまる傾向にあった。ことに杉村にたいしては、意識的にカラムニストの面目を発揮していたようだ。

杉村ものちに『マクベス』を神戸で公演中（昭和三十三年一月）、僕と稲垣昭三をディナーにまねき、芥川の利己主義をとおさせないためにも、若い者の力がもっとつよくなって欲しいと要望している。

「明暗」の配役をめぐつて私が杉村と対立したことは前に引用した「〃雲〃設立の経緯」で明らかであらう。「明暗」はその前身の放送劇「崖のうへ」で芥川と南とが夫婦役で好評だつたので、それはそのまま据ゑ置き、新しく書き足した母親役を杉村に配さうとしたために杉村の不満を買つたのだ。この頃、私は文学座を止めようと思ひ始めてゐた。岸田國士が既に亡つてゐたこともその動機の一つである。三十一年の春、私は「明暗」の大阪公演について行く時、汽車の中で中村伸郎に文学座を退座したいと申出た。幹事の岩田豊雄には既にそのことを申出て、その理由も述べてあつたばかりでなく、五年前の夏の芥川の話をし、もし彼にその気があるなら、この際それに応へたいといふことも話しておいた。そこで芥川にも委細を語り、いつぞやの話も今なら相談に乗つてもいいといふことを告げた。彼の役者としての地歩も固まり、劇団を立てても世間はそれを認めるだらうと思つたからだ。芥川は喜んだ。だが、どうしたことかその後、彼から何の沙汰もない、私も芥川次第だから何もさう急かすことはないと考へてゐた。その内、当時「演劇」の編輯長をしてゐた椎野英之から芥川の劇団といふことでは若手が動かぬので彼も弱つてゐるといふ話を聞いた。真偽の程はわからぬが、それなら問ひ詰める必要もないと思つてそれなりにした、そんなこんなで、結局不発に終つてしまつたのだ。「〃雲〃設立の経緯」に、その「陰謀」が文学座に筒抜けになつたと書いたのは岩田氏の口を通じてか、それとも芥川から相談された若手の連中を通じてか、そのいづれかであつたらう。

三度目が劇団「雲」設立の時であつた。初め小池朝雄と仲谷昇が私のところへ来て、文学座を離れて新しく劇団を立てたいと相談を持ち掛けたのである。杉村等が安保騒動の年に「女の一生」を中国向けに改作して訪中公演を果したことは「〝雲〟設立の経緯」の中で触れたが、訪中新劇団が中国で幾つかの公演をした答礼にと、三十七年には中国側から新劇人が来日、その一団を日本側の新劇人が揃つて歓迎する会が、中島健蔵が理事長をしてゐた日中文化交流協会の主催で、あるホテルで開かれた。文学座からも何人かの役者が出席したが、その中に小池も交つてゐた、日本側の連中が「社会主義ハオ」と叫んだのに腹を立てた小池が「社会主義ノウ」と野次を飛ばして場外に連れ出された。その小池の言ふには、このホテルにおける歓迎会はほんの一例に過ぎない、文学座はもともと「芸術主義」を標榜してをり「社会主義劇団」ではないはずだ、それがいつの間にかこんなことになつてしまつたので、とてもそれについてゆけない、同じやうに考へてゐる連中がほかにも大勢ゐるといふ。毎日新聞が言ふやうに文学座の幹部と中堅の若手劇団員との「時代感覚のズレ」が根本原因だとしても、それは必ずしも世代における新旧の対立ではなく、その底には、さほど確乎たる「思想的」根拠がある訳でもないのに、「新劇版」安保騒動の動きに流されて中国一辺倒になつてしまつた杉村春子に対する不信と、それを軌道修正も出来ずそのまま引きずられてゐる幹部に対する不満とがあつたのである。

しかし、中堅若手の大部分はさういふ文学座に未練はないとは言ふものの、いざ話を進める段になると、一体、誰を仲間に選ぶべきかについて夫々の思惑が絡んで、そのために何回「会議」が重ねられたことだらう。私は今までの経緯からいつて、まづ芥川の承諾がほしいと言つた。ところが数名の重だつた者が、芥川は役者として最も尊敬はするものの、劇団指導者として、あるいは人間として頼りきれないと言ふ。私はそれも承知のうへで是非とも彼を加へてくれと主張し一同の諒承を得た。そのほか南美江、賀原夏子等四五名を誘ふことも求めたが、これはつひに容れられなかつた。その頃、芥川は何度目かの発病で入院加療中だつたので、私は彼を慶應病院の一室に訪ねて私たちの劇団への参加を求めた。彼は寝台の上に几帳面に居ずまひを正し「宜しくお願ひします」と言つてくれた。

左に創立声明書を掲げておく。

明治末期の文芸協会・自由劇場に始る新劇の歴史は、大正十三年の築地小劇場運動によつて、漸くその軌道に乗つたものと言へませう。が、それから三十余年を経た今日、新劇界は早くも当初の理想と情熱とを失ひ、しかも拠るべき伝統はつひに形成されず、依然として混迷のうちに停滞しながら、その不安を専ら独善的な自己満足の蔭に糊塗してゐるかに見えます。

新劇が西洋の演劇を範として出発したものである事は、言ふまでもありませんが、その際、当時の運動の担ひ手達が犯した過ちの第一は、「西洋」の魅力と「演劇」の魅力とを混同し、後者より寧ろ前者の虜となつた事であります。そのために新劇は演劇に奉仕する前に、まづ日本の近代化に奉仕する事になりました。即ち、それは西洋の思想・社会・風俗の新しさに憬れる文明開化運動の一翼を担はされる事になり、やがて時代の推移と共に尖鋭化して、政治運動へと先細りして行かざるを得なくなつたのでありま す。

彼等の犯した過ちの第二は、数百年に亙る長い歴史の末端に位する西洋の「近代」あるいは「現代」の演劇に過ぎぬものを、直ちに「西洋」の演劇そのものと誤認した事であります。なるほど西洋においては、それら自然主義・表現主義の運動が、伝統の固定化、形式化による堕落から、演劇を救ひ出さうとするものであつたといふ事実は、あながちに否定し得ません。が、歴史を全く異にする吾が国に移し入れられた時、それらはただ演劇をその伝統から断ち切り、単に近代的衰弱に追ひ込む否定的な役割しか果す事ができなかつたのです。即ち、新劇は日本の演劇伝統に対して全き絶縁を宣言したばかりでなく、西洋の演劇についても、古典の源流にまで溯り、その本質を探らうとする姿勢を採る事なく、現在に至るまで唯ひたすら近代劇・現代劇としての自律と完成とに小成を求めて来たと言つても過言ではありますまい。

しかし、第三に、伝統と本質とを無視して、それみづからにおいて完成し、自律性を獲得しようと焦れば焦る程、それは他の芸術や文化とはもちろん社会一般との繋りを断たれて、閉鎖的、排他的な世界を形造り、その狭い職業意識の殻の中に閉ぢ籠らざるを得なくなりました。事実、今日の新劇は外部からその未熟と遅れとを絶えず嘲笑されながら、己れと最も密接な関係にあるべき筈の文学や文壇とさへ絶縁し、頑なにその門戸を開かうとしないのであります。

これらの禍根はいづれも築地小劇場運動そのもののうちに潜んでをります。私共もまた多かれ少かれその弊風に禍されてをりませう。が、その自覚こそ、私共に残された唯一の共有財産であります。故に、むしろ私共はみづから努めて自足の殻を打ち破り、無から出発しようとする決意のもとに、同行相求めて今日に至つたのであります。私共の目的は単に劇団を造る事にあるのではなく、文芸協会・自由劇場設立当時の初心に立返り、新劇の目ざすべき「劇」とは何かを問ひ正し、その伝統形成の礎石となる事にあります。もちろん私共は演劇が芸術であると同時に娯楽である事を無視するものではありません。ただ、戦前の新劇が観客に向つて苦行的陶酔を強ひた風潮を否定すると同時に、今日その反動として大衆社会化の波に乗り、いたづらに卑俗安易な迎合に陥りがちな風潮にもまた抵抗を感じるものであります。

ここに私共は現代演劇協会なる構想のもとに演劇集団「雲」を組織し、以上の趣意に基づく行動を開始する事を誓ひ、皆様の御理解と御支持とをお願ひ申上げる次第です。

この創立声明書は大方の「文学的評価」を得た。中村光夫からは「まあ、よく出来てゐる、これは演劇ばかりではなく、すべての分野で日本の歩んで来た近代化の苦しさを指摘してゐるものなあ」と言はれた。褒められたのか腐されたのかよく解らないが、私はそんな時には褒められたのだと受取ることにしてゐる。

たまたま渋谷の千駄ヶ谷に演出部の荒川哲生の持家があつたので、取敢へずその一階を劇団の仮事務所として発足した。偶然その隣に幼馴染の波多野武志が住んでゐて、彼には当時随分世話になつた、勤めから帰ると事務所へやつて来て何かとこまめに手伝つてくれたり、私の家が遠いので寝泊りの厄介を掛けたりもした。

小林秀雄からその亡る二三年前に「君は実に運のいい男だ」と言はれたことがあるが、つくづくその通りだと思ふ。「雲」設立の時でもさうだつた。現参議院議員の原文兵衛は浦和高等学校時代の同級生だが、「雲」の旗揚げ公演の時、その「夏の夜の夢」を観に来てくれ、「これだけの連中を集めてやつて行くのは大変だらう」と呟いた。「いや、何とかなるさ。」「さう遠慮することはない、僕には金はないが、金を出してくれる人を紹介することは出来るよ。」「いくら君がさう言つても、新劇のために金を出してくれるやうな人はゐつこないよ。」「警視総監だつてさう馬鹿にしたものでもないぞ。」そんな話をして笑ひ合つたが、それも初日の夜の賑やかな雰囲気の中での冗談ぐらゐに思つてゐた、だが、原は本気で考へてゐてくれたのである。彼の尽力で財界から多くの援助を得、一方アジア財団からの助けもあつて、やがて麻布簞笥町に地所を見つけ、三十九年秋には稽古場と事務所を建てることが出来た。好運なことに飛島建設の会長飛島斉とは中学、高校時代の友人だつたので、その飛島建設に建ててもらつたのである。

また、「人と狼」「パリ繁昌記」などの戯曲を文学座に提供してくれた中村光夫にはあらかじめ「雲」設立のことは打明けておいた。「雲」といふ劇団名をさきの「雲の会」から取つたので、その名附親である彼に一応挨拶のつもりもあつた。はつきりは覚えてゐないが小林秀雄には、話せば留められると思つたのであらう、何も言はずにおいたやうな気がする。が、暫くしてその小林氏からは「雲のことは君がまだ若い時なら別だが、今はその歳に信頼する」といふ意味の小林氏らしい葉書を貰つた。世間では「いい歳をして」と嘲笑の声が多かつた中で、この小林氏の激励の言葉は嬉しかつた。同じ三十八年五月には「雲」の上に財団法人現代演劇協会設立の認可を受け、私が理事長となり、小林秀雄、大岡昇平、中村光夫、武田泰淳、吉田健一の諸氏に理事になつてもらつた。

その後、昭和四十二年に劇団「欅」を設立した。「雲」の創立声明書に「もちろん私共は演劇が芸術であると同時に娯楽である事を無視するものではありません」とあるやうに、主として「雲」は「芸術」に重点を置き、「欅」は「娯楽」に力点を置き、両者は車の両輪のやうに協力してゆけばよいと私は考へてゐた。そして四十八年には「雲」の担当者を芥川とし、私は「欅」を担当することとなつた。もちろん役者たちも、二つの劇団が夫々の特徴を持ちながら手を携へてゆくといふ考へに最初は賛同してゐたのだが、つひには五十年八月、「雲」の役者の大方が芥川を頼つて現代演劇協会を去るに至つたのである。常々芥川は「欅」を新劇団とは認めないと言つてゐたが、さういふ反撥が根にあつたのであらう。

劇団を作るに当つての私の役割は何だつたのか、私にはほかに物書きとしての本業があり芝居に専念することは出来ないだらう、私が役者たちに要求したのはただ一つのことでしかなかつた。それは文学座の杉村の轍を踏まぬこと、つまり誰もが常に自分の好きな作品、好きな役をやりたいだらう、種々その希望を述べるのは自由だが、たがひに折り合ひのつかぬやうな時は、演目、配役の最終的な決定権は私に任せて貰ひたいといふ、それだけのことである。これは至極当然なことのやうだが、幾ら私が大所高所から考へて公平だと思つたところで、役者の立場からすればいつも自分だけが損をしてゐると思ひ込むものだ、事実、「雲」が分裂する時、私はその分れてゆく役者たちと話し合つたが、彼らは正直にその通りのことを言つてゐた。私は「雲」を作る時、文学座における杉村春子の母系家族的な一種の家長専制だけは真似たくないと思つてゐたのだが、その意味では杉村に見事に仇を討たれたのである。なぜなら私の考へてゐたことは、傍(はた)から見れば私を中心とした父系家族的家長専制主義と言はれても仕方がないからだ。芥川は私に言つたことがある、「福田さんはドライ・アイスのやうな人だ、冷たいがそれに触(さは)れば火傷(やけど)する」と、杉村は火のやうに周囲を焼き払ふといふ意味か。

その後、「雲」の残留者と「欅」とを一緒にして劇団「昴(すばる)」を作つて現在に至つてゐるが、肝腎の私は、四半世紀前「雲」を作つた時の夢をそのまま持ち続けてゐる同じ私である。が、その私はもはや若くはない、このまま一体どれほどの人がついて来てくれるであらうか。

福田恆存全集　第六巻（覚書六）

初めにお断りしておくが、次巻には年譜を附し、かつ「覚書」を書くだけの紙数の余裕があつたのだが、実は「テアトロ」といふ雑誌に連載した「せりふと動き」（「役者への忠告」）を何とかしてこの全集中に収めておきたいと思ひ立つた。さて、さうなると、今までそこに収めるはずだつたものを幾つか省かねばならず、それをどれにしようかと考へ、いろいろ遣繰りしてみたが、どうにもならない。結局、次巻の「覚書」もここへ繰上げて書かせてもらはうと思ひついた。私の遣ること為すこと、すべてはかくのごとく行き当りばつたり、徒らに周囲の人に迷惑を掛けるばかりでまことに申訳がない。この場合、なぜさうまでしてこれを採りたいのか、それについて一言しておかう。確かにそれは「役者にたいする忠告」といふ劇評の形をとつてをり、一般の読者には向かないと思はれるかも知れないが、これが書かれた当時は、芝居に関係の無い読者にも多少の興味は持たれたと思つてゐる。といふのも、そこに書かれてゐるのは具体的な演劇論、演技論であると同時に、文学論でもあるからだ。私の演劇観は飽くまで言葉が中心である、言葉といつても、この場合は実際に口に出して物を言ふせりふである。せりふである以上、強弱さまざまの声を出し、その場その場で或は相手に訴へ、或は相手を支配しようとする、その為にはせりふとともに己れの手脚も無意識のうちに制禦してゐる筈だが、それがわれわれ自身のせりふであるうちは無意識のうちに制禦も出来ようが、与へられたせりふとなると、なかなかさうは行かない。どの言葉に力を入れたらよいのか、どこまで一気に喋らなければいけないのか、どのせりふを考へ考へぽつりぽつりと喋らなければいけないのか、或は相手のせりふに賛成して、その言ひ終るか終らぬうちに、勢ひこめて喋り始めるには、自分の体勢をどう整へておかなければならないか、また相手の言葉を黙つて聴いてゐる場合どうしたらよいのか、それら一切を含めて息の出し入れに注意しなければならない。

これは戯曲に限らず、小説や評論の文章についても同じことが言へるのではないだらうか。われわれは文章といふものをすべて他人のせりふで書いてゐるのだ、それを如何に自分のせりふにするかが問題なのである。さういふことを少しも考へに入れてゐない筆者の書いたものは、その文章の脈絡をひとへに一語一語の概念の結びつきだけに頼らねばならず、幾ら「てにをは」を用ゐてあらうと、そこには筆者の息遣ひといふものが全く感ぜられない。さういふ声の無い文章を悪文と呼ぶのだが、さうかと言つて声があれば名文といふわけでもなく、声が無ければ悪文と限つたものでもない、漱石の文章には聲があり、鷗外の文章には声が無い、といふより、それは声を溜め殺した名文である。鏡花の文章にも声があり、しかも時には、ただそのためだけの、詰り、作者自身も酔つてそれに聴き惚れてゐるだけの、唄の部分がある。私小説作家と言はれてゐる近松秋江には、一見、それとは気づかれない声がある。「黒髪」の中には京の宵に音も無く降り積る雪のやうに、三弦の音も巷の賑ひも、音といふ音をすべて吸取つてしまふやうな描写がある。

ここまで書いて来て、はたと詰つた。私は次巻に予定外の「せりふと動き」を収めようとして、それがなぜ捨てられないかを書いてゐるうち、いつの間にか「独断的な、余りに独断的な」の「世界」といへば大げさだが、その周辺に近附いて来た。が、今それを書いてゐる訳には行かない、どうしてさうは行かないのか、お前の「覚書」など何も脈絡など無いではないかと言はれても、どうもさうは行かない、人には脈絡など無いやうに見えるだらうが、やはりそこには脈絡もあり、間もあるのだ。

この全集の第一巻が出たとき、ある匿名批評の欄で私の「頑固振り」を評して、他人の書いた解説などは一切附けず、お終ひに自分が書いた「覚書」を載せてゐると、書いてあつたが、そんな高級なことではない。満遍なく私の書いたものにそれ相応に附合つてくれるほど親切な人はゐさうもない、戯曲も書き、劇評もし、小説にも手を出し、文学論もやる、翻訳にまで手を延ばすかと思へば、その他、国語、文化はもちろん、政治、社会現象に至るまで何にでも口を出す、さういふ男の相手など誰も面倒臭がつてしてくれはしない、「自分の手で用意した寝床なら自分で寝るしかない」、それゆゑ、かうして「覚書」を自分で書いてゐるのである。最初の「福田恆存著作集」の時も、次の「福田恆存評論集」の時も全部自分の手で始末した、以上、威張つてゐるのではない、この年になつて少々くたびれたと愚痴を零してゐるのである。

さて、昭和四十三年の一月、原書房の企画で国民講座「日本人の再建」のなかの一冊、「現代日本人の思想」といふ座談会を、会田雄次、大島康正、鯖田豊之、西義之、林健太郎、福田信之、三島由紀夫、村松剛の諸氏とともに試みたことがある。どんな話をしたか全く覚えてゐないが、その席上でか、その後の食事の時にか、私は三島に「福田さんは暗渠で西洋に通じてゐるでせう」と、まるで不義密通を質すかのやうな調子で極め附けられたことがある。先日、たまたまその話を西氏にしたところ、西氏もそれは覚えてゐると言つた。西氏も私もその前後の脈絡は記憶にない。しかし、講座の名称が「日本人の再建」であり、座談会が「現代日本人の思想」といふからには、どう考へても三島はそれを良い意味で言つたのではなく、未だに西洋の亡霊と縁を切れずにゐる男といふ意味合ひで言つたのに相違ない。それに対してどう答へたか、それも全く記憶にないが、私には三島の「国粋主義」こそ、彼の譬喩を借りれば、「暗渠で日本に通じてゐる」としか思へない。ここは「批評」の場ではないので、詳しくは論じないが、文化は人の生き方のうちにおのづから現れるものであり、生きて動いてゐるものであつて、囲ひを施して守らなければならないものではない、人はよく文化と文化遺産とを混同する。私たちは具体的に「能」を守るとか、「朱鷺（とき）」を守るとか、さういふことは言へても、一般的に「文化」を守るとは言へぬはずである。

三島が死んだ時、私は大阪の万国博覧会のクリスト教館で上演したエリオットの「寺院の殺人」を東京の額縁舞台に載せるため、その演出の手なほしをしてゐたところだつた。三島由紀夫が死んだといふ「東京新聞」からの電話で、急いで出てみると、相手はその自決のことを伝へ、何か弔文を書けといふ、私は書けないと答へた、咄嗟のことで訳がわからなかつたのだ。さういふと、今でなくともいい、二三日したらいろいろ情報が入るだらうから、それを見てから書いてもらへないかといふ、が、二三日しても、咄嗟は咄嗟で、やはりわからないだらうと答へると、相手はなかなか執拗で何や彼やといろいろ理窟を並べる、そこで私はいくら何と言はうと、自殺した人間の本当の気持はわかりつこないといつて電話を切つた。それが翌日の「東京新聞」には私の談として「わからない、わからない、わからない」と出たといふ、その話を聴いて私は呆れ返つた、私は「東京新聞」の記者に真相がわからないから、その問ひには応じられないと言つて、電話で答へることも原稿を書くことも断つたのであつて、「わからない」といふことを向うの求める答へとして言つたのではない。

もし三島の死とその周囲の実情を詳しく知つてゐたなら、かはいさうだと思つたであらう、自衛隊員を前にして自分の所信を披瀝しても、つひに誰一人立たうとする者もゐなかつた、もちろん、それも彼の予想のうちには入つてゐた、といふより、彼の予定どほりと言ふべきであらう、あとは死ぬことだけだ、さうなつたときの三島の心中を思ふと、今でも目に涙を禁じえない。が、さうかといつて、彼の死を「憂国」と結びつける考へ方は、私は採らない。なるほど私は「憂国忌」の、確か「顧問」とかいふ有名無実の「役員」の中に名を連ねてはゐるが、毎年「憂国忌」の来る度にそれを見て困つたことだと思つてゐる。もちろん最初はそこに名を連ねることに「諾」の返事をした、故人を思出し、その霊を慰めることに異を立てる必要はないと思つたからである。が、それが今日まで二十年近くも続けて行はれるとなると、必ずしも慰霊の意味だけとは言へなくなる。人が死に、その忌日に親しかつた人々が集まる。それでも七回忌、十三回忌となれば、極く親しかつた人々だけの和合の場となり、習俗の一部と化する、それに「憂国忌」の名はふさはしくない。恐らく主催者側も同じやうに思ひ、その継続を重荷に感じてゐるのではなからうか。三島自身もかういふ形で自分の名が残るとは思ひも懸けなかつたらう。恐らく彼は自分の営為を「失敗」と意識して死んで行つたのに違ひない。エリオットが「オセロー」についてって言つてゐるやうに、その死は自分の「失敗」を美化するための「自己劇化」だつたと言へよう。

私は昭和四十二年の四月に新潮社から「シェイクスピア全集」第一期十五冊をやつとのことで刊行し終へた。三十四年十月に第一回「ハムレット」を刊行してから約七年も掛かつてゐる。新潮社も私のだらしのなさによく我慢してくれた。だが、当時の副社長佐藤亮一氏から現代演劇協会の建物が出来た記念祝賀会の席上の挨拶に、「劇団雲の根城が出来たのは甚だめでたいが、そのためにシェイクスピアの翻訳が遅れて大いに迷惑してゐる」と言はれた。これには大いに恐縮した。

だが、十五冊出すのに七年も八年も掛かつたといふのに、私は第二期「シェイクスピア全集」を考へてをり、その手始めとして四十六年八月には「コリオレイナス」を出した。そして本が出来て来たのを見ると、第十六巻とも第二期第一巻とも書いてはない、装幀は前と全く同じであり、背文字は下の方に「シェイクスピア全集」とあるのも同じだが、その下に16とは書いてなく、ただ小さく「補」となつてゐる。これには参つた、今までのやうに刊行が出たらめでは、せいぜい「補」と書くしかない、読者に向つてこれは「附けたり」ですよと断つてゐるやうなものだ、最初から念を押さなかつたこちらの手落ちである。

いや、今になつて、文句を附けようといふのではない。ただの「補」でしかないことを「コリオレイナス」のために惜しんでゐるのである。私がこれを第二期の最初に据ゑたのには、それ相当の訳があるのだ。本巻に収めてあるが、「コリオレイナス」訳後感として

「民主主義の次に来たるもの」を書き、しかもそれだけで我慢できず、その名ぜりふ集として「反時代的人間」を書いてゐる。そのくらゐ「気に入つた」作品なのである。なほ民主主義に対する私の疑問は「民主主義を疑ふ」といふ形で昭和三十六年にも出てをり、それは第五巻（四百四十八頁以下）に収められてゐる。この巻にも「民主主義の弱点」があるが、必ずしも「コリオレイナス」の影響とはいへない、いづれの場合も、それらを書くとき、「コリオレイナス」のことは念頭になかつた。

さういへば、私が初めて外国旅行をした時、ニュー・ヨークの学生演劇でこの「コリオレイナス」を見た。現代服でやつてゐたが、劇中ローマの元老達はモーニング姿で登場し、その敵のヴォルサイ軍の将兵はソ聯の軍服を著用してゐた。あたかもそれが演じられた年が一九五三年で、米ソの対立が激しかつたため、なるほどさう解釈出来ないこともないと思つた。勇将コリオレイナスは自国ローマの「民主主義的」衆愚政治を頭から軽蔑してゐる。そのため、つひにローマから追放され、ヴォルサイに身を寄せ、その兵を指揮してローマの城壁に迫るといふ筋書で、学生たちにしてみれば、当時のアメリカに警告を発するやうな気持になれたのであらう。

だが、「コリオレイナス」には笑ひがない、遊びがない、同じ政治劇である、あの「ジュリアス・シーザー」の中にも自己陶酔がある、有名なアントニーの演説もさうだが、たとへばブルータスたちがシーザーを斃した後、その死骸の周囲を取巻いて次のやうに自分達を美化する場面がある。

ブルータス　さあ、かがめ、ローマ人たち、膝まづけ。さうして手をシーザーの血に浸すのだ、肘までたつぷりと、刃にも血のりをつけろ。それから広場へ出かけよう。紅に染つた劒を頭上にふりかざし、声を合せて叫ぶのだ、「平和、解放、自由!」と。

キャシアス　みんな膝まづいて手を浸せ。(一同、そのとほりにする)今よりのち、いつの世にも、われらの手になるこの崇高な場面は、しばしば繰りかへし演ぜられることだらう、いまだ生れざる国々において、いまだ語られぬ言葉によつて!

ブルータス　いくたびもシーザーは舞台を血に染めるだらう、今、かうしてポンペイの足もとに塵にも劣る身を横へてゐる男が!

キャシアス　さうならう、そしてそのたびごとに、われらの仲間は、祖国に自由を与へた志士と呼ばれるのだ。

そのキャシアスは死ぬまへにかう言ふ。

キャシアス　メサーラ、今日はおれの誕生日だ、今日、この日にキャシアスは生れたのだ。お前の手をくれ、メサーラ。そしておれの証しをたててくれ、おれは心ならずも、あのポンペイの二の舞ひをふみ、たうとうこの一戦にわれわれの自由を賭けねばならぬはめに追ひこまれてしまつたのだ。言ふまでもなからう、おれはエピクロスを堅く信じ、その説を奉じて来た男だ、が、今となつては宗旨を変へた、前兆といふ奴にも、おれはいくぶん信を置きかけてゐる。サルディスからの道すがら、先頭の旗にニ羽の大鷲が降り、そのままそこを離れず、兵士たちの手から貪るやうに餌を食つてゐた。さうしてこのフィリッピまでずつとわれわれについて来たのだが、それが今朝になつてみると、二羽とも何処かへ行つてしまひ、そのかはりに烏や鳶が頭上に群り舞ひ、われわれを見おろしてゐるではないか、まるでこちらは瀕死の餌食よろしくといつたところだ。奴らの暗い影が死の天蓋のやうに蔽ひかぶさり、その下を右往左往する身方の将士が、この目にはどうしても死出の旅姿としか映らなかつた。

かういふせりふが「コリオレイナス」にはどこにもないのだ。笑ひもなければ、不安もない、恐怖もなければ屈辱もない、ただ憤怒あるのみである。すべての言葉が彼の口から一方的に流れ出し、人の言葉は一切耳に入らない、ただ終りに近くローマの城壁の前で母親に口説かれ、鉾を斂める時は、相手の言葉に耳を傾けてゐるかに見える。が、相互の対話はなく、母親の長々とした口説きに聴き入つてゐて、急に相手の手を摑み、その請ひを入れる。その後でヴォルサイに引揚げ、敵に殺されるのだが、その時も個人的なことは一切言はず、ただ敵の非を怒号するだけである。非業の最期を遂げる瞬間にも、コリオレイナスは自分を反省するといふことがない。最初から最後まで、この男には一つものしか見えてゐないのである。それにも拘らず、この作品が優れてゐるのは、作者がそのことを確実に意識し、筋の展開にしたがつて、過不足なくその性格を描いてゐるからである。この作品を読む者はそこに一種の小気味よさを感ずるであらう。

「日米両国民に訴へる」は、その大半が昭和四十八年（一九七三年）の「文藝春秋」十一月号から三箇月に亙つて連載された、といふと体裁がいいが、実は当時の編集長田中健五氏に頼んで載せてもらつたのだ。内容はその年の夏、アメリカへ渡り、政財界人、議会人、学者などと今後の日米関係を話し合ふ機会を与へられたのを潮に、日頃から私の感じてゐたことを書いたものである。が、それでもなほ意を尽せず、年が改つて更に数十枚を書き加へて高木書房から単行本として出してもらふことにした。そこへもつて来て、その年の三月から四月に掛けて私用でイギリスへ行くことになり、またもや帰国後、数十枚を書き足し、更に結びの章として「中央公論」二月号に書いた「日本は既に沈没してゐる」（改題「日本人に民主主義は向かない」）を添へて、どうやら形をつけたのである。

私が政治に口出しをしたのは昭和二十九年の「平和論にたいする疑問」が最初であり、それは何も政治論といふほどのものではなく、いはば知識人論であり、二回目が昭和三十五年の「常識に還れ」で、これも「安保闘争」に対する知識人の態度を批判したものである。次が三回目の「アメリカを孤立させるな」（昭和四十年「文藝春秋」七月号）以下、この巻のⅢに収めてあるもの数篇であり、そして四回目がこの「日米両国民に訴へる」といふ長篇論文である。敢へて五回目を挙げるとすれば、「防衛論の進め方についての疑問」（昭和五十四年「中央公論」十月号）と「近代日本知識人の典型清水幾太郎を論ず」（昭和五十五年「中央公論」十月号）の二篇と言へようか。ほぼ三十年間にこの程度である。

その間、私は絶えず「親米的」だつたと言へよう。しかし、そのうち私が最も「親米的」に振舞つたのは、言換れば、「親米」を目的とし、ただそのためにのみ筆を執つたといへるのは、「日米両国民に訴へる」一篇だけである、或はそれに「アメリカを孤立させるな」を加へてもいい。なるほど、それらは最後の章を日本の「近代」に纏（まつは）る問題で結んではゐるが、いづれも私の書いたもののうちで最も「政治的」なものではないかと自分でも思つてゐる。

私達は一口に政治学と言ふが、それらはすべて「近代政治学」に過ぎず、更に厳密に言へば、それは「近代イギリス政治学」であり、「近代フランス政治学」であり、「近代アメリカ政治学」であるに過ぎない。その「近代」や「近代アメリカ」等々を省いて、どうしてわが国だけがその抽象体に過ぎぬ「政治学」「法律学」「経済学」等々を持たなければならないのだらうか。しかも、その抽象体たる学問を英語で勉強した者が、それを仏語で勉強した者と、同じ日本語で討論し論争するといふことが、どうして可能なのか、いや、同じ英語でも、イギリスの政治史に則して研究した者とアメリカの政治史に則して研究した者とが、どうして今日の国際関係を同じ日本語で論じ合へるのか。この頃の若い政治学者は殆ど英語ならぬ米語でアメリカの政治を勉強した者が多く、彼等の間でこそ共通の方法と知識とがあらうが、その人達がフランス大革命の実情と役割とをフランスの政治学者とどうして話し合へるのか、またイギリスの清教徒革命についてイギリスの政治学者とどうして話し合へるのか。たとへそれら一切のことが出来なくてもいい、少くとも日本の明治革命、つまり明治維新のことを、彼等にではない、今の私達にどうしたら納得させられるのか。

アメリカの持つ「国家」の概念と日本の持つそれとは全く別の物である、アメリカの「近代」と日本の「近代」とはただ時期の違ひではない、いや、時期が違へば当然その概念も違つたものでなければならぬ、にも拘らず、「軍備」を持てない日本も「軍備」を持ち過ぎるアメリカも同じ地球上の同じ国家であるつもりでゐる、それなら同じ「政治」といふ言葉で同じ掛け引きが出来るといふのだらうか。そんなことが出来るはずがない。昔の「長いものには巻かれろ」といふ諺を、それ以上に複雑な陰翳をもつて使ひ熟（こな）さなければならないであらう。

私はもう何十年も前に政治と文学との峻別を説いた。が、それは少々間違つて受取られたやうである。私は文学的未熟を政治的に利用したり、政治的未熟を文学的に利用したりすることの非を言ひたかつただけである。文学者が政治について語り、政治家が文学について語ることを否定したのではない、もしそれぞれが間違つてさへゐなければの話である。だが、株の高下について経済学者が正しい予測をなしえなかつたやうに、国際政治の変化について、如何なる政治学者が正確な判断を下しえたらうか、政治も国際関係も所詮「学」の対象とはなりえない。

たとへば米ソの関係について、いざ核戦争になつたら、どちらが勝つか、誰にもその予測はなし得ないし、またそのことは学問の対象にもなり得ない。それが解らないからこそ、首脳会談といふものが行はれるのである、いや、その首脳会談を行ふことの是非の瀬踏みが、つまり予備会談が両国外相の手で行はれるのだ。それで両首脳が会つて結論が出、声明が行はれるとしても、それは既に外相間で行はれた以上の進展はない、いや、両国の兵器の保有量と機能との相違によつて事は決つてゐる。が、お互ひにどうしたら自他の戦力の差を決め得るか、自分の方の戦力は凡そ解るとしても、相手のそれは解らない。それなら、それが解る科学兵器を持つに限る、が、その科学兵器の探知力を晦ますやうな兵器を保有したらよい……かうした素人考へを幾ら並べても切りがない、が、素人臭い「臆測的臆測」を重ねた末、いづれか一方が相手に向つて首脳会談を呼び掛ける。この場合、自分の方が不利になつたから呼び掛けるのか、有利になつたから呼び掛けるのか、どちらとも解釈し得る。またその呼び掛けに応じるのは、自分の方が有利だと思つてか、それとも不利だと思つてか、これもやはりはつきりせず、結局、会談はかうして闇雲の腹の探り合ひに終る。共同声明を信じて何かをしたり、しなかつたりといふやうな馬鹿なことはやるまい。

私は戦争中「解つてたまるか！」のやうな芝居を書かうとした。原子爆弾の恐しさを知つた今ならともかく、誰もそれを知らない時代に、無敵のX爆弾を発明した某国家を考へたのだが、どういふ過程を経てそれを発明したかとなると、今の空想科学小説の作家ならいざ知らず、科学的知識の全然ない私の手にどうにも負へるはずがない、そんなことを考へてゐるうちに、自分の国に原子爆弾が落され、戦争は終つてしまつた。

その時に考へた「戦争」といふのが、この首脳会談である。それを何度も重ね、何々声明、何々条約といふ名で、X爆弾の発明といふのが本当かどうかを試さうとして時を稼ぎ、そしてつひに戦争に踏切らずに終る、それとも相手国の言ふ「無敵の兵器」の存在を信じた方が、それに負けまいとしてどんどん軍備を拡張し、そのため経済的破綻に陥る、そのどつちにしようかと、ひとりそんなことを考へてゐたものである。それに、考へるだけで、到底、発表の出来る世の中ではなかつた。

今でも同じことだ、兵器と兵器との戦ひといふのはなかなか出来さうもないからこそ、その代りに会談、声明、条約が、それも平和を目ざした軍縮の名において行はれるのではないか。国際政治とはそんなものだ。だが、「日米両国民に訴へる」では私は真面目に考へ、真面目に書いた。が、私の政治的立場がどのやうなものであるかは別にして、私が国際政治について考へる時、常に私の心に浮ぶ文章がある。それはエーヴ・キュリーの書いた「戦塵の旅」の中のロシア篇第四章の「雪中の屍」に出て来る次の一節である。

　私は心中ひそかに想つた、「今日ヨーロッパにおいてドイツ軍から解放された町、村、住民を見ることのできる唯一の国は、たまたまただロシアあるのみ。が、私がいまこのイストラで聴いた物語は単にロシア一国の話にとどまらぬ。私が耳にした物語は、実に全ヨーロッパの物語である。戦ひが終つた暁には、これら何百万の人間が、パリからブルッセル、ロッテルダムにかけて、またノールウェイからポーランド、チェッコスロヴァキア、ユーゴスラヴィア、ギリシアにかけて起ちあがり、かならずやその執拗な証拠を突きつけてくるに相違ない。迫害せられた数百万の民が、責め嘖まれたヨーロッパの残存者たちが、征服せられた国々から歓喜の涙をながしつつ、海を渡つて来た解放者を迎へいれるであらう。しかしそのとき起る出来事はおそらくかうであらう——**これらの人たちはきつと寛容な、そして軽率な和平計画を耳にしなければならぬといふことだ。彼等が気がついたときには、解放者たちはもう既に万事を決定し、自分たちの考へどほ**

りにヨーロッパを再整理し終つてゐるにちがひない。そのときになつて迫害せられた国民たちは同盟国に向つて言ふであらう。

「君たちは何もわかつてはゐないのだ。知つてゐるのはわれわれなのだ。自分たちの村に、自分たちの土地にドイツ軍侵入を受けたのはわれわれではなかつたか。家をドイツ兵に踏み荒されたのはこのわれわれではなかつたか、」と。

私はイストラの女たちが侵略者のことを口にするとき、拳を握りしめてゐるのを見た。私は彼等が決して許さうとしないことを、決して忘れはしないことをはつきりと理解した。

（傍点福田）

「戦塵の旅」の日本語訳は昭和二十一年十月に日本橋書店から出版され、坂西志保との共訳になつてゐるが、実際は私一人で訳したものである。たぶん戦争直後のため、坂西女史との共訳にした方が、検閲の許可が早く降りると思つたのであらう。著者のエーヴはノーベル賞受賞者マリーの娘である。原著「戦塵の旅」は太平洋戦争勃発の年に新聞社の依頼を受けて、戦時特派員の資格で聯合国軍の間を訪ねて廻つた時のことを書いた旅行記で、一九四三年（昭和十八年）に出版されたものである。その扉には「ポーランドに生れフランスに眠るわが母マリー・スクロドフスカ・キュリーに捧ぐ」と書いてあるが、エーヴの名を高めたのはその母の生涯を描いた「マダム・キュリー伝」であつた。

ポーランドは帝制ロシアの属国であり、母はその圧制に苦しめられ、パリに逃れた、そして今のロシアは自由フランスの同志として憎むべきドイツ軍と勇敢に戦つてゐる、ロシア兵に対するエーヴの讃歌は限りなく明るく止め度がない。それにも拘らず、右の一節だけが他のすべてを越えてくつきりと私の記憶の底から浮び上つて来る。これほどの真実は無い、私はこれを訳してゐる時にさう思つた、そして戦争が終つて、その校正刷を読んでゐる時にも、改めて同じ思ひを懐いた、「彼等が気がついたときには、解放者たちはもう既に万事を決定し、自分たちの考へどほりにヨーロッパを再整理し終つてゐるにちがひない」と。

「乃木将軍と旅順攻略戦」は昭和四十五年秋に書いたものである。中央公論社が、「歴史と人物」といふ新雑誌を発刊することになり、その試みとして「中央公論」臨時増刊号を出したいが、それに何か適当なものはないだらうかと言つて来たので、それなら日露戦争の時、第三軍司令官として旅順要塞攻略の任に当つた乃木希典のことを書かうかと答へた、歴史と人物、いづれも揃つてゐるからである。小林秀雄はこれを読んで「君もまめだねえ」と言つた。

もつとも小林さんも「乃木贔屓」であり、「歴史と文学」のなかで、ウォッシュバーンの「乃木」を読んだと言ひ、そこには「乃木将軍といふ人間の面目は躍如と描かれてゐるといふ風に僕は感じました」と語つてゐる。それと対比させて、芥川龍之介に「将軍」といふ作品があるが、たまたま学生時代にそれを読んで「大変面白かつた記憶がある、」ところが、ウォッシュバーンを読んだ後で「それを読み返してみたのだが、何んの興味も起らなかつた」と言つてゐる。

　小林秀雄が「歴史と文学」といふ講演をし、同じ標題のもとに「創元選書」として出版したのは昭和十六年の九月である。この全集第一巻の「小林秀雄」で述べてゐるやうに、私は若い頃、敢へてこの著者の書いたものを読まうとはしなかつた。それゆゑ、私が昭和十九年の「新潮」五月号に「国運」を書いた時、その冒頭をウォッシュバーンで始めたのは偶然である、また、小林さんもそれを読んではゐない、小林さんと私は「乃木将軍と旅順攻略戦」で、初めて相会したといふことになる。「まめだねえ」と言つて呆れられるのも仕方のないことだ。

　だが、戦争中「新潮」に「国運」を、戦後「文藝春秋」に「軍の独走について」を書いて乃木将軍に「讃辞」を呈した私にしてみれば、まだ物足りない感がしないではない、三度に亙つてそれを「詳述」しようといふからには、その五倍、十倍の紙数を費して徹底的にやるべきであつた、つまり、乃木希典を主人公にして歴史小説か史伝を書けばよかつたのだ。だが、この際、鷗外の流儀はどうにも通用しない。第一に、乃木希典は「渋江抽斎」や「伊沢蘭軒」とは違つて余りにも「有名」である、第二に、日露戦争はもちろん旅順要塞攻略戦も、「阿部一族」や「護持院原の敵討」に較べて余りにも「規模宏大」でありすぎる。

私は一つことだけにしか目を附けなかつた、乃木将軍は、名は日露戦争の立役者ではあつても、一番貧乏籤を引かされた明治日本の「愚かな犠牲者」であつた、たとへ乃木希典はゐなくとも、誰かは第三軍の司令官になり、敗けても勝つても生きて帰らねばならなかつたのだ。旅順要塞一つを制圧するのに第三軍は一万余の戦死者を出してゐる。しかも乃木将軍はこの戦役で、既に勝典、保典、二人の子息を失つてゐる。明治三十七年十二月一日、満洲軍総参謀長児玉源太郎大将が旅順に著いた日、乃木将軍の日記には簡単にかう認めてある。

朝、土城子ニ児玉ヲ待ツ。来ラズ。攻城山ニ登ル。昼食後、曹家屯ニ児玉ト会ス。児玉大将高崎山ニ行キ同夕下山ス。今朝、白井中佐、保典昨日戦死ノ事ヲ告ゲ来ル。

この日、乃木、児玉両将軍は曹家屯では挨拶だけで別れ、後刻、高崎山の第一、第七師団司令部で相会し、二人は二畳敷ほどのアンペラの上に互ひに胡坐（あぐら）をかいて話し合つた。満洲軍総司令部から児玉大将に附き随つて来た田中参謀は「二将軍の或は激し或は訴へる如き声のみを耳にした」と語つてゐる。だが、その乃木大将の心の底に、長男勝典に加へて、更に次男の保典も戦士したかといふ思ひが重く沈んでゐたであらうことは想像に難くない。既に第一回、第二回の総攻撃での戦死者六千百二十九人、第三回総攻撃の最中にこの会談が行はれた時、恐らくその上に更に数千人を加へてゐたはずである。旅順要塞を攻め落すためには、戦死者総数実に一万千百八十一人を数へ、日露戦争総戦死者数のほぼ十分の一に達してゐる。私が「国運」の冒頭に引用したウォッシュバーンの「乃木」にはかう書いてある。

作戦上の対象として、当時の日本人が旅順についていだいてゐた考へは、私からみれば、終始一種の惨酷な虚妄でしかなかつたやうにおもはれた。それは、いはば分析上の誤謬であつて、実に数万の若人の生命を犠牲に供し、その作戦遂行をゆだねられた古武士の鉄の心臓をうちくだいてしまふに充分であつた。この点なほすすんで考へてみる必要があるやうにおもはれる――それといふのも、あの血みどろの攻囲戦について戦史のうへになにか有益な示唆を与へたいといふつもりからではなく、むしろ乃木将軍その人のこころにますますおもくるしく喰ひこんでいつたあの堪へがたい重荷を、ある程度まで理解できたならばと考へるからである。強い責任感にもえ、一言の命令のもと無数の生命を破滅のうちに遂ひやる決意の重大さをひしひしと身に感じてゐる指揮官ならば、自分の命令につづいておこる犠牲を悲しまずにはゐられぬはずであらう。（中略）

明治二十七年、当時の清軍からたつた一日にして旅順を奪つたあの方法が、日本人の脳裡をつひに去ることがなかつた。かれらは銃劒と壮絶な突撃のくりかへしをもつて、その中枢堡塁を奪取し、さしも堅固な大要塞はカルタで組みたてた家のやうにはかなく潰えたのである。そして明治三十七年、ふたたびかれらはおなじ場所にロシア軍と対決した――しかも、そこには世界有数の技術者たちの設計のもとに、全要塞を通じて徹底的な防備が施されてあつたのだ。（中略）

満目蕭々、荒涼たるよそほひのもとに、空を背景として拒むがごとく横たはつてゐる幾重もの要塞線に向つて、将軍は、相も変らぬ砲兵の掩護射撃をたよりに、ひたすら銃劒の突撃を命じてゐた。（中略）

かれは命ぜられたプログラムをただ忠実に試みたまでであつた。そして、流血と潰滅――やがて旅順に対して深い幻滅がやつてくる――これがすべての結果であつた。

原書房で出してゐる谷寿夫中将の「機密日露戦史」によると、児玉大将が二〇三高地に向つて「十五分毎に二十八糎砲を撃ち込め」と命令したのに対して、乃木司令官麾下の奈良少佐が、それでは占領高地の「身方を殺傷する」からと言つて反対するや、いきなり児玉大将は「攻撃は身方打ちを恐れず」と言つて相手を叱咤したといふ、傍でそれをただじつと黙つて聴いてゐた乃木希典の胸中は察するに余りあらう、それは児玉将軍来順の翌日のことであつた。

　私が雑誌連載を中断したことは今までに二度ある。最初は第五巻Ⅲの「日本近代化試論」（「ライシャワー攻勢といふ事」以下六篇）であり、二度目が本巻Ⅵの「独断的な、余りに独断的な」で、これは昭和四十九年の「新潮」一月号から始つた。現代演劇協会が文京区本駒込二丁目に、その事務局と演劇図書館、劇団「雲」「欅」の稽古場、及び三百人の客を収容し得る三百人劇場を造つて移り住んだのが、やはりこの一月であつた。ところが、「雲」の大量分裂が翌五十年の夏だつたので、「独断的な、余りに独断的な」は第十章を書き終つたところで途絶えてしまつた。

　しかし、あと三四章で完結する積りだつたので、たとへそこで中断しても、私の言ひたいことは自づと察しが附くだらうと思つて、大して惜しいとは思はなかつた。ところが、後になつて何度かこれを書き続けようと思つたが、それがどうしてなかなかの難事業である。自分には解り切つたことのやうに思はれる、その概要はほんの数枚で済むことに過ぎない、せめてそれをこの「覚書」に要約しておかうと思つて、かうして机の前に坐りこみ、毎日五六時間、二十日余りになるが、一向に埒が明かない。今日、二三枚書いては、その明る日には初めの一枚目から書き直す、そんなことを毎日続けてゐる、これでは切りがない。そこで、いつそのこと、自分が今までに書いてきたこと、書きたかつたことを箇条書き風にして示し、一体、この私が何が言ひたいのか、読者諸氏におぼろげながらでも解つて戴かうと甚だ不精な手を思ひついた、これが最後の「覚書」になるが、それより外に方法がない、お許し願ひたい。

芸術作品を作る過程を見せることによつて、或はそれに失敗する過程を見せることによつて、自らが芸術家であることの証明としようと試みる、私はまづそれを私小説と呼ぶ。

そこに自分が芸術家である事の保証を目的とする私小説の芽がある。私が嘗て私小説を芸術家小説と呼んだのは、さういふ意味であつて、それは必ずしも芸術至上主義者の、或は芸術家至上主義者の作品を意味しない。芸術作品を作る事よりも、先づ芸術家になる事が急務であつた時代があつたのである。いや、それは果して「あつた」と過去形で片附けられるかどうか、頗る疑問である。（「独断的な、余りに独断的な」）

この様な自己絶対視は必ず自己喪失に終る、今日の文壇小説が正にそれだ。そのことを既に私は「近代日本文学の系譜」のうちに次のごとく書いておいた。

当時から太平洋戦争を通じて終戦後の今日に至るまで、その間、おもてに現れた色彩の多様と変化とはあつたものの、最近二十年間の現代文学の底流にあらゆる変様を一語に解決しうる言葉を探し求めれば、結局、それは自己喪失といふ事実にほかならぬやうである。しかもこの時期の作家たちはこの厳然たる奈落の淵にたたずみながら、しかも彼等の先達たちがその生活と、ときには芸術をすら犠牲にしたうへで曲りなりにも一応は築きあげた芸術家概念に晏如（あんじょ）として倚（よ）りかかつてゐたのであり、それゆゑに不安を口にする彼等の悲壮な表情にもかかはらず――また事実彼等の存在を襲つてゐた人間と芸術との危機にもかかはらず、その作品はつひに芸術の歩むべきもつとも本質的な道を完全にそれてしまつてゐた。

（「作家の態度」昭和二十二年九月刊）

私は中村光夫の言つたことを引用して、「制作はただ自分の芸術的要求を満足させるためで、読者の思惑など構ふ余裕はないとはつきり言ひ切れる立場で仕事をしてゐる人はほとんどゐない」と書き、それをそのまま引継いで、「確かにその通りである」と言つてゐる。（「独断的な、余りに独断的な」）が、果してさうだらうか、中村が間違ひだと言ふのではないが、右引用文の傍点の箇所、そこは少し言ひ過ぎではなからうか、よく筆が滑るといふが、やはりさうではなかつたらうか、「表現の倫理」の筆者である私は、中村にではなく私自身に抗議する、彼の言ふやうな「自分」といふものがありうるのだらうか。

この辺でもう一度「自分を描くことと他人を描くこととどつちがむづかしか」といふ議論が藤村と花袋との間に行はれたことを問題にして見よう。

（「独断的な、余りに独断的な」）

さう書いておきながら、うつかり中村に附合ひすぎてしまつたのだ。ついでだが、もう一度「表現の倫理」を読んでもらひ、軌道を修正しながら、再びここへ戻つて来て戴きたい。

二葉亭の言ふ実感は「自己に忠実」などといふ安易な観念では片附けられない。人生とは「一個の想念（ノーション）」だと言ひ、「他人は作をしてゐねば生活が無意味だといふが、私は作をしてゐれば無意味だ」と言ひ、真実の事が「髣髴として解るのは、各自（めいめい）の一生涯を見たらばその上に幾らか現はれて来るので、小説の上ぢや到底偽ツぱちより外書けん」と言ふ述懐から察せられようが、彼は当時の文学概念、或は文学技法によつては捉へ様の無い、当てにならぬ、一貫性を欠いた無限定の自己といふものの存在に、彼なりに直面してゐたに相違ない。自己も所詮は「一個の想念（ノーション）」に過ぎず、確かな実在ではない、少くとも文学にかかづらつてゐると、ますますさうなつて来る。

（「独断的な、余りに独断的な」）

人はよく誰かが自分を誤解してゐると言ふ。さう言へるのは、自分が自分を一番正しく理解してゐるといふ前提があればこそである。が、何処にそんな確証があるのか。誰も彼もが自惚鏡を隠し持つてゐはしないか。自分の持つて生れた弱点のゆゑに或は人間の持つて生れた弱点のゆゑに醜く躓いた自分といふものを誰も見たがらない。自分の歪んだ自惚鏡に映つた自分の姿を一度信じこんでしまへば、他人の目に映つた自分はすべて誤解といふ事になる。が、その他人も自分を救済し、自分を正当化するのに都合の良い自惚鏡を持つてゐるのだ。相手の自惚鏡に映つた自分の姿を見て、人は誤解だと言ふ。それだけの話に過ぎぬ。しかし、誤解とは自分の自惚鏡に映つた自分の姿が、他人、或は世間の鏡に映つて崩壊する事である。

（「フィクションといふ事」）

吾々は他人の自惚鏡に附合ふが、他人もまた吾々の自惚鏡に附合つてくれる。この持ちつ持たれつの流動的な相互関係を、吾々は人生と呼び現実と称してゐる。秩序だの歴史だのといふ言葉で吾々が理解してゐるものも、さういふ曖昧なものである。それはいづれも堅い実体ではない。これが現実だと規定し、それを捉へようとして手を出した瞬間、対象の現実はその様態を変へる。現実はつひに客体化し得ぬものであり、実体を持たぬものなのである。お互ひに相手の自惚鏡に附合つてゐる限りは、吾々はその事実に気附かずに済ませられる。

（「フィクションといふ事」）

だが、もし相手が自分の自惚鏡に附合はうとしなかつたらどうなるか。

ここにおいて、相互関係といふものは完全に消滅する。それぱかりか、関係の無いところでは、個も全く捉へ処も手掛りも無いものとなる。個よりも関係の方が先に存在し、一つ一つの個は既成の関係の中に生れて来るのだからである。

（「フィクションといふ事」）

もし、私達にとつて、誰も自分の自惚鏡に附合つてくれぬとすれば、自他のあらゆる「関係」は忽ち解け去り、自分が自分であり、他人が他人であるといふ実感はつひに持ち得ない、それは自他ともに実在ではあり得ないといふことだ、そして、私達は単なる「部品」と化し、それを統一してくれる「全体」、つまり「関係」はどこにも存在しないといふことになる。さうなれば、私達は何ものかの成員ではあり得ない、大洋に浮んだ一粒の泡のやうに、そこにあると思つた瞬間、直ちに消え去る、在るかと思へば無いやうなたわいのない「物質」に過ぎない、さう、私たちは「物質」なのだ、それを在らしめようと思ふなら、どんなに小さくてもいい、いや、大きければ大きいほどいい、「全体」、あるいは

「関係」といふものが必要になる。

それが無ければ、空間も時間も成り立たない、言換れば、国家や国史も成り立たず、世界や歴史も成り立たない、さういふ一種の「仮説（フィクション）」であり、「観念」である。その意味では、如何なる唯物論も、一理窟捏ね始めたら最後、いはば観念論の模造品たらざるを得ない。さういふ「仮説（フィクション）」はその場その場で無限に巨大なものとなり無限に微小なものとなる。

芸術がフィクションである事にうしろめたさを感じるなら、実行もまたフィクションに過ぎぬ事のうしろめたさをなぜ感じないのか。また実像としての実行に確かな手応へを感じるなら、芸術もまた実像であり実行である事の手応へをなぜ感じないのか。

（「フィクションといふ事」）

一般に芸術と現実との間の、或は芸術と自然との間の対立や不連続性を余りに強調し過ぎる様に思はれる。フィクションは芸術の特権ではない。人生や現実も、自然や歴史も、すべてがフィクションである。人生観なしに人生は存在し得ない。どんな人間でもその人なりの人生観を持つており、それを杖にして人生を生きてゐる。イデオロギーの為に血を流すのを必ずしも愚かとは言へない。問題は、自分達のやつてゐる事がフィクションである事を見破る強靱な理性が在るか否かに係つてゐる。普通、吾々が現実とか実体とか呼んで安んじて疑はずにゐるもの、それはもはやフィクションとは気附かれぬほど使ひ古しの解釈によつて纏めあげられた事実、或はその集積の事にほかならない。それは事実そのものではない。

（「フィクションといふ事」）

同じやうなことを鷗外は「かのやうに」のなかで五条秀麿に言はせてゐる。

更に秀麿は幾何学の点や線は存在しない、が、それらが存在するかのやうに一応仮説（フィクション）を立てて置かねば幾何学は成立しないと言ふ。精神の面でも自由、霊魂不滅、義務などといふものは本当には存在しない、が、その「無いものを有るかのやうに考へなくては」道徳も宗教も成立たないとし、秀麿はこの「かのやうに」を一先づ「怪物」と称し、その後で、実はそれは怪物ではない、「かのやうにがなくては、学問もなければ、芸術もない、宗教もない。人生のあらゆる価値のあるものは、かのやうにを中心にしてゐる」と言ひ、それを怪物扱ひ、幽霊扱ひするイプセンの「素朴実在論」に腹を立ててゐる。言ふまでもないが、秀麿の哲学は今日では常識になつてゐる。「科学の砦」の著者コナリーも人々が自然科学を事実や真実と結附ける考へ方を戒め、すべてが仮説であり、秀麿の言ふ「かのやうに（フィクション）」を土台にしてゐると説いてゐる。

（「独断的な、余りに独断的な」）

「かのやうに」はファイヒンガーの主著 Die Philosophie des Als-Ob を読んで書いたものだが、その「かのやうに」とは果して私の言つてゐる「仮説（フイクシヨン）」と同じものかどうか、あるいは鷗外がファイヒンガーを故意にか、それとも無意識にか、自分の考へに合せて「かのやうに」を創作したのではないか、いや、私が自説を立てるのに都合がいいので鷗外を道づれにしてゐるのかも知れない。さういへば、鷗外は「仮説（フイクシヨン）」といふ言葉は使つてはゐない、ただ「アルス・オップ」とか、「コム・シイ」とか、或は「かのやうに」とか言つてゐるだけである。そして普通、「仮説」には「ヒポテジス」といふ言葉を用ゐはするものの、これは「かのやうに」とは全く別個の問題だと言つてゐる、譬へば「人間が猿から出来た」といふやうな、つまり事実と虚偽にかかはる問題について、それを「事実として証明しようと掛つてゐるとき」に必要なものに過ぎないといふ。なるほど、「ヒポテジス」は事実を証しするためにのみ用ゐられるが、「かのやうに」、すなはち私の言ふ「フィクション」は証明される必要はない、なぜならそれは最初から「嘘」と分つてゐるからだ、鷗外はさう言ひたいらしい。

ねえ、君、この位安全な、危険でない思想はないぢやないか。神が事実でない。義務が事実でない。これはどうしても今日になつて認めずにはゐられないが、それを認めたのを手柄にして、神を潰す。義務を蹂躙する。そこに危険は始て生じる。行為は勿論、思想まで、さう云ふ危険な事は十分撲滅しようとするが好い。併しそんな奴の出て来たのを見て、天国を信ずる昔に戻さう、地球が動かずにゐて、太陽が巡回してゐると思ふ昔に戻さうとしたつて、それは不可能だ。（中略）どうしても、かのやうにを尊敬する、僕の立場より外に、立場はない。

（森鷗外「かのやうに」）

さう言はれてみると、私の言ふ「仮説（フィクション）」はそれとは違ふ。「神が事実でない。義務が事実でない」とは私は言はない。神は、義務は、国家は、神話は、歴史は、家族は、そしてその他等々の「仮説（フィクション）」はすべて事実であり、実在なのであり、「これはどうしても今日になつて認めずにはゐられない」のである。かうして鷗外と私とは虚実が入れ代る、恐らく明治と大正の時代の差であらう、鷗外は私より半世紀前に生れ、私の生れた十年後に死んでゐる。

ほぼ十年前に私はロンドン大学の森嶋通夫教授の「新〈新軍備計画論〉」を批判し、「防衛論の進め方についての疑問」の中で次のやうに書いたことがある。

そして、個人として最も信じてゐないのは私自身である。それに次いで家内、子供、友人と自分から遠くなるに随つて信じる度合が増し、同時に信じられるか信じられないかといふ二者択一の関心度は薄れ、それぞれ相手を一人格としてではなく、仕事や利害関係の枠組における一機能として信じておくだけの事に過ぎなくなる。国鉄の改札係を一つの人格と見做し、一々人間附合ひしてゐたら身が持たない、私は彼等をいづれは合理化によつて機械に取つて代られるものと見做し、日米関係と同様、同じ土俵で四つに組むのは、何か不愉快な事が起つた時だけにしてゐる。私が自分を最も信じてゐないのは、最も信じたいからであり、人格としての完成体でありたいからである。

一般の日本人は、自分の子供が戦争に駆り立てられ、殺されるのが厭だからと言つて、戦争に反対し、軍隊に反撥し、徴兵制度を否定する。が、これは「母親」の感情である。その点は「父親」でも同じであらう、が、「父親」は論理の筋道を立てる。国家といふフィクションを成り立たせるためには、子供が戦場に駆り立てられるのも止むを得ないと考へ、そのための制度もまたフィクションとして認める。が、彼にも感情はある、自分の子供だけは徴兵されないやうに小細工するかも知れぬ。私はそれもまた可と考へる。「父親」の人格の中には国民としての仮面と親としての仮面と二つがあり、一人でその二役を演じ分けてゐるだけの事である。そして、その仮面の使ひ分けを一つの完成した統一体として為し得るものが人格なのである。「私たちはしつかりしてゐない」といふ自覚が、「私たち」をしつかりさせてくれる別次元のフィクションとしての国家や防衛を要請するのである、要するに人格も法も国家も、すべてはフィクションなのであり、迫(せ)り持ち、控へ壁などの備へによつて、その崩壊を防ぎ、努めてその維持を工夫しなければならぬものなのである。

国際関係も、それを規定する条約もまた、いや、それこそ最も毀れ易いフィクションであり、今の憲法に至つては欠陥車に等しいハードウェアであるにも拘らず、吾々はこれに適応を強ひられてゐる訳だが、これを最後に、自衛隊を合憲とする護憲論者に質問したい、さういふ無理な適応を国民に強ひる事によつて、日本人のソフトウェアはどういふ事になるか。フィクションは建造物である、日本国憲法は手抜き工事の建造物であり、それ故、私は「カードの小屋」と呼んだ。詰り砂上の楼閣であり、虚像である。フィクションは虚像ではない、堅固な建造物である。フィクションに適応し、これを維持しようといふ努力は人格を形成する。逆に言へば、一人一人の人格がその崩壊を防ぐための努力がフィクションを作りあげ、これを堅固なものに為し得るのだ。が、虚像への適応を強ひれば、ソフテストウェアである心はコンシァンス(良心・自覚)への求心力を失ひ、人格の輪郭から外へ沁み出し、空のコップのやうな透明人間になつてしまふ。

それはもはや人格とは言ひ難い、人格の崩壊であり、精神の頽廃である。どこの国が攻めて来なくとも、なしくづしの防衛論は日本といふ国と国民個々の人格といふフィクションをなしくづしに廃坑化し、幾ら森嶋氏の無抵抗主義に反論しようが、結果としてはそれに手を貸し、日本国民の洗脳に寄与する事とならう。

それから更に一年ばかり後に、「近代日本知識人の典型清水幾太郎を論ず」の終りの方でかう論じてゐる。

前述のエピローグの中で、国家もフィクションなら、人格もフィクションだと言つた、勿論、それは「拵へ物」の意味ではない、「拵へ物」には違ひないが「創造物」であり「建造物」である。人工品だからといつて、法隆寺を軽視する謂れはあるまい。問題は、すべてはフィクションであり、それを協力して造上げるのに一役買つてゐる国民の一人、公務員の一人、家族の一人といふ何役かを操る自分の中の集団的自己を一つの堅固なフィクションとしての統一体たらしめる原動力は何かといふ事である。それは純粋な個人的自己であり、それがもし過去の歴史と大自然の生命力に繋つてゐなければ、人格は崩壊する。現代の人間に最も欠けてゐるものはその明確な意識ではないか。

全学連の諸君は初期のマルクスのみを信頼すると言つたが、それは「自己疎外」論の事であらう。マルクスは資本主義社会では、労働者としても、資本家としても、誰もが自己の本質を喪失した非人間的状態に置かれるとし、これを「自己疎外」と言つた、が、資本主義社会に限らぬ、どんな社会制度の下でもその種の危険は起り得る。反安保闘争後の全学連の諸君がさうであり、清水氏がさうである。そして、この「非人間的な状態」といふより、この場合は「非人格的状態」としての「自己疎外」の後に人々は自己、或は人格の取戻し、再確認、詰り身元証明を試みようと焦る。が、一度崩壊した人格は果して取戻せるであらうか。繰返し言ふが、清水氏の反安保闘争は共産党を相手に「平和主義」といふ看板の奪合ひをする事であり、どちらが進歩的であるかの競合であつたが、共産主義に対する後ろめたさの為、反米、反安保が頗る曖昧なものとなつて「ナショナリズム」そのものではなく、ナショナリズムの「エネルギー」といふ同じく曖昧なものを錨(いかり)にして身元証明を試みねばならなくなつたのである。その挫折の後では、身元証明の縁(よすが)は何処にも見出せなくなつた。「エネルギー」が消滅したからではない、フィクションとしての明確な枠組を持たない無定型の液体に個人を埋没させ、人格の崩壊を招いたからである。これがコントやプラグマティズムに身元証明を求めて足掻いた近代日本知識人の典型、清水幾太郎氏の宿命である。

ここで「文学以前」の三の「自然と技術」を想ひ出して戴きたい。私はそこで、アリストテレスの「自然学」第二巻第二章を引用してかう言つてゐる。

既に申しました様に、ＡＲＴといふ言葉は元来、美術、芸術、文芸を意味するものではなかつた。プラトンにおいても、アリストテレスにおいても、それは飽くまで技術を意味してゐたのであつて、政治、道徳、医術、土木、建築、工芸、その他すべてに通じる普遍的なるものでありました。それは或る一定の目的を実現する為の意識的な手段といふ程の意味に解せられ、それが意識的、人為的、即ち技術的（ＡＲＴＩＦＩＣＩＡＬ）であるといふ事で常に自然に対立する言葉として用ゐられてをります。処で、アリストテレスはその「詩学」の中で詩、演劇、舞踊、音楽について「概括的に言へば、それぞれ模倣の様式である」と述べ、「模倣の対象は行動する人間である」と規定してをりますが、これは飽くまで「詩学」といふ前提の下に技術を論じてゐるのであつて、技術一般の模倣の対象を「行動する人間」と規定してゐる訳ではありません。詩や演劇は今様に言へば「無用の技術」であつて、それに対して政治、医術、土木の様な「有用の技術」がある訳で、その両者に通じる技術一般の模倣の対象をアリストテレスは何と考へてゐるか、それは「自然学」の中に見出される次の一句で簡単に鳧(けり)が附きます。その第二巻第二章にかうある——

技術は自然を模倣する。

そして直ぐその後に、人間が物を煮たり焼いたりすることと、人間の体内における消化現象との類似を例に挙げて「技術は自然を模倣する」（「気象学」第四巻第三章）と繰返し述べてゐるアリストテレスの言葉に、私は再び注意を促しておいた。かうなれば、人間の技術もなければ、自然の技術もない、人間もまた自然物であり、さういふ人間を含む大自然とは、その「初め」からその「終り」まで、永遠に技術的なる或物であつて、しかも、これ以外に如何なる物も存在しない。さう考へれば、次のやうな立論も至極当然と言へよう。

もし家が仮に自然によつて造られるとすれば、それはいま人間の技術によつて造られてゐるのと全く同様の手立によつて造られるだらう。反対に、今日、自然の手によつて造られてゐるものも、もし技術によつて造られるとすれば、いま自然によつて造られてゐるのと全く同じ手順で造られるだらう。（「自然学」第二巻第八章）

ジョンソン博士は「技術とは自然や本能によつては教へられない何事かをなし得る能力のことである、譬へば、歩くのは自然に身についたことであるが、踊るのは一種の技術である」と説明してゐる、しかしそれは辞書において、あるいは便宜のうへでさう定義を与へておけばいいといふに過ぎない。アリストテレスはたとへさう取れるやうなことを言つたにしても、「自然」と「技術」とをそのやうに対立的には考へず、自然も技術を持つてゐると見なし、両者を連続的に捉へ、それゆゑ「技術や教育は自然の手の届かぬところを穴埋めするのが目的である」（「政治学」第七巻第十七章）と言つてゐる。「自然」は最初から人間に踊る能力を持たせ、それを「技術」の手に譲り渡してゐるのだ。そもそも踊りばかりでなく、歩くことすら「自然」に生得のものとは言へないではないか。

「オックスフォード英語辞典」によると、いづれも今は使はれなくなつた古語であるが、「フィクション」には「物を作つたり、模倣したりする行為」といふ意味があり、形容詞「フィクティシャス」にも「自然のまま」に対比して、「人の技術が加つた」といふ意味があつたのである。

さて、「私の英国史」だが、これは昭和五十年の一月号から、疾うに一本立ちしてゐた「歴史と人物」に連載したものである。元はジョン・バートンの「空しき王冠」"Hollow Crown"だが、彼は歴史家ではなく、ロイヤル・シェイクスピア劇団の芸術総監督であり、演出家である。それにしても彼の英国史に関する学殖、識見は並々ならぬものがあり、その「空しき王冠」はすべて古今の文献からの引用によつて構成されてゐる。編者の解釈の類ひは一切なく、副題として“The Follies, Foibles and Faces of Kings and Queens of England”「イングランド王、女王の愚行、弱点、及びその素顔」とFを三つ重ねて頭韻を踏んでをり、たとへば「その素顔」にも「お体裁」のごとき戯書めいた含みを持たせてはあるが、それは一つには「空しき王冠」といふ、本題にたいする毒消しの役割を果さしめようといふイギリス人らしい照れであらう。しかし、それは必ずしもそのためばかりではない、英雄や権力者の隠れた愚かしさを嗤ふ偶像破壊の精神もまたイギリス人特有のものではあるが、その場合でさへ、殊にこの書には、権力者の傲れる面皮を剝いで怨みを晴らさうとする憎悪心は毛ほども見られない、といふのは、立派な冠を戴いた王もまた吾々と同じ人間であり、その愚行、弱点、素顔もまた吾々のそれと同じであると知る事によつて、かへつてその子供ぽい虚栄心や慾望に親しみを覚えるやうに書かれてゐるからである。のみならず、その副題とは全く相反する真面目な名君頌も多く出て来るが、それも読みやうによつては、その権威も業績も笑ひを誘ひかねないものである、やはり清教徒的生真面目を嫌ふイギリス人の国民性によるものであらう。

私はこの「空しき王冠」の軽妙洒脱な編者であるバートンには会つてゐないが、息子の逸が会ひ、記念にその本を貰つてゐる。やはり面白いと言ふので、それを翻訳して「歴史と人物」に連載してみてはどうかと奨めた。ただイギリス王の治績について余り詳しくない日本の読者には解説が必要だらうといふことになり、それは私が引受けることにした。これが「私の英国史――空しき王冠」（昭和五十五年六月、中央公論社刊）成立の由来である。

しかし、本当の謂れ因縁は、まだ子供も生れず結婚もしてゐなかつた戦前に溯る。大学を出て間もなく、私はＤ・Ｈ・ロレンスの「アポカリプス論」を訳した。戦争中は本にならなかつたが、戦後に「現代人は愛しうるか」といふ題名で刊行された。それを読んだ人は記憶してゐようが、アポカリプス（黙示録）が日本人に馴染みがないので随分沢山の註が附してある。しかし、その註の多さはアポカリプスのせゐばかりではない。ロレンスの「アポカリプス論」の内部的必然性によるものか、それともこの書に対する私自身の関心の持ち方によるものか、俄かに断定は出来ないが、英国史の主題をなす或る特徴が当初から執拗に私の関心を惹き、頭にこびりついて離れなかつた、それはヘンリー八世時代からエリザベス朝に掛けて明白な形で現れるに至つたローマ法王中心の宗権とイングランド王中心の国権との相剋であり、当時の私なりに自分にも読者にもそれを解らせようと努め、それに関連する註が多くなつたのである。

私は本文の中で「英国史の基調音」といふ言葉を用ゐたが、それは宗教的には英国国教といふ鵺（ぬえ）的なものを生み、道徳的には愛国心と利己心との妥協によつて個人の自由を確保し、政治的には中央集権的指導力（統治する技術）と民主主義（統治される或は統治させる技術）とを融合させ、心情的には国家主義と国際主義とを両立させる事によつて、ヨーロッパのどの国よりも先に近代国家として出発した事を意味する。随つて「私の英国史」は、「英国の為の英国史」ではなく、「現代日本の為の英国史」といふ意味でもある。正直に言つて、私は過去の英国の歴史にたいして飽くまで忠実であらうと努めながらも、現代の日本にとつてこれほど恰好な反省の鑑はあるまいと思ふところが随所にあり、さう書き添へたい誘惑に駆られることが屢々であつた。福沢諭吉に倣つて新「西洋事情」英国篇の積りだと言つたら、その厚顔無恥を嗤はれるであらうか。

「歴史と人物」に連載の始つた時は「空しき王冠」が主であり、私の役割はそれを理解し得る為の解説であつたが、三、四回目あたりから数十年来の根強い関心が頭を擡げ始め、独断でもいいから、自分に納得できる英国史の「秘密」を探つてみたいといふ誘惑に取りつかれてしまつた。この「私の英国史」と名附けた、既に単なる「解説」ではなくなつた解説部分を本巻に収録したのである。

「空しき王冠」の本文は次の「リチャード二世」の一節をプロローグとして始る。

かうなれば、いつそこの大地に坐し、諸々の国王達の哀れな最期を物語るにしくはあるまい。中には己が玉座を奪はれた王もある、戦死した王もある、また、自ら玉座を奪つておきながら、その相手の亡霊に悩まされ通した王もある、己が妃に毒を盛られた王もあれば、眠りこけてゐるうちに殺された王もある、一人として、非業の死を免れた者はゐない——それといふのも、生ける王の顳顬を取巻くあの空しき王冠の中には死神といふ道化役が棲みついてゐるからだ。そいつが、王者の栄光をあざ嗤ひ、その栄華を嘲弄し、ほんの一時、ほんの一場だけ王の役割を演じさせてくれる、そこで王はここぞとばかり、人々を恐れ戦かせ、その目なざし一つで人を殺してのける、お蔭で当の本人は自惚れと虚栄心を吹込まれ、己が命を守るだけの外壁にしか過ぎぬこの生身の肉体を難攻不落の鉄壁とまで思ひ込んでしまふ、かうしてすつかり良い気にならせておいてから、最後の土壇場にあの道化めが姿を現し、小さな針のほんの一突きで、その城壁を貫き通し、「王よ、さらば」と捨てぜりふを吐いてのけるのだ。

(シェイクスピア「リチャード二世」第三幕第二場)

この後に歴代の「王、女王の愚行、弱点、及びその素顔」が、史書、俚謡、戯曲、詩、論文、日記、書簡等、あらゆる文献を適切に駆使して描き出され、その末尾にはエピローグとしてサー・トーマス・マロリーの「アーサー王の死」が引用されて次のやうに終つてゐる。

しかし、イングランド各地で人々は今なほかう言ふ、アーサー王は死んではゐない、ただ吾等が主イエスの御心によりこの世の何処かに生きてゐるのだと。また人々は言ふ、王は再び姿を現し、聖なる十字架をお受けになると。私はさうなるとは言はない、むしろかう言ひたい、王はこの現世にをられ、他の生命に姿を変へたのだと。しかし多くの人々は言ふ、彼の墓にかう記してあると、Hic jacet Arthurus rex, quondam rex que futurus. ――アーサー王ここに眠る、嘗て王たり、いつの日かまた王たらむ。

この「アーサー王ここに眠る、嘗て王たり、いつの日かまた王たらむ」といふ最後の美しい墓碑銘は、書名の「空しき王冠」と照応して鮮かな印象を読者に与へるであらう。

最後の小林秀雄の「考へるヒント」と「本居宣長」についての読後感は、必ずしも私が氏の良き読者であることを証してはゐないかも知れぬが、私が如何に小林秀雄を読んで来たかは物語つてゐると思ふ。

今、ふと思出したのだが、私が右の本居宣長論を雑誌に出した後だつたから、たぶん昭和五十五年の末か、年が明けて春になつた頃だつたと思ふ、私は小林さんのよく行く天婦羅屋で夕飯の馳走になつたことがある。氏は盃を傾けながら何かの話のついでにかう言つた。「君、〈中央公論〉の論文だかね、ロンドンの何とかいふ先生と喧嘩した時だつたか、清水幾太郎に文句をつけた時だつたか、どつちか忘れたけれどね（編集部註・森嶋通夫。本書一八三頁参照）、一番信じられないのは自分だつて書いてゐたらう、それはさうだが、あれは一番最後に書くことで、初めに言つちやいけないよ、さうだらう……。」

「あつ、さうか」と私は思つた、言ひかへれば、さうは思つても口には出すなといふことだな、小林さんはさう言ひたいのだらう、と。

「はははは、さう言つてもしやうがないや、君はそれが言ひたいんだからな。」

さう言つて、後は黙つてしまつた。一瞬、会話が途切れた後、小林さんは今の話をすつかり忘れたやうに、ほかの話題に移つて行つた。

この時だけではない、私の胸のうちにはいつも一つの疑問が残つてゐる。相手の一番痛いところを突く氏の痛罵を浴びて泣かされた人は数多く知つてゐる。日頃、親しければ親しいほど、その災厄は免れ難い、だが、この有名な「悪態」が私に向けられたことは、幸か不幸か一度もない、少くとも面と向つてそれを浴びせかけられたことはない、つまり、それほど私は「味噌滓」扱ひにされてゐたのだらうか、今、私はいささかの寂しさをもつて小林さんを懐しんでゐる。

まだ書き落したことは大分あらうが、もうこの辺で止めておかう。この正月に落合欽吾先生から手紙を頂戴した、八十を過ぎた今日この頃、夢中になつて読めるのはドストエフスキーと、それにシェイクスピアだけだと書いてあつた、大したものだ。これでは、とてもお前の書いたものなど読んではゐられないと言はれたやうなものである、いや、さう書いたからといつて、まさかこの二人の天才と背較べをしようなどとは思はない。ただこの全集の終つた後、一体何をしようかと考へてゐたところだ、さうだ、シェイクスピアの翻訳でも続けるとしよう。それが出来れば、しめたものだ。

この全集が出始めた頃、「東京新聞」の「大波小波」で「福田は絶対的価値は一つだということを書きたいと言っている、そう、それを皆が待っていたのだ」と冷やかされた、実は、全集を出してくれるといふ話のあつた頃から、「覚書」の最後にはその事に触れようと思つてゐたのだ、だが、今、私の「仮説（フイクシヨン）」論を書き、まだ不十分かも知れぬが、ややそれを暗示し得たことだけでも満足としなければならない、後はハムレットもどきに“The rest is silence”と気取つておかうか。

なほこの全集を作るに当つては、文藝春秋の寺田英視、郡司勝義の両氏に、言葉には尽せぬほどのお力添へを蒙った、また論文の整理、配列等について、佐藤松男氏に並々ならぬお世話になつた、深くお礼を申し述べる。その他、これまでの単行本その他で御厄介になつた新潮社、中央公論社の方々にも、一々名は書き切れぬが、ここで厚く御礼を申し述べる。

またこの機会に、私の書いたものを飽きずに読んで来てくれた読者諸氏にも謝意を表すると同時に、折角、ここまで読んで、とは言はぬ、買つて来てくれた以上、「覚書」が終つたからといつて、これで打切らずに、後の二冊にも附合つて戴きたい、一つには年譜が附いてをり、他の一つは私には珍しい創作集である、意外な拾ひ物になるかも知れない。それにここで後を欠いてしまふと大事なところを読み落す。

この全集は最初の巻が出た時から、造本、装幀ともに立派だ、「馬子にも衣裳」といふ声があり、第五巻が出る頃には、その道の賞（日本書籍出版協会　日本印刷産業連合会主催の第二十二回造本装幀コンクール、審査委員会奨励賞）を貰つたさうである、やはり全巻揃へて側に置いておくに越したことはあるまい。

（完）

評論集後書

福田恆存評論集1　芸術とはなにか

芸術とはなにか／諷刺文学について／ふたゝび諷刺文学について／私小説のため／素材について／職業としての作家／表現の倫理／作品のリアリティについて／芸術の転落／理解といふこと／告白といふこと／自己劇化と告白

『芸術とはなにか』は、当時の要書房主前田善子さんの求めによつて、同書房で出してゐた要選書のために書いた。私には唯一の書下し評論である。発行の時期は昭和二十五年六月三十日だが、本腰に用意しはじめたのは、その前年暮、戯曲「キティ颱風」を書き終つた直後で、書いたのは四月の初めから五月の末ちかくまで、正味一箇月くらゐ、そのため近所の宿屋に通つたことをおぼえてゐる。選書のお仕著せ装丁ではあるが、それが出来あがつてきたのを見て、本は書下しに限るとつくづく思つた。準備中、あるひは書いてゐるときには経済的不安があつて、催促に執拗な前田さんを恨しく思つたものだが、本になつてみると、それまでの評論集とは違ひ、はじめて自分の本だといふ感じがした。いひかへれば、それは写しではなくて、本物なのである。すでに雑誌を通じて人眼に触れてゐるものではなく、はじめてこの姿で世間に出て行くのだといふ新鮮な期待と充実した不安とがあつた。

さいはひ、この書は中村光夫に認められ、そのほかでも評判がよかつた。そればかりではない。はじめて自分の言葉でものをいつたといふ点で、今でも私はこの書に愛著をもつてゐる。第四巻の後書でいつたやうに、評論活動のみについていへば、これは私が初めてかつぎだした神輿である。その経緯をもう少し説明しよう。

第四巻『日本および日本人』の後書で私の仕事の第一期と呼んだ時期、すなはち戦争直後から昭和二十三、四年までは、いはゞ乱世であつた。私たちは専ら抵抗と否定とによつて、ものを書いてゐた。たしかに批評は本質的に対立の精神である。が、その肝腎の対象が、私たち自身にとつて、日本の宿命にとつて、文学そのものにとつて、真に本質的なものでないならば、批評は空疎な廻転を続け、機械的なくりかへしに堕せざるをえない。

戦後の批評を特徴づけた抵抗と否定とは、直接と間接とを問はず、そのほとんど全部が戦争中の政治的弾圧にたいする反撥から出てゐた。そこに問題があつた。なぜなら、人々はすでに倒れたものを敵としてゐたからである。が、人間にとつて、対立が本質的でありうるためには、倒れたもの、あるひは倒しやすいものを敵としてはならないので、皮肉なことに、およそ自分の敵しがたいものを敵としなければならないのである。すでに無いもの、少くともすでに力なきものを仮想敵として斬りまくつた戦後の批評は、その相手がたんに仮想のものでしかないことが明かになるにつれて、いやでも自己の空疎なることに気づかざるをえなくなる。自分の振りまはす刀の重みに疲れてくる。世間もまたその不毛に倦きてきたのである。批評の優位によつて始つた戦後文学は批評の不人気にその第一期の幕を閉ぢたのである。

かうして当時をふりかへつて見ると、私の仕事の第一期と呼ぶものも、さういふ客観情勢とまつたく一致してゐることが解る。最終巻の年譜を見ても明瞭だが、昭和二十四年八月の『小説の運命』を最後として、雑誌に書いた文芸評論を寄せ集めた、いはゆる評論集なるものは、つひに今日にいたるまでどこからも出てゐない。そのころから、どこの出版社も評論集を出したがらなくなつたのである。いや、私自身、昭和二十五年以後、さういふものをあまり書かなくなつた。それが第二期に当るわけだが、この時期に雑誌に書いた評論で目ぼしいものを左に掲げておく。

二つの世界のアイロニー	「人間」	昭和二十五年三月号
芸術作品の条件	「芸術新潮」	同　四月号
理解といふこと	「文藝」	昭和二十六年三月号
日本人の思想的態度	河出書房「国民教養講座」	同　四月刊
戯曲における日本的性格	掲載誌不明	同　十二月執筆
日本と西洋	「群像」	昭和二十七年二月号
政治への逸脱	「群像」	同　三月号

民衆の生きかた　「群像」　同　六月号
告白といふこと　「文學界」　同　七月号
ふたゝび風刺文学について　「東京新聞」　同　八月二十三・四・五日付
国民文学について　「文學界」　同　九月号
文学者の文学的責任　「文學界」　同　十月号
自己劇化と告白　「文學界」　同　十二月号
ことばの二重性　「言語生活」　同　十二月号
恋愛と人生　「婦人画報」　同　十二月号より連載

三年間にこの程度である。このうち、「日本人の思想的態度」「文学者の文学的責任」は、外国から帰つて、例の平和論さわぎで悪名をはせた結果、『平和論にたいする疑問』（文藝春秋新社刊・絶版）といふ本が出た機会に、やつとそのなかに入れられたものであり、「理解といふこと」「日本と西洋」「政治への逸脱」「民衆の生きかた」の四篇も、その平和論の余勢を駆つて『文化とはなにか』（創元社刊）を出したときに、はじめて本になつたものである。「芸術作品の条件」「戯曲における日本的性格」「ことばの二重性」は、いづれも演劇評論であり、ごく最近、さういふものばかりを集めた『劇場への招待』（新潮社刊）のなかに収められてをり、「恋愛と人生」は『私の恋愛教室』（新潮社刊）に入つてゐる。「告白といふこと」と「自己劇化と告白」とは、『芸術とはなにか』に直接つながるものとして旧著作集第七巻に収めた。

このやうに、第二期においては、私はあまり雑誌に評論を書かなかつたし、書いても、この時期には本にならなかつたのである。世間の人気が文芸批評から離れ、商売にならなくなつたといふこともあるが、より本質的には、さきに述べたやうに、戦後の文芸批評そのものに責任があると思ふ。なるほど、私自身はいゝ気になつて過去の否定に専念してゐたつもりはなく、第四巻の後書に書いたやうに、むしろ私はさういふ風潮にたいして抵抗し、その否定を自分の足場にしてゐた。が、その意味では、やはり当時の風潮に依存してゐたのだから、それが自己崩壊していけば、それに対立する私の仕事もまた空転せざるをえない。批評家としての私にとつて、昭和二十四年は辛い年であつた。さきに昭和二十四年八月『小説の運命』を最後として評論集が出なくなつたといつたが、その内容はほとんどすべて昭和二十三年に書かれたもので、昭和二十四年には、評論集に入れるほどのものは何も書いてゐない。たゞその二月に書いた「芸術概念の革新」と、三月に書いた「ガーネット論」だけが例外である。すなはち一年の空白があつて、そのあとに右表に掲げた「二つの世界のアイロニー」以下の仕事が続くのである。その「芸術概念の革新」は、今から見れば、『芸術とはなにか』の準備運動といへよう。

一年間、私は何をしてゐたか。その前年の昭和二十三年の夏に戯曲「最後の切札」を書いたあとを受けて、一月に小説「ホレイショー日記」を書き、そのあとは雑文ばかり書いてゐて、八月に一幕戯曲「堅塁奪取」を、十月には四幕戯曲「キティ颱風」を書いてゐるのだが、その間に一つ、今の私としてはあまり触れたくない仕事をしてゐる。仕事とはいへないものである。雑誌の名は忘れたが、「批評ノート」といふ題で、アフォリズム、寓話など百三十余篇を連載したことがある。それらは昭和二十四年九月三十日刊で銀座出版社から出てをり、本の題名は『否定の精神』と改めてある。その題詞には「ある精神の内部には一匹の蛔虫が棲んでゐる。それはあらゆる養分を食ひつくすが、なにも生産はしない。が、このいやらしい虫にも一分の矜りはある――くやしかつたら、おれが食ひきれぬほどの養分をとつてみるがいゝ」とある。それからだいたい察しがつくやうに、意地わるい人間観察の印象的記録である。が、意地のわるいのは他人にたいしてばかりではない。結構、自分にも意地わるになつて書いてゐる。

またそのあとがきに「知る人は知る、されど彼の何者なるかを彼は知らない」といふラテン語が引いてある。それから察しがつくやうに、自己韜晦の人の悪さがそこにはある。それはあるひは狡さかもしれない。が、それだけでもなかつたやうである。意地わるく自分をやつつけておいて、しかし、私をこれだけの男と思つては困りますよと、弁解してゐるのだが、それはかならずしも弁解とのみはいひきれない。本当にそれだけの男ではないといふ自信、いや、自信といへば体裁がいゝが、それよりは生来のオプティミズムが働いてゐたと思ふ。自分でいふのも妙だが、それは私の人の善さでもある。

が、いづれにせよ、そんな調子で小意地の悪い眼に都合よく他人や自分を仕立てあげたこの仕事は、金の都合で本にはしたもの丶、すぐあとで後悔の種となりはじめた。そんなわけで年譜にも載せなかつたのだが、かうして各巻ごとに解説を書いていつてみると、やはりこの書の存在を無視するわけにはいかなくなつたのである。

私が抵抗を感じ、それに対立してゐた時代の風潮そのものが自己崩壊するに至り、私の仕事も空転せざるをえなくなつたと書いたが、そこで私は対立の場を必然的に自己の内部に移さなければならなくなつたのである。それはかならずしも眼を内に向けた直接的な自己批評を意味しはしない。もつと普遍的に、自己と人間との本質に根ざして、対立を生きぬくことをやらなければならぬと私は感じたのである。が、さしあたつて、どういふ方法をとつたらいゝのか解らぬまゝ、私は戯曲を書き、小説を書き、そして『否定の精神』のやうなものも書いたのである。そのうち、『否定の精神』がもつとも直接的な自己批評となつてゐる。

だから、私はそれを好まぬ。もつとも直接的な自己批評であるがゆゑに、もつとも自己を露出してゐるからではない。もつとも直接的な自己批評であつたために、そこでは真に私の自己が語られてもゐず、真に批評されてもゐないのである。かういふ直接的な自己批評は、上げのない著物のやうに間がぬけてをり、いかに真実を語つても、嘘になるものだ。なぜなら、自分に自分を批評させてしまつたのでは、私たちは真の自己に到達できないのである。真の自己批評は演戯することであり、演戯することによつて、私たちは自分を、自分以外のものに、あるひは自分以上のものに、批評させることができるのだ。『芸術とはなにか』のうちで私が演戯精神といふことを強調しはじめたのは、今から思へば、さういふ自覚の兆しだつたと思ふ。

この巻には、『芸術とはなにか』以外に十篇の評論が収めてある。そのうち、「理解といふこと」「告白といふこと」「自己劇化と告白」の三篇については、さきに触れたが、他の七編の書かれた時期、および所載の単行本名も第四巻の後書に書いておいたので、こゝでは省く。その七篇中、「風刺文学について」「私小説のために」「素材について」の三篇は、戦争中に書いたものである。残る四篇、すなはち「職業としての作家」「表現の倫理」「作品のリアリティーについて」「芸術の転落」は、第四巻所収の「民衆の心」「一匹と九十九匹と」「理想人間像について」「人間の名において」の四篇と執筆の時期も同じであり、したがつて主題の追求も同一線上にあるといへる。

両方とも、第四巻の後書でいつた交通整理の仕事であり、同様にポレミックであるが、その差は、前者、すなはちこの巻に収めたものの方が、ぢかに文学、ないしは芸術について語つてゐるといふことである。第四巻所収の四篇によつて代表される当時の私の仕事は、マルクス主義者やその他の進歩主義者のあまりにも安易な近代否定や近代肯定が、いづれも「自我」といふ手に負へぬ問題を廻避してゐることを指摘することにあつたといへよう。といつて、私はその難問にのんきに寄りかかつてゐたわけではない。私は自分なりにそれをなんとか始末しなければならぬと思つた。そのことは、さきに述べた自己批評の問題と照応するが、この巻に収めた私の第一期の仕事、すなはち当面の四篇では、「自我」の主張と解体とをめぐつて窮境に立たされた近代芸術の運命を語ることによつて、私はその手に負へぬ「自我」に迫らうとしてゐたのである。

創作をはじめたこと、『芸術とはなにか』を書いたことによつて、この悪循環から一応は脱出したあとではあるが、「理解といふこと」「告白といふこと」「自己劇化と告白」の三篇も、やはりそれらの第一期の四篇と一続きのものとして読んでもらひたい。戦争中に書いた三篇は、たゞ純粋な文芸批評としてこの巻に収録したまでのことであるが、もちろん、私の主題の一貫性はある。

文学と自我意識の問題は、終生、私から離れないであらう。『芸術とはなにか』によつて、私は一歩前進できた。ある人は一歩後退といふかもしれぬ。それでもいゝ。とにかく私はそれによつて自己の底部へ、より深く、まつすぐに錘りを垂しえたのであり、第三期の仕事ではあるが、『人間・この劇的なるもの』において、私はそれをさらに深めえたと信じてゐる。思ひあがつてなどゐるのではない。そんな自信めいたものと同時に、今までの自分の仕事は一切まちがひであり、徒労だつたのではあるまいかといふ不安がつねに私にはあるのである。その不安が決定的になる時がいつ来ぬとも限らぬではないか。私ばかりではない。文学の仕事とはさういふものかもしれぬ。

福田恆存評論集2　人間・この劇的なるもの

人間・この劇的なるもの／シェイクスピア／チェーホフ／ロレンス／ガーネット／サルトル／エリオット

『人間・この劇的なるもの』は『芸術とはなにか』に引続く私の「神輿」である。例のとほり過去の私の仕事を三つの時期に分ければ、これは第三期に属する。すなはち昭和二十九年九月、外国から帰つてきてからのちの仕事だ。前にもいつたやうに、その年の「中央公論」十二月号に「平和論の進め方についての疑問」を書いたのがきつかけとなり、その後の半年、私は論争に巻きこまれたが、とにかくそれは「私の仕事」ではない。私は旅の帰路、インドや南支那海の上を飛びながら、今後の仕事についていろいろ計画をめぐらした。それはなにも帰りの飛行機に乗つてから始めて思ひついたことではないが、日本に近づくにしたがつて、もう一度、さしあたつての仕事の進め方について考へずにゐられなかつたのである。

第一に、原則として自分が本当に書きたいことだけを書かうと思ひ、その決心をくづすまいと思つた。まづ何を書くか、それが問題だが、「本当に書きたいこと」に関するがぎり、なにもそれこれと決めるには及ばない。たゞ心がけとして自分が自分でありさへすればよく、あとは機会に委せればいい。もつとも、実際にはさう簡単にはいかない。何事にも緻密な計画が必要である。しかし、それは飛行機のうへですぐ題目が浮ぶやうなものでないことだけは確かだ。私は評論や戯曲や小説の、それまでにも度々考へたことのある主題や細部の周辺を堂々めぐりしながら、とりとめのない思ひに耽るばかりだつた。

第二に、それとは別に私がもつと具体的に考へてゐた計画は、シェイクスピア劇の翻訳と演出である。第三に、さらに具体的な、あるひは時事的な問題の提出を三つ計画してゐた。その一つが、日本の知識人のものの考へ方に根本的な疑問を呈すること。次が国語改良の似非合理主義に反対すること。最後が、戦後教育の精神を却けること、それも教課や教科書や制度などの具体的な問題を通じて論じること。第二のシェイクスピア劇の翻訳と演出といふ計画の一端は、帰つて来てすぐ実現され、今なほ継続中である。なぜ、さういふ気になつたかについては、いづれ、改版全集が出るときに「声明書」を発表する。

第三の計画の第一に属する「日本の知識人のものの考へ方に根本的な疑問を呈すること」が、時の勢で「平和論の進め方についての疑問」となつて現れたわけであり、第二の「国語改良の似非合理主義に反対すること」は、「知性」の昭和三十年十月号から翌年八月号にかけての、金田一博士との論争で果された。論争自体はともあれ、世間の大勢は我に利あらず、当局者はもとより、仲間の文筆業者にも再考を促しえなかつた。が、私は諦めたわけではない。いづれ、右の論文に手を入れ、一本にまとめて三考を促すつもりでゐる。私は単に「現代かなづかひ」といふ表記法の問題にかゝづらつてゐるのではなく、それを通じて日本語の本質そのものについて皆に考へてもらひたいのである。この評論集のみならず、私の本は原則的に「歴史的かなづかひ」を用ゐてゐるが、それは感情的な意地の張り合ひからではない。その方が合理的だと思ふからである。一言、断つておく。

第三の戦後教育についての私の意見は、その精神に関するかぎり、『一度は考へておくべき事』のなかで述べてゐることに尽きる。教育といふと、なんとなくいかめしく聴えるが、それは本質的には「影響」の問題であり、「理解」の問題であり、人と人との「精神的アマルガメイション」の問題である。要するに、すこぶる「文学的」な問題なのだ。私が関心をもつ所以はそこにある。なほ現在の教課や教科書や制度について、無数の不満があるが、そこまで手をのばす余裕が目下のところまつたくなく、本質論だけで中絶の形になつてゐる。いづれ、機会を見てそれを書いてみたい。

なほ昭和二十九年から翌三十年にかけて、つまり、勢こんで帰国した当時を概観してみると、第三の第一の仕事、すなはち「日本の知識人のものの考へ方に根本的な疑問を呈すること」は、やゝ溯つて、日本人といふものについて考へてみるといふ仕事とつながり、それは「日本および日本人」となつて現れ、両者は平行して同じ時期に書かれた。比較すれば、もちろん「平和論」に関する論争よりは、この方が私にとつて本質的な仕事であつた。もう一つ、目ぼしいものとしては、昭和二十九年の秋に放送劇「崖のうへ」を書いてゐる。これはのちに舞台のために補筆され、「明暗」と改題された。

これらの仕事を背景として、『人間・この劇的なるもの』を書いたのである。「新潮」昭和三十年七月号から翌年五月号までの連載評論である。単行本は一部加筆してその直後の六月に新潮社から出版された。妙な題名だが、当時これに似た題の本が評判になつてゐて、たまたま連載の始る直前「新潮」編集部の野平氏に「大体どういふ内容か」とたづねられ、大いに気焔をあげたあと、冗談に「いつてみれば、人間・この劇的なるものさ」と口をすべらせたのが運の尽きだつた。野平氏は「よし、それでいかう」といつて、どうしてもきかないのである。

この解説の冒頭に書いたやうに、私はこの連載で「本当に書きたいこと」を書かうとしてゐた。「私の人間観」が書きたかつたのだ。「平和論」論争などで、いはゆる「進歩主義者」の反応を見てゐると、彼等の「人間観」と私のそれとが、いかに食ひちがつてゐるかを痛感した。問題は結局そこにある。そこを明かにしなければ、どうにもならぬと思つた。いや、率直にいふと、彼等と私との間で人間観が異なつてゐるのではなく、私は人間観から出発してゐるのに、彼等はそこを素通りしてゐるのである。私にいはせれば、彼等に人間観はない、あるひは、それに関心をもたないといふことになる。両者の差を明かにしなければならぬといつたが、じつはそれを明かにしたところで、相手に納得してもらへるとは思はなかつた。もし納得を期待するなら、読者に期待しなければならない。私はさう思つた。のみならず、私は自分自身で納得したかつたのである。いひかへれば、私は自分の手で自分を追ひこみたかつたのである。どこへでもない、「人間」のなかへ、「自分自身」のなかへ。

ところで、話を題名に戻すが、さういふ私の気もちから、「劇的なるもの」といふ限定詞は、少々窮屈に思はれた。人間の生きかたが劇的であるといふ私の考へに変りはあるまいが、それは出発点であつて、題名にまでそれを出してしまふと、筆が伸びないのではないかと気づかはれた。私にはさういふ小心な律義さがあるからだ。が、野平氏は固執して譲らない。ま丶よと思つて私は始めた。はたして私は題名に捉はれた。そして書き悩んだ。始めの考へでは、『幸福への手帖』や『一度は考へておくべき事』で試みた人生論や社会評論のやうなものにまで話題を展開させるつもりだつたのだが、各章つねに「劇的なるもの」といふ主題がリフレインのやうに繰り返されてゐないと落ちつかなくなつてしまつたのである。

が、結果としては、その題の良し悪しにか丶はらず、野平氏に感謝してゐる。あるひは、それは編集長の斎藤十一氏の意見だつたかもしれない。それなら斎藤氏に感謝する。なぜなら、「劇的」といふことが、人間の生きかたにおいて、最初に考へてゐた以上に深い意味をもつてゐることを発見しえたからである。始終つらい思ひをしたかはりに、私はとことんまで考へぬくことができた。当時、シェイクスピアの翻訳のため、その世界に没入してゐた私は、この書のなかで始終シェイクスピアに言及してゐる。といふよりも、これは我田引水のシェイクスピア論なのである。さきに、シェイクスピアの翻訳と演出に血道をあげる理由については改めて書くといつたが、それはすでにこの書のうちに十分語りつくされてゐるといへよう。

さいはひ、この書は連載中から好評だつた。河上徹太郎、臼井吉見、中村光夫の三人が座談会でほめてくれた。『芸術とはなにか』の続篇としての意義を認めてくれ、それよりい、ともいつてくれた。また山本健吉が度々これを推してくれた。亀井勝一郎が好意的な書評をしてくれたことがあり、そのなかで「反動分子」の私を共産主義と結びつけてゐるのを読んで、おもしろいと思つたこともある。もちろん、力の足りぬところがあり、私自身もそれを知つてゐる。が、大方の非難は私を不快にさせなかつたばかりでなく、さういふ非難があればこそ、これが書きたかつたのだと思はせるやうなものばかりだつた。

そのなかで一番もつともらしいものの例をあげると、私が自己、あるひは個人に対立するものとして、それを超える「全体」について語つてゐることに注目し、その「全体」が何を意味するのかはつきり解らぬし、著者自身、それを明確に摑んでゐないといふことなのである。馬鹿馬鹿しい話だ。もう一度、読んでくれといふほかはない。私が帰依すべき「全体」が何か、それが解れば、私はこんな本を書きはしなかつたらう。いや、私は第六章の終りのはうに、はつきり書いてゐるのである、「全体」がなんであるかを自分の眼の前に規定してはならぬ、と。さう規定しうるやうなものは真の「全体」ではないといつてゐるのだ。そんなふうに「全体」を規定してもらひたがる精神は、おそらく独裁者か奴隷か、そのどちらかに適して生れついてゐるのであらう。さういふ人たちは、さらに、私を「主体性のない」懐疑家だといふ。何を持ち出してきても、それに猜疑の眼を向け、それを神として受けとることを却ける男だといふ。自分を超えるものについて語りながら、私がそれを信じてゐないといふのである。それにたいして、私はくだくだしく答へる必要を認めない。私は信じてゐる、たゞそれだけいつておく。

『人間・この劇的なるもの』は、私の、あるひは人間の、自我始末法であり、その意味では他の私の仕事と変りはない。この巻に収めた六つの作家論も同様である。対象にどの作家を選ばうとも、私のねらひは、自我の崩壊を通じてのその確立、喪失を通じての獲得、主張を通じての抛棄といふことにあつた。これは逆にいつても同じである。自我の崩壊にまで行きつかぬやうないかなる自我の確立をも私は信じない。したがつて、私はこれらの作家論において、ひたすら自我の解体に手を貸したのである。が、それは心理的な高所恐怖症かもしれない。私は自分自身にたいして自我解体の手術を施したわけだが、それも畢竟、堕落を恐れてゐたからであらう。それが恐ろしくなくなつたとき、私はやうやく戯曲を書きはじめ、『芸術とはなにか』を書き、さらに『人間・この劇的なるもの』を書いたといへないであらうか。その意味で、内容からいつても、時期からいつても、作家論のはうを先に読んでもらひたい。

左にその発表の時期と題名と掲載誌とを年代順に掲げておく。

『マクベス』について　（シェイクスピア）　「批　評」（昭和二十二年　第六十号）
近代の克服　（ロレンス）　「展　望」（昭和二十二年　四月号）
現実の謀反　（サルトル　一－二）　「文芸時代」（昭和二十三年　一月号）
存在の無償性　（サルトル　三－五）　「文芸時代」（昭和二十三年　二月号）
新しきヒューマニズム　（サルトル　六－七）　「文芸時代」（昭和二十三年　三月号）
チェーホフの孤独　（チェーホフ）　「批　評」（昭和二十三年　第六十一号）
メカニズムへの意志　（ガーネット）　「あるびよん」（昭和二十四年　五月号）
ロレンスの思想　（ふたゝびロレンスについて）「人間」（昭和二十五年　九月号）
小山版『カクテル・パーティー』の解説　（エリオット）　（昭和二十六年　二月刊）

右のうち、シェイクスピア論は昭和十三年に大学院のレポートとして書いたものだが、公表したものではないので、少し手を入れて「批評」のシェイクスピア特集号に載せてもらつたのである。ロレンス論も昭和十六年に『アポカリプス論』を訳したとき、その序文として書いたものだが、当時、この訳書は出版許可が下りなかつたので、序文も未発表に終り、戦後はじめて「展望」に載せたのである。エリオット論は右表のとほり小山版の拙訳『カクテル・パーティー』の解説として書いたものだが、その後、同年十月二十五日刊の創元文庫『西欧作家論』に収録するさい、改めて加筆してゐる。

なほ、『西欧作家論』の元版はその二年前の昭和二十四年八月二十日に、同じく創元社から刊行されてをり、当然それにはエリオット論がない。たゞこの元版の方にも文庫版の方にも、ジョイスについて書いたものがあるが、頁数の関係で、それだけを著作集から省かねばならなかつた。その他は全部『西欧作家論』文庫版と同じである。その後の私は西洋の作家について一つも書いてゐない。今のところ、とくに書きたいと思ふ作家もゐない。シェイクスピアだけは例外だが、これはまともに取組むには荷が勝ちすぎる。結果としては『人間・この劇的なるもの』に、やうやくその野望の一端を示しえたにすぎない。当分、翻訳や演出を通じてしか手がないわけだが、将来はどうか、それは解らぬ。

福田恆存評論集3　作家論

芥川龍之介／嘉村礒多／横光利一／太宰治／石川淳／中野重治／大岡昇平

私が今までに書いた近代日本の作家論を執筆時代順に列挙しておかう。

横光利一	「横光利一と『作家の秘密』」	昭和十一年　秋	「作家精神」十二月号
嘉村礒多		昭和十四年一月	「作家精神」三月号
芥川龍之介Ⅱ		昭和十六年　春	「作家精神」「新文学」に分けて連載
志賀直哉	「志賀直哉の短篇形式」	昭和十七年	河出書房刊・大正文学研究会編「志賀直哉研究」に発表
永井荷風		昭和二十一年　夏	東京女子大学学友会・夏期特別講座のための講演
北原武夫	「偽悪の文学」	昭和二十一年八月	「群像」十月号
宮本百合子	「善意の文学」	昭和二十二年五月	「群像」七月号

石川　淳　「反俗の文学」　同　七月　「群像」九月号

坂口安吾　同　年末より　銀座出版社刊・坂口安吾選集八巻のための解説

太宰　治　Ⅰ「道化の文学」　昭和二十三年四月　「群像」六月号・七月号

同　Ⅱ「太宰治再論」　同　八月　掲載誌不明

中野重治　「仮装の近代性」　同　八月　「群像」十月号

伊藤　整　「鳴海仙吉へのてがみ」　同　九月　掲載誌不明

小林秀雄　「芸術と生活」　同　十月　掲載誌不明

石川啄木　同　十一月　河出書房刊・石川啄木全集第一巻のための解説

谷崎潤一郎　昭和二十四年七月　文藝家協会編「文学会議」

大岡昇平　Ⅱ「『武蔵野夫人』を読んで」　昭和二十五年八月　「群像」十月号

丹羽文雄　同　十二月　掲載誌不明

芥川龍之介Ⅰ　同　十二月より　創元社刊・芥川龍之介選集四巻のための解説

国木田独歩　昭和二十六年八月より　創元社刊・国木田独

歩選集三巻のための解説

大岡昇平　Ⅰ「ストイシズムの文学」　昭和二十七年一月「文學界」三月号

「芥川龍之介Ⅱ」は昭和二十年に改稿し、翌年の春から出はじめた「近代文学」に連載した。「嘉村礒多」も少し手を入れて昭和二十一年の末に出た「批評」第五十九号（戦後復刊第一号）、および第六十号に分載した。「横光利一」は『作家の態度』に収録するさい序章を書きなほした。

右表のうち「横光利一」から「永井荷風」までの五篇は単行本『作家の態度』に、「北原武夫」から「小林秀雄」までの九篇は単行本『現代作家』に収められてゐる。前者は昭和二十二年九月十五日附で中央公論社から出版されたものである。今その「あとがき」の日附を見ると、昭和二十一年十月二十日となつてゐる。いかに戦争直後とはいへ、印刷にそれほど手間どるわけはない。私の書くものを認めてくれた最初の人は、当時、中央公論社の出版部長であつた林達夫で、そのお世話でこの書の出版が決つたもの〻、そのころ再建の途についたばかりの同社の内部にはいろいろ揉めごとがあつて、一年も出版が遅れてしまつたのである。その間、私には大先輩の林氏が示してくれた好意と寛容とはいまだに忘れない。たゞ一つ心残りなのは、その年の七月、父がこの私の最初の本の出来上りを見ずに逝つたことである。

『現代作家』の方は昭和二十四年二月十五日附で新潮社から出てゐる。巻末の「現代日本文学の諸問題」は『作家の態度』の序論「近代日本文学の系譜」と照応せしめるために入れたものである。その掲載誌はおぼえてゐないが、書いたのは昭和二十二年三月と記録されてゐる。「近代日本文学の系譜」は岩波書店の雑誌「文学」に、昭和二十年末と翌年五月とに分けて載せたといふ記録がある。

また表にもどるが、「石川啄木」から「大岡昇平」までの七篇は『現代作家』出版のための編集が終つたあとで書いたものであり、しかも、「大岡昇平」を最後に私は作家論を書かなくなつてしまつたので、単行本には一度も収められず、その後、昭和二十七年から二十八年にかけて、角川文庫版『作家論』三巻が出たとき、始めて本になつた。それには右表のものが全部はいつてゐたが、この文庫版『作家論』は今は絶版になつてゐる。それだけに、この著作集にもなるべく多くを収録したかつたのだが、全部で千枚を超える分量なので、このとほり『作家論』として全一巻を用意しても、やうやく半分しか収められなかつた。

選択には迷つた。出来のいゝものを選んだわけでもない。対象として採りあげた作家の質や値うちを配慮したわけでもない。さういふ明確な基準があつてのことではなく、むしろアト・ランダムに予定の枚数だけ集めたといふべきであらう。強ひていへば、基準は書いた私のはうにある。書く態度の違ひ、書いた時期の違ひ、対象にたいするつきあひ方の違ひ、その辺を考慮して万遍なく選んだ。

例のとほり過去の私の仕事を三期に分ければ、これらの作家論のほとんど全部が第一期のものである。第二期としては「谷崎潤一郎」以下「大岡昇平Ⅰ」まで六つを数へるのみ、そのうち「芥川龍之介Ⅰ」と「国木田独歩」とは批評といふよりは解説であり、このうち採るべきは最後に書いた「大岡昇平Ⅰ」一篇だけであらう。それ一つにとゞめるべきだつたかもしれぬが、それを採る以上、「大岡昇平Ⅱ」も併せて読んでもらひたくなつた。また「芥川龍之介Ⅰ」を採つたのは、「芥川龍之介Ⅱ」が最も初期のものであり、文章が晦渋で一人合点のところが多く、一般に理解されぬことを恐れたからである。

今の私には気に入らぬ文章である。また自分にも理解できぬ文章にぶつかる。たとへば第三章の終り近くに「形式が形式を羞恥し型取らうとする」といふのがあるが、正直の話、よく解らない。「形式が形式自身を羞恥し、羞恥しながらもなほ型を取らうとする」の意か。あるひはなにかのミス・プリントか。事実、明かにミス・プリントと思はれるところもあるが、すでに原稿がないのでなほしやうがない。元来、私は自分の書いた原稿を読みなほさない。活字になつたものはなほのことである。かうして評論集を纏めて出すとなると大分神経質になるが、当時は本が出来ても、覗きもせず、原稿も捨ててしまつたので、今ではどうしやうもない。はつきりそれと察しのつくところ以外は、ミス・プリントにせよ、悪文にせよ、そのまゝにしておいた。

そんな文章をなぜ著作集に収録するかと文句をつけられゝばそれまでだが、やはり「芥川龍之介Ⅱ」は私には愛著がある。良かれ悪しかれ、私の本性がもつともあらはに出てゐるものであり、また私の仕事の最上のものの一つだとうぬぼれてゐる。が、一般の読者には一番愛読されてゐるらしいのに、文壇の玄人筋からは平野謙を除いて誰からもほめられたことがない。ほめられたいといふ本能を別にして、ごく素直にこれは合点のいかぬことである。あるひは対象の芥川龍之介の文壇的な、あるひは文学史的な位置と関係があるのだらうか。とにかく、こゝにはその後いろいろに展開された私の主題のすべてがある。

「芥川龍之介Ⅱ」について、もう一つ断つておきたいことは、そのなかで触れてゐる「出生の秘密」である。二年ばかりまへ、何が原因からかそれが問題になり、「芥川龍之介私生児説」としてある新聞がそれを採りあげ、私の説を引きあひに出したことがある。私は大いに迷惑した。その新聞によれば、龍之介は父の新原敏三がどこかの女に生ませた子だといふのだが、私の文章を読んでもらへば、私がさういふ意味の「私生児説」を主張してゐないことは明瞭であらう。私は龍之介の母が本当の母ではなかつたといつてゐるのではなく、父が本当の父ではなかつたのではないかといつてゐるのである。

それにしても、そんなことが今さら新聞記事になるとはどういふことか。こゝで私ははつきりいつておくが、私のはあくまでフィクションであり、文学的仮説にすぎない。この仮説をたてることによつて私たちの前に明かにされるものは、龍之介の「生涯の事実」ではなく、かれの作品の、あるひは精神の光源である。それをのぞき見るために、私はあへて乱暴な仮説をたてたまでである。そんな事実はなかつたといふ証明がおこなはれても、私は私の芥川龍之介論を書きなほさうとは思はぬのみか、始めからそのつもりで書いたのである。ましてや、その反対に、龍之介の「生涯の事実」を証明するために、私の仮説が利用されることを、このさい固くお断りしておく。

私の作家論はほとんど第一期の仕事であると書いたが、戦争中のものと戦争後のものとではかなり質が違ふ。「芥川龍之介」「嘉村礒多」「横光利一」の三篇では、肯定と否定との差はあつても自分との距離がほとんどない。「芥川龍之介」について、ことにさういへる。が、戦後の作家論においては、私はその距離をよく測定した。対象として芥川龍之介を採りあげる必然性は私にだけしかなく、文壇もジャーナリズムにもそれはなかつたが、戦後に私が採りあげた作家は、すべて文壇ジャーナリズムにその必然性があるものばかりであつた。もちろん、私に全くそれがなかつたといふことではない。それは一つ一つを読んでもらへば解ることであるし、またその必然性の強弱もそれぞれによつて異なることも解つてもらへよう。さらに、私が第二期において作家論から徐々に遠ざかり、第三期には一つも書かなくなつた経緯も、作家論以外の他の私の仕事の足どりを年譜について見ていけば、今の自分にはよく納得できるのである。

一つには、自分の必然性にそふことと文壇ジャーナリズムの必然性に随ふことと、この両者を同時になしとげる場としての作家論が私には不可能になつたからである。またかうもいへよう。作家論を書く気もちには、「人生論」的にも、「芸術論」的にも、他人の仮面をつけて踊りたいといふ欲求があるものだが、前者のためには、戯曲を書くはうが、私にとつてより好都合だと思ひだしたのであり、後者のためには、ぶつつけに『芸術とはなにか』や『人間・この劇的なるもの』が書きたくなつたのである。別の言葉でいへば、演出家よりも役者になりたくなつたのだ。

といつて、今後の私が作家論を書かぬとはいへない。「大岡昇平Ｉ」を書いたのち、私は「三島由紀夫」を書くつもりでゐたし、事実、アメリカへ行くとき三島の作品集を持つて出たくらゐである。また、一生のうち、いつか鷗外と漱石について書きたいと思つてゐる。たゞ、私はこのさき何年仕事が出来るのか。それを考へると全く心細くなつてくる。それにしては、やりたいことが余りに多すぎる。結局あぶはちとらずに終るのだらうか。

福田恆存評論集4　日本および日本人

日本および日本人／文化とはなにか／愛とはなにか／民衆の心／一匹と九十九匹と／理想人間像について／人間の名において

こゝに収めたものを大別すれば、執筆の時期、および内容からいつて、三つに分けられる。第一は「日本および日本人」と「文化とはなにか」であり、第二は「愛とはなにか」であり、第三は「民衆の心」「一匹と九十九匹と」「理想人間像について」「人間の名において」である。

第三に属する四つの論文は戦争直後一、二年の間に書いたものであるが、そのうちでも「民衆の心」は年譜にあるとほり戦後最初のものとして憶ひ出が深い。記録によれば、昭和二十年十二月五日に書いてゐる。のちに評論集『平衡感覚』に収めた。他の三つは『近代の宿命』に収めてある。処女出版は作家論ばかり集めた『作家の態度』で、『近代の宿命』『平衡感覚』はそれぞれ第二、第三の評論集といふことになる。前者は昭和二十二年十一月に金沢市の東西文庫といふ出版社から出てゐる。出版社といふほどのものではなく、岸原清之進といふ人の個人的な仕事であつて、旧友の白崎秀雄がその人を紹介してくれたのである。その話が決つて、金沢に原稿を送つた直後、臼井吉見を通じて筑摩書房から出したいといふ好意的申出があつたのをおぼえてゐる。東西文庫は間もなく潰れ、その後の消息を聞かない。

『平衡感覚』はそれより一月おくれて、同年十二月に真善美社から出版された。これも潰れたが、当時は花田清輝を参謀とする前衛派の根拠地の観があり、なかなか活気のある派手な出版社であつた。私のやうな保守派はその前衛的出版目録中、唯一の例外だつたのである。

『近代の宿命』には戦後に書いたものばかりを集めたが、『平衡感覚』には戦争中に書いたものも五篇ばかりはいつてゐる。戦後のものは、両者とも同質の論文である。なほ、同じ系統に属する評論集は、この二著のあとに、『白く塗りたる墓』（昭和二十三年十二月・河出書房刊）と『小説の運命』（昭和二十四年八月・角川書店刊）とがあるだけで、自分でいふのはをかしいが、省みると、このあたりで私の仕事の第一期はその円環を閉ぢてゐるやうに思はれる。それが大体どんな仕事か察してもらふために、また年譜の補足のためにも、四著に収められた論文の題目を執筆年代順に並べておく。

批評家と作家との乖離　　昭和十六年　　六月　　平衡感覚

＊風刺文学について　　同　　十一月　　同

題名	年	月	収録
私小説のために	昭和十七年	五月	同
批評の正しい読み方	同	六月	同
＊素材について	昭和十八年	十一月	同
文芸批評の態度	昭和十九年	一月	同
＊民衆の心	昭和二十年	十二月	同
＊職業としての作家	昭和二十一年	四月	近代の宿命
＊表現の倫理	同	六月	同
公開訊問	同	九月	平衡感覚
＊人間の名において	同	十月	近代の宿命
自問自答	同		平衡感覚
私小説的現実について	同	十一月	近代の宿命
＊一匹と九十九匹と	同		同
文学と戦争責任	同		平衡感覚
小説の運命　Ｉ	同	十二月	近代の宿命
世代の対立	昭和二十二年	一月	平衡感覚
ひとつの寓話	同		同
近代の宿命	同	二月	近代の宿命

文学に固執する心	同		同
肉体の自律性とは	同		平衡感覚
近代の克服	同	三月	近代の宿命
現代人の救ひといふこと	同		同
二十年前の私小説論議	同	四月	平衡感覚
批評の悲運	同		同
文学の効用　Ⅰ	同	五月	同
＊作品のリアリティーについて	同		近代の宿命
＊理想人間像について	同		同
文芸学への疑ひ	同	六月	白く塗りたる墓
第三の椅子	同	十月	同
謎の喪失	同		同
科学のディレンマ	同		同
急進的文学論の位置づけ	同	十一月	同
＊芸術の転落	同	十二月	同
ぼくは神を信じない	昭和二十三年	一月	同
小説の運命　Ⅱ	同	三月	小説の運命

職業としての批評家　同　四月　白く塗りたる墓
論理の暴力について　同　五月　同
白く塗りたる墓　同　七月　同
文学の効用　Ⅱ　同　九月　小説の運命
イギリス文学の可能性　同　同
文学の賭博性　同　十月　同
芸術と科学　同　同
戯曲文学の限界　同　同
作家の処世　同　同
史的悪循環　同　十二月　同
芸術概念の革新　昭和二十四年　二月　同

二、三の例外はあるが、ほとんどすべてが三十枚前後のもので、月々の雑誌に発表された。掲載誌の名はおぼえてゐるものもあるが、大部分は忘れてしまつた。また、そのうちの大部分が廃刊になつてしまつたのである。これらの論文は、当時の文学的な、あるひは政治的・社会的な場において書かれたもので、いきほひポレミックになつてゐる。それがこの時期、すなはち第一期の特徴であらう。さういふと、お前はいつだつてポレミックではないかといふ人がゐるかもしれない。だが、決してさうではない。いづれ徐々に解説する。たゞこのポレミックだつた時期にも、二十篇余りの作家論を書いてゐることを附け加へておく。そのうち日本の作家を扱つたものは、この評論集の第三巻『作家論』に収録し、西洋の作家を扱つたものは、第二巻『人間・この劇的なるもの』に収録することになつてゐる。なほ右表のうち、＊印があつて、この巻にないものは第一巻『芸術とはなにか』に収めてある。この巻の論文と同時期のものであり、大体同質ではあるが、むしろ文学論・芸術論と見なしうるものだからである。

さて、この巻に収めた論文だが、今いつたやうに当時の場が解らないと、十分に理解してもらへぬふしがある。正直な話、書いた私にも、かなり縁遠いところもあるのである。たまには自分にも解らぬところが出てくる。また、その当時は場の雰囲気で誰にも解つてゐた言葉が、今になつてみると、解らなくなりはせぬまでも、当時の重みを失ひ、その色あひもぼやけてきてゐるのである。「近代自我の確立」とか「自己完成」とか「政治と文学」とかいふ言葉がそれである。なるほど、文字どほりの単語の意味はわからうが、それを合ひ言葉のやうに口にしてゐた私たちの情念や気分は、もう今の人にはわかるまい。その点、明治末年の文壇用語「人生」「懐疑」「時代閉塞の現状」などと同断である。そのほか措辞、文体、論理、いづれも未熟で、今これを公にすることは、誰よりも当人の私にとつて恥ぢさらしである。当時の場とそれに特有の用語とを使つて、つまり他人の言葉を用ゐながら、それをそのまゝ自分流の言葉にすりかへて喋つてゐるため、ずゐぶん独合点のところがある。だが、それは今から見てさう思ふのだが、当時は結構本気だつた。

それなら、この時期に書かれたポレミックな私の論文は、すべて過渡的なものに過ぎぬであらうか。いや、過渡的なもので一向さしつかへないのだが、今それを私の評論集の読者に読んでもらふ値うちのないものであらうか。私はさうは思はない。私にはいさゝかの自負がある。当時の場のなかで、当時の話題について語りながら、その場そのものに、その話題そのものに、私はもつぱら抵抗してゐたつもりだ。いひかへれば、私はそれが過渡的な場でしかなく、「近代」とか「自我」とかいふ言葉に人々が感じてゐる重みも色あひも戦争中の反動でしかないと思つたのである。その主観的な情念のために、「近代」の限界も「自我」の正体も見えなくなつてゐることを、私は一所懸命に説得しようとしてゐたのだ。その意味では、『一度は考へておくべき事』の解説で述べたのと同じやうに、これらの論文も本質論なのである。すくなくとも、私が自分の神輿をかつぎだすための交通整理だつたといへよう。

結果としてさうなつたのだ。計画的にはじめから神輿のかつぎだしを用意してゐたのではない。交通整理をやつてゐるうちに、どうしても自分の神輿をかつぎださねばならぬはめになつたのだ。その自覚とともに第一期からの脱出運動がはじまる。昭和二十三年の夏に書いた戯曲『最後の切札』がその現れである。それから昭和二十八年の外国旅行前までを第二期とする。みづから神輿と称するのはをこがましいが、この間に私は私なりのそれらしいものをかつぎだしたつもりである。小説「ホレイショー日記」をはじめ幾つかの戯曲を書き、また『芸術とはなにか』を書きおろした。それらについては、そのつど解説する。

「愛とはなにか」もこの第二期の仕事である。なにも神輿かつぎばかりをやつてゐたわけではない。結構、文学者として「社会的責任」も尽したはうである。「愛とはなにか」は、もと、世にいふチャタレイ裁判の最終弁論として書かれたものである。チャタレイ裁判の第一回公判は昭和二十六年五月八日に開かれた。問題の書、ロレンス作・伊藤整訳の『チャタレイ夫人の恋人』（小山書店刊）が猥褻文書として起訴されたのは、その前年の九月二十七日で、私がその特別弁護人を引き受けたのは、それから二箇月後の十一月末であつた。大学の卒業論文がロレンスだつたといふ因縁によるのだが、白羽の矢をたてられて、私はずゐぶん迷つた。中村光夫、その他の友人に相談したことをおぼえてゐる。

もちろん裁判所がこはかつたからではない。今だからいふが、迷つた最大の理由は、いつまで続くかわからぬ裁判に時間を奪はれ、神経を使はせられたのでは、当時六人の家族の口がいつ干あがらぬものでもないと思つたからである。中村光夫は「勉強になるよ」といつた。さうには違ひないが、月謝が高すぎる。少しは名を売つて、あとの商売が楽になるといふ考へかたもないではないが、それも今から見ての話で、あの裁判があれほど派手になるとは夢にも思はなかつた。それに、私の生きかたも主義主張も仕事の内容も、決して進歩的ではないのだから、たとへ「言論の自由」のために奮闘しても、どれだけ世間の信用が得られるかわかつたものではない。

私は再三、遠慮を申し出たのだが、もともと断るだけの大義名分がないため、言葉に迫力がなく、つひに引き受けてしまつた。まさか、職業弁護士ではないのだから、正直に金が問題だとはいへない。それにこちらにも弱味があつた。それは起訴にたいして大いに腹をたててゐたといふことである。それに関連して、もう一つ、なんのことはない、やつてみたいといふ気もちが私のなかにあつたことである。

手つとり早くいへば、いたづら気だが、それもやはり一種の情熱である。自分が真剣に考へ信じてゐることが、世間といふ行動の場で、どの程度に通用するかを試してみたいといふ気もちは誰にもあらう。その場合、事がむづかしければむづかしいほど、情熱が強まる。人情の自然であらう。これも今だからいふが、チャタレイ裁判は、私には最初から、とても勝てぬ戦ひと思へたのである。検察官や裁判官を説得するのが困難だといふ意味ではない。かれらはどうでもいゝ。さういふと語弊があるが、私にはかれらのうしろに、もつと強大な「敵」の姿が見えたのである。それは「世間の良識」であり、「輿論」である。あるひは私たち自身の「性の意識」である。したがつて、私の眼に映つた検察官や裁判官は「悪意の権力」の代表者ではなく、「善意の良識」の代表者であつた。

私はさういふ観点からチャタレイ裁判のもつ意義についてゆつくり語りたいのだが、こゝはその場所でもないし、まだその時機でもない。いつか時がくるであらう。今のところ、『一度は考へておくべき事』の冒頭三章、ことに「良識家の特権意識」において述べたことから、私のいはんとするところを察してもらひたい。こゝにもう一ついひうることは、チャタレイ裁判における私たちの「敵」が「権力」ではなく「良識」であつたといふ私の「先見の明」が、不幸にも昨年の「自由論争」において証明されたといふことである。そのことについては『一度は考へておくべき事』の「自由と進歩」「自己批判といふこと」などを併読していたゞきたい。自由を主張しながら同時に否定しなければならぬアイロニーが解つてもらへよう。詳しいことは、その巻の解説にゆづる。

「愛とはなにか」は第二期の仕事ではあるが、第一期の交通整理につながるものである。たゞ整理の対象が異なる。第一期では、それはもつぱら文壇の内部にあつた。が、「愛とはなにか」はもつと広い世間を対象としてゐる。のみならず、法廷といふ、より直接的な対象をもつ。私は出来るだけ世間に通用する言葉で、しかもおよそ世間に通用しさうもないロレンスの思想を解明しなければならなかつたのだ。そのことが、この論文の書きかたを決定する。私は法廷で喋るやうに書き流した。

私の最終弁論は昭和二十六年十一月三十日におこなはれたが、その他の弁護人の弁論が二十八日、二十九日におこなはれるので、二十七日一杯に書きあげねばならなかつた。検察官の最後の論告があつたのは二十二日だから、それを聴いて、五日間で書きあげたわけである。枚数にして百五十枚、平均一日三十枚の割である。雑誌の締切のやうに延してもらつたり、翌月まはしにしてもらふことはできない。いくら書き流すといつても、検察官や証人の言葉、ロレンスの作品、証拠書類（書証）等々、たくさんのメモを適材適所に用ゐねばならぬし、普通の論争とは違つて、勝敗が有罪か無罪かにかゝはる決定的なものではあるし、「待つたなし」の状況のもとで五日間百五十枚は、われながらあつぱれだつたと思つてゐる。ある意味で、あれほど緊張した仕事をしたことはなかつたといへる。中村光夫のいふとほり、勉強にはなつた。

金の心配について書いたから、ついでに報告しておく。私は適当に公判をさぼつて、ほかの仕事をした。弁護人のうちで一番の怠け者だつた。おまけに最後には文藝家協会から謝礼をもらつた。さらに、「文學界」の編集者をくどいて、百五十枚を百枚に値切り、翌年二月号の同誌に載せてもらつた。そのときの題は「結婚の永遠性」となつてゐる。「チャタレイ裁判最終弁論」では売れないからであるが、といつて羊頭狗肉ではない。私は最初から「言論の自由」のために官僚と戦つたのではなく、ロレンスの思想を世間に知らせたかつたのである。

なほ、その後、これが河出書房の市民文庫に収められるとき、「ロレンスの結婚観」と改題し、さらに市民文庫が河出文庫に改つたとき、「愛とはなにか」と改題した。市民文庫は昭和二十八年七月、河出文庫は昭和三十一年一月に発行された。市民文庫に入れるとき、あらたに註をほどこし、そのために倍の分量になつた。註はいづれもロレンスの作品からの引用である。法廷の弁論のときは、それらが書証として裁判所に提出されてあつたから、書証何号とその出所を示すだけにとどめたのである。

最後に一言つけくはへれば、これはロレンスの思想の解説ではあるが、たんなる解説とも違ふ。ロレンスは私の青年期に決定的な役割を演じた作家である。私は「愛とはなにか」を通じて、自己を主張してゐるのである。あるひは自分の夢を語つてゐるのである。同種のものとしては、その一年後に書きはじめた「恋愛と人生」や最近の『幸福への手帖』がある。

「日本および日本人」と「文化とはなにか」は外国旅行から帰つてからの、いはゞ第三期の仕事である。この数年間に私がかつぎだした神輿は、人はどう認めるか知らないが、戯曲「明暗」と「明智光秀」、『人間・この劇的なるもの』、およびシェイクスピアの翻訳である。「日本および日本人」と「文化とはなにか」とは『一度は考へておくべき事』と同じく、質としては交通整理の系統に属する。また第六巻と第七巻とに収録した平和論や国語国字改良論への疑問提出も同様である。チャタレイ裁判の影響かどうか知らぬが、評論家としての私は文壇に語りかけるよりは、広く世間に語りかけることに興味をもちはじめ、またその方が甲斐があると思ひはじめたやうである。

「日本および日本人」は「文藝」の昭和二十九年十一月号から翌年八月号まで連載した。この前後の忙しさは、今の私には想像を超える。普通の人なら大したことではないのかもしれない。だが、私の体力を知つてゐる人は感心してくれるだらう。そこまで私につきあつてくれる読者は、年譜を参照していたゞきたい。事実、その頃から、私は疲れやすくなり、急に年をとつたやうな気がしてゐる。外国で一年間ぶらぶらしてきて、大分ためた力を一挙に使ひはたしてしまつたらしい。さういふと弁解めくが、「日本および日本人」はもう少し落ちついて書きたかつたのである。私の日本人観、あるひは日本人としての私の反省は、これで十分に尽されてゐるが、今までに日本人や外国人の手になつた多くの日本人論について、私の考へを述べてみたかつたのだ。なぜなら、過去に通用してきた日本人観から脱却することが、そのまゝ新しい日本人の自覚になると思ふからである。それを第二部として書きあげてから本にするつもりだつたが、今日までつひに果しえなかつた。

こゝに一言お断りしておきたいのは、この「日本および日本人」の最後の二章が『一度は考へておくべき事』の最後の二章と同じになつたことである。だが、それは止むをえない。近代日本の、あるひは現代日本の、文化的混乱に多少とも本質的な分析を加へれば、どうしても西洋の精神について語らざるをえないのである。その点では、『近代の宿命』以来、私の関心は少しも変つてゐない。その証拠に、昭和二十二年六月二十日に書いた同書の「あとがき」を左に引用しておく。かうなると、交通整理などと他人事みたいなことはいへなくなる。それは結構、私自身の生きかたの主題なのである。その「あとがき」にはかうある。

かならずしも意識的に努めたわけではなかつたが、終戦後ぼくの関心の赴くところ、おのづと一つの主題を形づくつた。それは、ヨーロッパの近代を背景に日本の近代の特殊性を設定したいといふことにほかならなかつた。こゝに収録した十一の文章はそのときどきの雑誌に発表したものではあるが、書名のごとき「近代の宿命」といふ主題のもとに統一と関連とをもつてゐる。本文のうちでも幾度か触れてきたことであるが、もしぼくたちの近代に宿命的な悲劇性と複雑性とがあるとすれば、それは近代の確立の未熟といふことそのことのうちにではなく、未熟でありながらそのまゝにヨーロッパ近代の主題を共有してしまつたことのうちに求められよう。みづから剝ぎとることのできる仮面ならばたかが知れてゐる。また仮面の下に黄色の皮膚をみとめまいとするなら、それはそれで話は簡単である。が、ぼくたちの苦しさは、ヨーロッパの近代を、もちろんぼくたち自身の生肌の表情とはいへず、それかといつてむげに仮面だともいひきれぬところにある。この仮面はかぶりとほせもせず、もとより脱ぎすてることもできない。人格者の兄をもつた双生児のアイロニーであらうか。

この文中「人格者」といふのは、西洋の方がすぐれてゐるといふ意味ではない。向うをまねようとして出発した近代日本の文化なのだから、その「本家」といふほどの意味である。たゞ外国を見てきたあとの私は、同じ主題の担ひやうにも、少々自信ができたといふところである。偽物はつひに偽物でしかないといふことが解つた。それでいゝと思つたのである。が、それでいゝといふのは、劣等感を裏返しにした優越感ではない。偽物はつひに本物になりえぬからとて、本物にけちをつけるといふ、その種の洋行帰りの日本礼讃と同一視されては困る。簡単にいへば、彼我の差を見きはめつゝ、自分の歩幅でゆつくり歩かうではないかといふことである。

「文化とはなにか」は、もつぱらそのことを説いたものである。自分の歩幅で歩くことが文化であり、文化を造ることだといひたかつたのだ。これは昭和二十九年十月二十九日、金沢大学におけるＮ・Ｈ・Ｋ移動講演会でおこなつた話をもとにしてゐる。Ｎ・Ｈ・Ｋはこれを録音し、十一月三日の「文化の日」に放送した。創元社の小林茂社長が大層感心してくれて、これを中心に本にしたいといふ申出があり、翌年の三月、録音の速記に手を入れた。書名も『文化とはなにか』として四月に創元社から刊行されてゐる。目次はつぎのとほりである。

文化とはなにか	昭和二十九年十月二十九日	N・H・K移動講演会
日本と西洋	昭和二十六年十二月	「群像」二月号
民衆の生きかた	昭和二十七年三月	「群像」五月号
小市民的生活について	昭和三十年一月	「文藝春秋」三月号
自己抹殺病といふこと	昭和三十年一月	「新潮」三月号
理解といふこと	昭和二十六年一月	「文藝」三月号
政治への逸脱	昭和二十七年一月	「群像」三月号

福田恆存評論集5　一度は考へておくべき事

一度は考へておくべき事／性の意識について／好色文学論／良識家の特権意識／教育・その現象／教育・その本質／自由と進歩／戦争責任といふこと／自己批判といふこと／国家的エゴイズム／少数派と多数派／個人主義からの逃避／西欧精神について／絶対者の役割

この『一度は考へておくべき事』は「新潮」の昭和三十一年十一月号から連載されたものである。第一回は「戦争責任はない」である。それは雑誌にのせたときの題名で、この本では「戦争責任といふこと」となつてゐる。ついでにいつておくが、そのほか大部分題名を変更した。同じものに新装をほどこして読者を釣らうといふ魂胆ではない。この本を書かうとした私の意図とその成りたちについて述べれば、題名変更の経緯もわかつていたゞけると思ふが、その前に、発表の時期と題名と掲載誌とを表にしておく。

性の意識について	検閲狂時代	「中央公論」（昭和三十一年　十月号）
自由と進歩	疑似インテリ批判	「新　潮」（昭和三十一年　十月号）
戦争責任といふこと	戦争責任はない	「新　潮」（昭和三十一年十一月号）

自己批判といふこと	自己批判について	「新　潮」(昭和三十一年十二月号)
国家的エゴイズム	それでも世界は変らない	「文藝春秋」(昭和三十二年一月号)
西欧精神について	神も仏もクリストも	「新　潮」(昭和三十二年一月号)
個人主義からの逃避		「文學界」(昭和三十二年一月号)
少数派と多数派		「政治公論」(昭和三十二年二月号)
好色文学論	『鍵』と石川達三	「新　潮」(昭和三十二年三月号)
良識家の特権意識		「中央公論」(昭和三十二年五月号)
絶対者の役割	造られた神	「新　潮」(昭和三十二年五月号)
教育・その現象	新教育学者への疑問	「新　潮」(昭和三十二年八月号)
教育・その本質	意識と無意識との間	「新　潮」(昭和三十二年九月号)

『人間・この劇的なるもの』を書き終つたのが昭和三十一年の四月だつたが、私はそのなかで明確にした自分の人間観を、もう少し具体的な周囲の現象に適用してみたいと思つた。なるほど、私は物事の本質にしか関心をもたない人間である。が、その本質論は日々の現象的な時事問題から遊離してゐるものではない。少くとも私はさう思つてゐる。それなら、両者の交点を示すことができるはずだ。もちろん、交点そのものが目標ではない。交点を示すことによつて、次々に継起し消滅してゆくあらゆる現象的な問題の背後に、い

かに不易の本質的問題が控へてゐるかを明かにすること、また、どういふ思考の手続を経て現象から本質に迫ることができるかを明かにすること、そこに私の目的があつた。かうして私は最初から一冊の本に仕上げるつもりでゐたし、それも「新潮」にのみ連載していくつもりでゐたのである。結果は右表のごとく、さうはいかなかつた。「新潮」の読者と編集部とにお詫びしなければならない。

弁解めくが、私が採りあげたいと思ふ時事問題が、月刊雑誌の連載に都合のいゝやうに毎月一つづゝ起つてはくれないのである。もつとも、その程度の予想はしてゐた。連載のはじめにも、適当な問題がないときは休載すると断つたくらゐである。その反対に、適当な問題が二つも三つも起つたときには、次の月に廻すか、他の雑誌に書きわけるかすればいゝと思つてゐた。現に、その書きわけの方は、実際に連載がはじまる前に、すでにやつてしまつたのである。といふのは、さきに「戦争責任はない」が連載第一回だといつたが、実際はその前の月に書いた「疑似インテリ批判」が連載第一回となるはずだつたのである。たゞ校了の間際まで「新潮」編集部と私との間で、通しの題名について意見の一致を見なかつたので、とりあへずそれを独立した論文として扱ひ、次回から連載といふことにしたまでのことだ。もう少し楽屋話をすると、「疑似インテリ批判」と同じ月のしかも数日前に「中央公論」のために「検閲狂時代」を書いてゐるが、じつはこれも「新潮」連載のために取つておきたかつた材料なのだ。しかし、時事問題を扱ふといふ原則からいつて、当てもなく先に延ばすわけにはいかない。「検閲狂時代」の対象たる「太陽映画」の騒ぎも、「疑似インテリ批判」の対象たる「自由」論議も、その月に起つたものであり、しかもいつまで続くかわからないものだつたからだ。

もちろん、いづれも「検閲」につながる問題で、一緒にして論じることもできたのであるが、本質論に結びつけるといふ最初の意図から、私はこれを二つに分けたはうがいゝと思つたのだ。すなはち「検閲狂時代」においては、私は性の問題の本質を明かにしたかつたのであり、「疑似インテリ批判」においては、欧米の精神に対処する日本の知識階級の弱点を明かにしたかつたのである。

性の問題は当然その表現の問題とかゝはつてくる。それは「『鍵』と石川達三」および「良識家の特権意識」において論じた。が、なぜ私が性の問題に関心をもち、性の問題を扱ふ世間的良識に反撥を感じるかといへば、人間心理における意識と無意識との間の微妙な関係が、性の問題において最もよく見られるからであり、世間がその微妙な関係を無視してゐるからである。性ばかりではない。意識と無意識との調整にこそ、私たちの生きかたのすべてがかゝつてゐる。いひかへれば、本来、手に負へぬ無意識をいかに飼ひならすかといふことが問題なのだ。いや、誰でもそのくらゐのことは気づいてゐる。が、重要なのは、その「飼ひならす」といふ意味である。手に負へぬ無意識は、手に負へぬまゝに飼ひならさねばならぬ。その力をそぎ、息の根をとめてしまつてはならぬ。なぜなら、無意識の息の根は、とめてとめられるものではなく、あへてさうすれば、かならず報復されるからだ。私が一番いひたかつたことはそこにある。「新潮」連載時の最終回に私の教育観をもつてきたのも、その理由からである。「検閲狂時代」のなかで、性の教育の問題に触れておいたが、それをさらに教育一般の問題に拡大したわけだ。連載のとき「意識と無意識との間」といふ題をつけた気もちもわかつていたゞけよう。じつはこの本全体の題をさうしたはうがいゝのかもしれない。全章を通じ至るところで、その問題に言及してゐるからだ。

欧米の学問や芸術や文明に影響されて育つた私たち日本の知識階級の弱点といふことも、よく考へてみれば、それと無関係ではない。なぜなら、日本人の無意識を飼ひならす調錬術を、私たちは西洋から輸入したのだ。それはいゝ。が、その対象と方法との不調和といふ事実に、人々はあまりに無関心すぎる。芸術家、文学者もさうだが、ことに社会科学者のばあひ、その傾向がひどい。かれらは舶来のメスの鋭利なのにすつかり気をよくして、やたらに解剖し分析し、なにもかも明るみにだしてしまふ。解るといふことはさういふことだと思つてゐる。無意識の息の根をとめることだと思ひ、またそれが可能だと思つてゐる。その結果、羽蒲団のやうに柔い日本人の無意識は、鋭いメスでずたずたに切られ、羽毛があたりに飛び散つてゐる。これは容易ならぬことだ。私たちの無意識はメスをふるふ対象であると同時に、またその主体でもある。私たち自身が、つまり私たちの人格が四散して、羽毛のやうにふはふは漂つてゐるのである。

西洋の方法と、それを用ゐる私たち日本人の主体ないしは対象と、その両者の差を十分に承知のうへで、西洋の方法を取り入れねばならない。そのことを無視した破綻が文学の上でどう現れるかは「『鍵』と石川達三」のなかで触れておいたが、より本質的には「個人主義からの逃避」に明かであらう。「疑似インテリ批判」では、その差に盲目である日本の知識階級一般の弱点を指摘したわけだが、そのもとを尋ねれば、社会科学者の無自覚にあるひは社会科学の悪影響に、原因がある。「戦争責任はない」と「自己批判について」とで、そのことを問題にしてみた。

それなら西洋では意識と無意識との微妙な関係がどういふふうに成りたつてゐるかといふことになる。たまたま東欧・中近東に騒乱が起り、日本の知識階級の間には「国際正義」にたいする不信感が高まつた。そこで私は、「それでも世界は変らない」と「少数派と多数派」とを書き、まつたく現実的な政治の場で、無意識をたくみに飼ひならすといふもつとも本質的な生きかたが、西洋人のなかにどんなふうに現れるかを論じてみたのである。「一人二役」とか「二人一役」とかいふ言葉を用ゐたのも、その微妙な関係をいひたかつたからである。が、その問題をさらに追求していけば、クリスト教、あるひは宗教といふ問題につながる。無意識の息の根をとめずに、しかもそれを飼ひならすといふ高級な芸当は、結局のところ、宗教なくしては不可能なのではないか。すくなくとも、それは宗教への方向をさし示す。その問題を私は最後の二章で提出してゐる。

このやうに、各章がすべて関連してゐる。『一度は考へておくべき事』と題したが、読むはうは、円鐶式に始めに戻つて二度でも三度でも読んでいたゞきたいのである。各章がたがひに関連してゐるといふのは、つねに一つことしか語つてゐないといふことである。本質論への導入である以上、それはやむをえない。が、たとへ目的は本質論であるにしても、各章がそれぞれ一つの時事問題をもつてゐなければならない。すなはち、現象から出発して現象にもどらなければならない。本質論はたゞ導入部だけでとゞめておかねばならぬのだ。問題によつて、その入口にほんの少し首を突きこんだだけに終るものもあり、またかなり深くはいりこんだものもあるが、結局は導入部でとゞめた。最後の二章など、かなり深入りしてゐるやうだが、それはたゞ現象を捨てて入口だけをはつきり見せたといふことにすぎず、やはり導入部は導入部なのである。

そのため、私はずゐぶん書きにくい思ひをした。うつかり筆をすゝめてゐると、どの問題も本質論のプールで顔が会つてしまふのである。それぞれの顔が会はぬやうにするためには、書きわけねばならない。あとのために書き残さねばならない。だが、もともと私の頭のなかで一つになつてゐるものを、現象につきあつて分けるといふのは、なかなか容易ではない。どうしても無理が出る。それればかりではない。連載中に「文藝春秋」や「文學界」に原稿を頼まれたとき、簡単に引き受けてしまつて、あとで後悔したのである。書きはじめてみると、やはり『一度は考へておくべき事』のなかで扱ふべきことだつたと思はれたからである。じゞつ、私はそのつもりで書いた。いきほひ「新潮」の連載の方が手薄になる。力をぬくといふ意味ではなく、材料がたりなくなつたのだ。つい休載が多くなり、無理に書かうとすると、雑誌の性格につられて、なるべく本質論的色彩の濃いものを「新潮」にのせるといふことになる。

他の雑誌に書いたため、また「新潮」の方も休載がちになつたため、形式上、各章を独立させようとする配慮がはたらき、それぞれの題名も『一度は考へておくべき事』といふ一冊の書物の部分として多少不適当なものになつてしまつた。題名変更の理由はそこにある。ついでに断つておくが、その後『平和論にたいする疑問』の講談社版『戦争と平和と』(絶版)を出すにあたつて、「それでも世界は変らない」と「少数派と多数派」との二つを収録した。いづれも『一度は考へておくべき事』に入れるつもりでゐたのだが、「平和論争」もそれはそれとして纏めておきたかつたのである。

かうして、あの本にも入れておきたい、この本にも入れておきたいといふ私の気もちは、『一度は考へておくべき事』を円鏝式に読んでいたゞきたいといふ気もちにつながる。要するに、私は一つことをいひたいのだが、一人の人間がいひたいと思ふ一つのことは、一度ではいひつくせぬものなのだ。なぜなら、それは本人にだつて十分わかつてゐないことだからである。したがつて、私はそれを一生くりかへすであらう。本質的に考へ、本質的に生きるといふことは、さういふことではないか。

福田恆存評論集6　平和の理念

平和の理念

I　平和論に対する疑問／平和論と民衆の心理／ふたたび平和論者に送る／戦争と平和と／個人と社会

II　進歩主義の自己欺瞞／常識に還れ／政治主義の悪／自由と平和／現代の悪魔／平和の理念／アメリカを孤立させるな／当用憲法論／現代国家論

III　消費ブームを論ず／附合ふといふ事／自然の教育／歴史教育について／紀元節について／道徳は変らない／物を惜しむ心／現代住居論

私の旧著作集八巻は昭和三十二年九月より翌年六月に掛けて、今度の評論集と同じく新潮社から刊行されてゐる。その編集は次の通りである。

第一巻　明智光秀・明暗
第二巻　龍を撫でた男・現代の英雄　｝戯曲篇
第三巻　キティ颱風・最後の切札
第四巻　芸術とはなにか

第五巻　人間・この劇的なるもの
第六巻　作家論
第七巻　日本および日本人
第八巻　一度は考へておくべき事

評論篇

今度の評論集七巻は右のうち第三巻までの戯曲篇を省き、第四巻『芸術とはなにか』を第一巻とし、以下それに倣つて巻次を改め、最後の第五巻『一度は考へておくべき事』の後に次の二巻を附加したものである。

第六巻　平和の理念
第七巻　言葉とはなにか

第一巻より第五巻までは題名、内容共に旧著作集と全く同じである。旧著作集の読者は第六巻、第七巻の二冊を買ひ足してくれれば済む。勿論、その人達の為だけを考へれば、この際、新装を施さず、巻次も改めず、第六巻、第七巻をそれぞれ第九巻、第十巻として、この二冊のみを追加出版するに越した事は無い。しかし、現在の出版界の情勢ではそれが許されないらしい。印刷物の洪水のさなかで、十年前の本が次々に押し寄せる新刊の波にびくともせず、恰も一家族の如く同じ書店に留り続け、しかもそこへ新たに二人の嫁を迎入れる事など考へられぬのである。その点、旧読者の御諒解を得たい。なほ年譜は旧著作集では最終巻の『一度は考へておくべき事』の巻末に附けて置いたが、今度の最終巻は第七巻『言葉とはなにか』なので、その巻末に移し、旧著作集以後今日までの十年間分を附け加へた。各巻の後書は第五巻までは全然手を加へぬ事にした。今読み直して見て別に改める必要を認めなかつたからである。但し、全体の構成と出版の時期とが異なるので、全巻の後書を今日通読して混乱の生じない様、事務的な処理訂正だけはして置いた。

これで新評論集刊行の辞は終り、以下がこの巻の後書となる。私は第四巻の後書で自分の仕事を三つの時期に分けたが、この巻には、その第三期、即ち最初の海外留学後現在までの凡そ十年間に書いたもののうち、直接芸術文学に関りの無いもの、特に政治社会問題について論じたもののみを収めた。その幾つかは旧著作集刊行の時に既に発表されてをり、単行本にもなつてゐたのだが、第二巻後書の冒頭にもある通り、私はそれらを「私の仕事」ではないと断じて著作集に収録する事を拒んだものである。処が、何時の間にかそれらも「私の仕事」になつてしまひ、新評論集には自ら進んで採用した。過去十年間にこの系列に属する単行本が五冊も出てをり、私が「私の仕事」と称するものの数倍の読者を有するに至つた。これは「私の仕事」であるかないかなどといふ判断を自ら行つた「傲慢の罰」と心得ざるを得ない。ここにその五冊の書名と内容とを記して置く。（＊印は本巻

（＊印は第六巻所収、☆印は第七巻所収。）

少数派と多数派
法は道徳にあらず
象徴を論ず
「親孝行」教育論争
「宇宙ぼけ」の科学教育論議

三　論争のすすめ（昭和三十六年五月新潮社刊）

☆考へるといふ事
人生論とは何か
☆日本人の思想的態度（重複）
☆論争のすすめ
言論の自由について
続・常識に還れ
五箇条の注文
民主主義を疑ふ
暗殺の暴力と言論の暴力
☆大衆は信じうるか

教師に望む
国語よ、どこへ行く
国語審議会の廃止を求む
文化破壊の文化政策
天邪鬼

☆マス・コミといふ言葉
言葉の魔術・プライバシー
伝統に対する心構
＊歴史教育について
＊現代住居論
国語の正しさについて
漢字は必要である
文芸批評家失格
　その他随筆六篇

＊戦争と平和と
＊個人と社会
＊道徳は変らない
＊物を惜しむ心
　職人の技術を残せ
＊当用憲法論
　世俗化に抗す
　教育制度の改革を促す
＊紀元節談義
　日本語は病んでゐないか

私が先に「傲慢の罰」と言つたのは半ば冗談であり半ば本気である。平和運動や安保条約反対闘争、及びそれらを通じて現れる知識人の物の考へ方に対する私の反撥は、一見反射運動の様に衝動的なものの様に思はれるかも知れぬが、順を追つて読んで戴ければ、さうした単純なものではない事が解つて戴けよう。それは私の人間観、歴史観に基くものであり、私の道徳感、文化感覚より発するものである。Ⅰの平和論争の時にも私はその事に全く無自覚でゐた訳ではない。同時期に書いた『人間・この劇的なるもの』や「文化とはなにか」を併読すれば、それは明かであらう。『一度は考へておくべき事』はその本質論と現象論との交点を示したものである。しかし、Ⅱの三十四五年以後に書いたものは、同じ線を辿つてゐる様でありながら、微妙な違ひを見せてゐる様に思はれる。正直の話、私は追ひ詰められたのである。勿論、論敵にではなく、自分自身に。

別に好い気になつて言ふ訳ではないが、私はⅠの平和論争において論敵に敗けた事が無い。だが、論争においては、敗ければ問題はいつも自分の外にしか存在せず、永久にそれを自分の内に取込む事は出来ない。敗者は自分の文章に、或は自分の考へ方や生き方に責任を持たなくても良いからである。それに反して、曲りなりにも勝てば自分に責任が生じる。論敵と自分と両者の問題であつたものが、それからは自分だけの問題になる。

かうして私は自分で自分を追ひ詰め、政治・社会の問題と道徳・文化の問題と、その両者の交点を示し、その周囲を漫然と歩いてゐるだけでは済ませられなくなつた。政治・社会の問題の背景には道徳・文化の問題がある事を指摘するだけではなく、政治・社会の問題をそのまま道徳・文化の問題として考へずにはゐられなくなつたのである。さういふ訳で元来「私の仕事」ではなかつた筈のものが今や「私の仕事」になりつつある。その観点からⅡを、殊に「自由と平和」「平和の理念」「当用憲法論」及び「アメリカを孤立させるな」「現代国家論」を読んで戴きたい。前三者は個人に対して、後二者は国家に対して道徳的反省を求めたものである。なほそれらに較べれば軽い気持で書いたものではあるが、Ⅲの「附合ふといふ事」「自然の教育」「歴史教育について」「物を惜しむ心」を、殊に「道徳は変らない」を併せ読んで戴きたい。勿論、いづれも入口に停滞してゐる形で、余り大きな事は言へない。「自由と平和」を書いた時に論壇時評で田中美知太郎氏に褒めて戴いたが、同時に最後の自由論について、後篇を書く事を注文された。入口でためらつてゐる事を見破られたからであらう。しかし、『一度は考へておくべき事』を書いた時とは違ふ。同じく入口に佇んでゐるにしても、あの時は始めから入る気は無く、ただ入口と出口を示す事だけが目的であつた。が、今度は違ふ。今後の仕事も違つて来なければならぬ筈である。しかし、約束はしまい。今もなほ勇気と自信が無いのである。それに十年前第三巻後書の末尾に書いた様に、今もなほやりたい事が多く日暮れて道遠しの感、正に切なるものがある。

慣例により、本巻所収の論文の題名と掲載誌とを発表順に随ひ表にして置く。

平和論に対する疑問（Ⅰ）	昭和二十九年「中央公論」十二月号
平和論と民衆の心理（〃）	〃「読売新聞」十一月某日
ふたたび平和論者に送る（〃）	〃「中央公論」二月号
戦争と平和と（〃）	〃「文藝春秋」六月号
個人と社会（〃）	〃「中央公論」八月号
現代住居論（Ⅲ）	〃 三十四年「婦人画報」九月号
進歩主義の自己欺瞞（Ⅱ）	〃 三十五年「文藝春秋」一月号
常識に還れ（〃）	〃「新潮」九月号
政治主義の悪（〃）	〃「読売新聞」八月十五・六・七日

歴史教育について（Ⅲ）　〃　三十六年「朝日新聞」二月某日
諸費ブームを論ず（〃）　〃　「紳士読本」五月号
附合ふといふ事（〃）　〃　「紳士読本」九月号
自然の教育（〃）　〃　「紳士読本」十月号
現代の悪魔（Ⅱ）　〃　「紳士読本」十一月号
自由と平和（〃）　〃　三十七年「自由」二月号
道徳は変らない（Ⅲ）　〃　「読売新聞」三月某日
物を惜しむ心（〃）　〃　三十九年「貯蓄時報」十一月号
平和の理念（読売新聞社主催世界平和推進会議の為の報告書）（Ⅱ）　〃　「自由」十二月号
紀元節について（Ⅲ）（紀元節談義）　〃　四十年「自由」四月号
アメリカを孤立させるな（Ⅱ）　〃　「文藝春秋」七月号
当用憲法論（〃）　〃　「潮」八月号
現代国家論（Ⅱ）　〃　四十年「読売新聞」十一月某日

これを見ても解る様に、三十七年後半から三十八九年に掛けて殆ど何も書いてゐないのは、劇団雲、及び現代演劇協会の設立運営に追はれ、またその間に二度も外遊してゐるからである。それにしても、私は世間に煩がられるほど政治問題に口出しはしてゐない。十年間に唯の三度である。最初はⅠの平和論批判であり、二度目はⅡの「常識に還れ」以下二篇による安保条約反対闘争批判であり、三度目は「アメリカを孤立させるな」以下三篇によるヴィエトナム戦争反対運動批判である。三度共に一貫してゐる事は所謂「親米的」政治論であるが、それが単なる「親米」でない事は「自由と平和」「平和の理念」に明かであらう。私はそこで自由といふ事を追求してゐるのである。その自由の名においてアメリカを支持し、同時にアメリカを批判してゐる。アメリカを支持する時、私の脳裡にある自由は政治的、社会的自由である。が、アメリカを批判する時の私は道徳的自由の事を考へてゐるのである。

さういふ私の立場のアイロニーは今年になつて「潮」に連載した『建白書』数篇にも現れてゐる。今や「戦後二十年」を強調する革新派への反対だけでは済まされず、「明治百年」を強調する保守派への抵抗となり、私の安住し得る場所は今後ますます狭められて行くであらう。

福田恆存評論集7　言葉とはなにか

この巻に収録したものは「日本人の思想的態度」を除き、すべて昭和三十三年から三十六年までの四箇年間に書いたものである。執筆年代順に列挙すれば次の通りになる。

日本人の思想的態度（Ⅱ）　昭和二十六年四月河出書房版「国民教養講座」所収

「現代かなづかい」の不合理
歴史的かなづかひの原理
国語問題の背景
（Ⅲ）　「私の国語教室」より　昭和三十三年十月刊「聲」（季刊）第一号より　昭和三十四年十月刊第五号まで連載

批評家の手帖（Ⅰ）　昭和三十四年「新潮」一月号より

十二月号まで連載

翻訳論（Ⅱ）　昭和三十五年十月刊「聲」第九号及び昭和三十六年一月刊第十号

大衆は信じうるか（Ⅱ）　昭和三十六年一月共同通信社に寄稿

マス・コミといふ言葉（〃）　〃　一月執筆掲載紙不明

考へるといふ事（〃）　〃　「婦人公論」三月号

論争のすすめ（〃）　〃　「中央公論」三月号

言葉と文字（Ⅲ）　〃　「朝日新聞」五月一日

陪審員に訴ふ（〃）　〃　「新潮」七月号

言葉は道具である（Ⅱ）　昭和三十七年「電信電話」一月号

言ふまでもなく、Ⅱは殆どすべてがⅠの副産物である。同じく言葉の問題を扱つてはゐても、Ⅲはそれらとは直接の関係は無い。それは言葉の問題と言ふより文字の問題であるからだ。しかし、国語の表記法を「改良」しようといふ安直な思考法は言葉といふものを疎かに扱つてゐる事から生じたものであり、その意味ではⅢとⅠⅡとは無関係ではあり得ない。ただ私がその両者を書き始めた動機に直接の関係は無いといふだけの話である。『批評家の手帖』を書くに至つた経緯については、その連載が終つて始めて単行本になつた時の後書をそのまま引用させて貰ふ。

右は全部雑誌「新潮」に連載したものである。昭和三十四年一月号から十二月号まで正味一年間続けた。もつとも、途中で一回は雑誌の都合で、一回は私の都合で休載してゐる。

前年、つまり三十三年の春頃、「新潮」の菅原氏から『一度は考へておくべき事』の後を受けて、何か連載を始めるやうにすすめられた。私は当時も今も、ここ数年はシェイクスピアの翻訳に主力を注がねばならぬから、纏つたものは書けぬ、書くとすれば覚書風のもので許して貰ひたいと答へた。それがこの『批評家の手帖』を書くそもそもの切つかけである。

しかし、そのときは言葉のことについても書くつもりではゐたが、言葉のことばかり書くつもりではゐなかつた。実際に連載が始つても同じで、第一回分の最後に、人生のこと、社会のこと、その他いろいろな問題に触れてゆくつもりだと書いたくらゐである。おかげでかうして本にするとき、その箇処だけは削らざるをえなくなつた。不用意と言へば不用意だが、事実、私の手帖はそのやうに雑多な事柄が書きつけてあるのである。初めはその雑多なものを雑然と書き続けてゆくつもりであつたのだ。ただ始めて見ると、さうはゆかず、一番関心のあつた言葉の問題に考へが集中してしまひ、箇条書風の形式は単に形式だけに終つたやうである。出来はともかく、この仕事に結構、心を取られ、シェイクスピアに主力を注ぐどころの話ではなくなつた。

昨年は『批評家の手帖』と並行して「聲」に「私の国語教室」を連載した。この方も簡単に考へてゐた。一二回ですませるつもりだつたのである。そちらの方の不用意はここで弁解する必要はないから言はぬが、結果として、私は昭和三十四年を言葉の問題で終始したことになる。ますます翻訳の進行は妨げられた。

もちろん、両者は自分の仕事として密接な関連をもつてゐるはずであるが、それぞれを書き始める直接の動機は、たがひになんの関係もない。国語問題にたいする関心は戦争中からのものである。この『批評家の手帖』に示されてゐるやうな、いはば言語本質論的な関心は、さう古くはない。その最も近因となつたものは、実はこの仕事が邪魔をしたシェイクスピア翻訳なのである。そのことは本文の中にも多少触れておいたが、翻訳くらゐ、言葉の問題について最良の、あるいは時に最悪の、反省を強ひる仕事は他にあるまい。

もつとも、相手がシェイクスピアだつたのがいけなかつたのである。彼が大作家だから苦労が多いといふ意味ではない。彼の作品が戯曲であり、せりふによつて書かれてゐるからである。本文にも書いたやうに、私たちは誰も自分のせりふしか喋れず、自分の分のせりふしか書けないのに、とかくさうではないと思ひこみがちである。シェイクスピアを翻訳してみて、さういふ常識を改めて思ひ知つたのである。（附記・「翻訳論」参照）

　しかし、ほぼ十年前に書いた「日本人の思想的態度」にも既に言葉に対する関心は現れてゐる。勿論、その時は日本の近代化・西洋化の過程における思想的混乱を分析しようとしてたまたま言葉の問題に触れただけの事に過ぎない。が、それを「たまたま……だけの事に過ぎない」と言切るのもをかしい。私がシェイクスピアに専心し始めたのは、日本の近代化やその結果である日本の近代文学に疑惑を懐いたからであり、その疑惑を突き詰めれば当然西洋の近代文学に対する疑惑に当面せざるを得なかつたからである。西洋の近代文学の幾つかの傑作は実はその疑惑から生じたものであるが、それを見落した日本の近代作家は、それらの傑作を単純に憧憬し模倣した。その事実は三十年も前につとに小林秀雄が見抜いてゐた事である。

　といつて、私はそこから出発した訳ではない。先人の疑ひを直ちに自分の心に移し植ゑる事は出来ない。私は私なりに生き考へ、自分の道を自分の脚で歩いて見て、遅れ馳せながら漸く同じ地点に到達したのである。謙遜してゐるのではない。遅れたり廻り道をしたりした者には、また彼だけしか見られなかつたものを見た自信がある。『批評家の手帖』を何年振りかで読み直して見て、なほその自信は変らない。それにも拘らず、私の著書のうちこれほど人目を引かなかつたものは無い。殆ど黙殺された形であつた。尤も昭和三十六年に『私の国語教室』が『常識に還れ』とこれと併せて読売文学賞を与へられた時、選者の小林氏からこれについて励しの言葉を頂戴した。勿論、「この先をやれ」といふ意味であらう。第六巻の後書にも書いた様に、ここでも私は手をつかねて立ち尽してゐる。

旧著作集を出した当時自分に約束した事は、十年を経て先づは果した。そのうちで一番手数の掛つたシェイクスピア全集もその最終巻が既に私の手を離れた。番外だつた現代演劇協会の設立、劇団雲・欅の運営も漸く軌道に乗らうとしてゐる。ここ一二年のうちに私にとつて三度目の転機が訪れるであらう事を予感してゐる。いつまでも入口に立ち尽してゐる事は出来ない。しかし、前進するにしても、それが批評や評論の形を採るかどうか、自分にもまだ良く解らない。確実に約束出来るのは後退だけはしないといふ事だ。

Ⅲは右表にある通り、最初の三篇が『私の国語教室』から採つたものであるが、そこでは主として仮名遣の問題を扱つてゐるので、漢字についての私見を補足する意味で「言葉と文字」を附け加へた。「国語問題の背景」の㈤「漢字の存在理由」及び第六巻「附合ふといふ事」と併読して戴きたい。しかし、世間一般が考へてゐるのとは反対に、漢字問題よりは仮名遣問題の方が重大である。なぜなら、第一に、漢字制限や音訓整理の方は始めから無理があり、現にその制限は破られつつあるからである。第二に、仮名遣の表音化は国語の語義、語法、文法の根幹を破壊するからである。最後の「陪審員に訴ふ」は国字改悪運動の政治的小細工を暴露する為に書いたもので、評論集に収めるには聊か品の無いものであるが、さういふ事もせずにはゐられぬほど低級な世界で国語国字が処理されてゐる事を知つて戴きたいのである。今後、私の仕事がどういふ方向に進むにせよ、私の目の黒いうちは、国語問題目附役の仕事だけは手放さない。私が自ら「私の仕事」と称するものに全く無関心な人も、また第六巻の様な政治的発言にしか興味を懐かぬ人も、せめて国語問題についてだけは私に附合つて戴きたい。明治以来、日本の近代化の過程において、僅かに吾々の手に残された日本固有のものと言へば、日本の自然と歴史と、そしてこの国語しか無いのである。

年譜について

㈠主要な論文は以下に尽きるといふ意味ではない。連載以外は成るべく省き、各巻の後書に執筆発表の時期、及びその経緯を詳述した。

㈡太字はこの評論集に全文、或は一部を収録したものである。

㈢三十三年、三十四年は『私の国語教室』『批評家の手帖』『私の演劇白書』以外に殆ど何も仕事をしてゐないが、それはシェイクスピア全集刊行に備へて幾つか訳し溜めして置かねばならなかつたからである。その為には右三連載も控へるべきであつた。しかし、季刊「聲」の創刊に対する責任もあり、それに国字改悪の前進を何としてでも食ひ止めねばならぬといふ私自身の欲望は如何とも為し難く、自ら進んで『私の国語教室』連載を始めてしまつた。『批評家の手帖』『私の演劇白書』については、「新潮」「芸術新潮」編集部の菅原国隆、向坂隆一郎、両氏の名にし負ふ執拗な誘惑に遂に抵抗し得なかつたのである。その為、私としては意味のある仕事の出来た事を両氏に感謝するが、シェイクスピア全集の訳し溜めが渋滞し、その配本が第八回以後遅れに遅れてしまつた事を読者に深くお詫びする。

㈣いや、三十三、四両年に限らぬ。三十四年秋の国語問題協議会設立、三十五年の安保反対闘争、三十八年の現代演劇協会、雲の創立、四十年のヴィエトナム戦争激化、欅の合併などに伴ひ、私の仕事は演劇の実際活動と政治的論争に集中してしまひ、シェイクスピア全集の方はますます進行が鈍つた。新潮社出版部、殊に出発当時の係りだつた進藤純孝、現在の係りの梅沢秀樹両氏にお詫びする。

㈤さういふ訳で、三十八、三十九年に連載を始めた「文学の周辺」「日本近代化試論」も中絶してしまつた。「新潮」「文藝春秋」にお詫びすると同時に一二年のうちに何とか再開したいと考へてゐる。殊に前者では『芸術とはなにか』『人間・この劇的なるもの』で示した私の芸術観を更に深化しようと目ざしたもので是非完成したい。

右、旧著作集刊行後十年間の年譜を録するに当り、予定と実際との食ひ違ひを示し、仕切直しの為の自戒の言に代へる。

「自然と二人きりで存在する」ということ——福田恆存「覚書・後書」集解説

浜崎洋介

Ⅰ 「後書」と「覚書」——その違いと関係について

ある会合で、ビジネス社の佐藤さんから、福田恆存全集の「覚書」を単行本化する企画を聞いたとき、それなら、是非、最新の福田恆存評論集（麗澤大学出版会）にも収められておらず、今は埋もれている福田の旧著作集及び評論集（共に新潮社）の「後書」を収めてはどうかという話をした覚えがある。そのときは、軽いアドバイスのつもりで話したことだったが、こうして企画が進んでみると、そのアイデア提供者として「解説」を書く責任が生じてしまい、今、こうして筆を執っているという次第である。

そんな事情もあって、本解説では、なぜ「覚書」に加えて「後書」を読むことが福田恆存理解において重要なのか、「後書」と「覚書」とはどのように接続するのか、そして、「後書」と「覚書」が語る福田恆存の思想について、それぞれ解説したいと考えている。

まず「後書」と「覚書」が書かれた時期に注目してもらいたい。「後書」一～五は、昭和三十二（一九五七）年九月から翌年六月にかけて刊行された『福田恆存著作集』（全八巻・新潮社）に付されたものであり、「後書」六〜七は、その約十年後の昭和四十一（一九六六）年に刊行された『福田恆存評論集』（全七巻・新潮社）に補足されて書かれたものである。そして他方、「覚書」の方は、昭和六十二（一九八七）年一月から翌年一月にかけて刊行された『福田恆存全集』（全八巻・文藝春秋）のために書かれたものである。

つまり、「後書」と「覚書」との間には、最大で約三十年、短く見積もっても二十年の開きがあることになるのだが、それは両者の言葉の違いとしても現れている。

「後書」の方は、四十六歳から五十五歳という脂の乗り切った時期の福田恆存の言葉であり、読んでもらえば分かる通り、それはまさに現役批評家による自己批評、今に至るまでの思考の展開を、その内的な論理に沿って書き下ろした自己解説といった趣を呈している。が、対して「覚書」の方は、そろそろ人生の終わりを見据えはじめていた福田恆存が（数え年七十六歳）、その生涯を振り返るようにして書いた回想文の趣を呈している――ちなみに、『全集』の刊行企画（昭和六十年〜）が始まる約四年前の昭和五十六（一九八一）年に脳梗塞を患った福田恆存は、その後に原稿の執筆量を目立って減らしていた――。それが書かれた時期と年齢の違いもあって、両者の性格と味わいは対照的なものだと言ってよい。

が、こうして並べて読んでみると、不思議と両者が補い合っている点も見えてくる。

「後書」の方は、福田恆存の思想形成の必然を辿るのに適しており、「覚書」の方は、その思想形成の背後に、どのような時代体験があったのかを見るのに適している。要するに、前者が福田恆存の「意識」の在り方を示しているのだとすれば、後者は、その意識を支えていた福田恆存の「無意識」、言い換えれば、その意識の輪郭を象っている実人生の在り方を示しているのだと言ってもいいだろう。

その点、本書は、時事的な論争家、文藝評論家、劇作家、演出家、シェイクスピア翻訳者など多くの顔を持つ福田恆存における最良の解説、福田恆存による福田恆存入門だと言うこともできるのかもしれない。が、それでも、やはり「後書」と「覚書」を結ぶ最低限の見取り図だけは示しておいた方が読者にとっては便利だろう。ここでは、屋上屋を架す愚を犯さないという限りで、福田恆存の思想遍歴を辿り、また、それによって、福田の思想の到達点(そのフィクション論)の輪郭もスケッチしておきたいと考えている。

Ⅱ 福田恆存の遍歴時代――「後書」に即して

まず、そのほかの評論などでは読めず、「後書」でのみ読める言葉として注目されるのは、福田恆存が、自身の歩みを第一期から第三期に分けて整理している点である。

第一期は、主に文学論・作家論を中心とした時期で、時代で言えば、戦前から『否定の精神』(昭和二十四年)を出す戦後の混乱期までの時間を指しており、第二期は、書下ろし評論である『芸術とはなにか』(昭和二十五年)から、いわゆるチャタレイ裁判での最終弁論(昭和二十六年)、そして戯曲「龍を撫でた男」の上演(昭和二十七年)まで、福田恆存が文壇の枠を乗り越えて広く世間で活躍していく昭和二十五年から昭和二十八年頃までの時期を指している(ちなみに、「後書」で「愛とはなにか」として言及されている「チャタレイ裁判最終弁論」は、『全集』では「ロレンスⅢ」となっている。チャタレイ裁判については「覚書二」を参照)。そして、第三期は、坂西志保の推薦でロックフェラー財団の奨学金を得て一年間の海外遊学(昭和二十八年九月〜翌年九月)をした後の福田恆存の活躍、つまり、平和論争における進歩的知識人批判(昭和二十九年)にはじまって、『人間・この劇的なるもの』の連載や、シェイクスピア翻訳、そして国語改革批判まで(全て昭和三十年)、福田恆存が、真に福田恆存になっていく昭和三十年代以降の活動を指している。

それらの一期から三期までの展開は、もちろん外的状況の変化に即した展開だった。が、それは、単に外的状況に引きずられた変化ではなかった。たとえば、それは、一期から三期までの展開の必然を語った次のような福田の言葉において明らかだろう。

対象にどの作家を選ばうとも、私のねらひは、自我の崩壊を通じてのその確立、喪失を通じての獲得、主張を通じての拋棄といふことにあつた。これは逆にいつても同じである。自我の崩壊にまで行きつかぬやうないかなる自我の確立をも私は信じない。したがつて、私はこれらの作家論において、ひたすら自我の解体に手を貸したのである。が、それは心理的な高所恐怖症かもしれない。私は自分自身にたいして自我解体の手術を施したわけだが、それも畢竟、墜落を恐れてゐたからであらう。それが恐ろしくなくなつたとき、私はやうやく戯曲を書きはじめ、『芸術とはなにか』を書き、さらに『人間・この劇的なるもの』を書いたといへないであらうか。(『評論集2』「後書」)

ここには、福田恆存の自己形成の秘密が語られている。それは要するに、容易には「手に負へぬ自我」に対して、その限界(自我の崩壊点)を見定め、翻って「自我」を支えているものの条件(自分を超えるもの)を見定めようとする福田の思考方法だと言うことができよう。が、その一見アクロバティックにも見える「自我始末法」を一貫して導いていたのは、福田恆存が「私の青年期に決定的な役割を演じた作家である」と語るD・H・ロレンスであり、その翻訳を戦前に試みていたロレンスの『黙示録論』であった。

ロレンスは、新約聖書のなかに「個人的自我」と「集団的自我」の概念を読み込んでいたが、さらに福田は、それをルカ伝における「一匹」と「九十九匹」の概念に置き換え、それを改めて「政治と文学」の問題として読み直すのである。

『なんぢらのうちたれか、百匹の羊をもたんに、もしその一匹を失はば、九十九匹を野におき、失せたるものを見いだすまではたづねざらんや。』（ルカ伝第十五章）〔中略〕このことばこそ政治と文学との差異をおそらく人類最初に感取した精神のそれであると、ぼくはさうおもひこんでしまつたのだ。かれは政治の意図が「九十九人の正しきもの」のうへにあることを知つてゐたのにさうゐない。かれはそこに政治の力を信ずるとともにその限界をも見てゐた。なぜならかれの眼は執拗に「ひとりの罪人」のうへに注がれてゐたからにほかならぬ。九十九匹を救へても、残りの一匹においてその無力を暴露するならば、政治とはいつたいなにものであるか。〔中略〕ぼくもまた「九十九匹を野におき、失せたるもの」にかかづらはざるをえない人間のひとりである。もし文学も——いや、文学にしてなほこの失せたる一匹を無視するとしたならば、その一匹はいつたいなにによつて救はれようか。（「一匹と九十九匹と」昭和二十二年）

「九十九匹」を導く「政治」は、一つの集団を「外界により正しく適応」させ、「生活をより快適にするため」の営みであり、そうである以上、それは常に相対的判断に関わった行動（政策）を要求し、また比較衡量を旨とした合理性の支配を優先させる。

が、それなら「政治」は、その論理をどのように加速させても、合理性には還元し得ない「一匹」を、つまり、有用性の物差しから零れ落ち、比較を絶して生きている〈この私〉の実存を十分に意味づけ、救うことはできないと言わねばなるまい。そこに、支配—

被支配の権力関係をいかに組み替えても掬い取れない「失せたるもの」の問題が、つまり、個人の魂（自我）の問題を扱った「文学」の営みが見出されるのである。

しかし、戦後文学者の多くは、「文学」を、旧い政治権力に対する「個人」の抵抗の問題として、戦前の軍国主義に対する戦後民主主義の一つの表現、あるいは、旧秩序に対する新秩序形成のための足場として語っていたのだった。が、「文学」（個人）が、「政治」（集団）に対抗するための足場として見出される限り、それは既にもう一つの「政治」（文学という名の政治）にしかなり得まい。戦後文学をめぐる福田恆存の論争は、まさに、「政治の言葉で文学を語る」戦後知識人の欺瞞に対する一貫した批判としてあったのだった（ちなみに、現在でも「文学」は、マジョリティ＝多数派に対するマイノリティ＝少数派の表現として語られることがあるが、その瞬間に見失われるのは、真の「一匹」の在処である）。

しかし、その一方で、第一期における福田恆存が、その「九十九匹」から零れ落ちた「一匹」に肯定的評価を下していたのかと言えば、そうではない。現に、戦前に書かれた嘉村礒多論や芥川龍之介論、あるいは戦後に書かれた太宰治論（昭和二十三年）などの作家論で問われていたのは、「一匹」が「一匹」だけによっては自己を支え切ることができないことの不安であり、つまりは、十九世紀から二十一世紀現在までを一貫して貫いている近代の問題、「いかなる点においても社会とつながらず、いかなる点においても社会的価値と通じてゐない個人というもの」の「空虚さ」（「一匹と九十九匹と」）の問題だったのである。

そして、そんな「一匹」の空虚（ニヒリズム）を、ほとんど自己崩壊寸前にまで追い詰めた福田恆存の「直接的な自己批評」、それこそが、そのエピグラフに「ある精神の内部には一匹の蛔虫が棲んでゐる。それはあらゆる養分（社会的意味）を食ひつくすが、なにも生産はしない。が、このいやらしい虫にも一分の矜りはある――くやしかつたら、おれが食ひきれぬほどの養分をとつてみるがいゝ」（括弧内引用者）との題詞を掲げ、後に、自身の著作集や全集に入れることを拒んだ『否定の精神』（昭和二十四年）だったのである。

が、福田恆存自身が言うように、自己批評とは、それが直接的であればあるほど、「上げのない著物のやうに間がぬけてをり、いかに真実を語つても、嘘にな」らざるを得ないのだ（『評論集1』「後書」）。というのも、どんなにラディカルな自己批評も、それが言葉によって為されている限り、言葉だけは疑われておらず、その言葉によって他者に語り掛けている自分自身（他者と関係しようとしている自分）は批評されていないからである。要するに、どんなに深刻に見える「一匹」の自己告白も、それが言葉によって表現されている限り、すでに私たちは、他者への信頼（生来のオプティミズム）を、つまり、言葉を通じた世界への信頼を無意識のうちに生きているのだということである。

しかし、それなら、もはや自己批評や自己懐疑によって「嘘」をつく必要はないのではないか。むしろ、私たちが問うべきなのは、私たちの生のオプティミズムが、どこからやって来るのかということであり、また、そのオプティミズムの引き受け方であり、私たちの「無意識」（身体）と「意識」（理性）との間のあり得べき関係性ではないのか。

そして福田恆存は、ついに、そのオプティミズムの核心にあるものを見出すことになる。それが、私たちの言葉のリアリティを支えている「自然」の手応えであり、また、その「自然」の形（春夏秋冬・男と女・生と死）をミメーシス（模倣）しようとする人間の本能であり、それによって、「一匹」の生き方を整えようとする人間の欲望であった。後に福田は、己の「生き方」（必然性）に筋を通そうとする人間の根源的衝動を指して「演戯」を語りはじめることになるが、それこそが、第一期から第二期への飛躍を可能にした福田恆存のスプリングボードであり、また、その論理だったのである。

かくして、『否定の精神』の翌年に書き下された『芸術とはなにか』（昭和二十五年）によって、無限後退する自意識（断片化する批評精神）から脱け出し、「自然」をミメーシスする芸術行為——孤独な自我意識（不安・焦燥・嫉妬）を浄化する「カタルシス」——へと向かって行った福田恆存は、また、そこで摑んだ「自然」への信頼（それが、ひいては福田恆存の「性」に対する倫理を導いていく）を基盤にして、チャタレイ裁判の最終弁論を書き上げ、さらに、実際の芸術活動＝演劇活動へと向かって行くことになるのだった。

そして、そんな第二期で摑んだ認識を、より具体的な社会的実践へと展開していったのが、海外遊学から帰国して後に始まる福田恆存の第三期であった。

第三期の仕事について、福田は、①「本当に書きたいこと」を書くこと（後に『人間・この劇的なるもの』に結実する）、②シェイクスピア劇の翻訳と演出（英国オールド・ヴィックで見たマイケル・ベントール演出「ハムレット」からの影響）、③時事的な問題を提出することだと纏めていたが、そのうちの③に関して、それをさらに、A―近代日本知識人批判（平和論争）、B―国語改革批判、C―戦後教育批判として整理していた。が、一見、雑多に見えるそれら第三期の仕事の全てが、よく見れば、福田の「自然」への信頼、あるいは、「全体」への帰依というモチーフによって貫かれていたことは見易いだろう。

つまり、③の時事問題においては、「全体」（伝統・国語・文化の形成力）への信頼を欠いている近代知識人、言い換えれば、「一匹」を、眼の前に規定したタブローに還元しなければ気が済まない進歩的知識人の悪癖――近代への適応異常としての理性主義・設計主義・全体主義――を批判していた福田恆存は、その一方で、①・②においては、決して対象として規定し得ない「自然」の手触りを、つまり、自分を超えて自分を導く「全体」（宿命）の手応えを、前近代と近代とを貫く芸術＝シェイクスピア劇の味わいのなかに蘇らせようとしていたのだということである。そして、この政治批判と文学評論によって導かれていたのが、福田恆存独特のアイロニー（二重性）、つまり、「私たちは『自由主義社会』といふやうに政治、社会概念として自由を認めてゐる、が、哲学、倫理概念としての自由を私は全く認めない」（「覚書二」、傍点原文）という福田恆存の認識だったのである。

Ⅲ　福田恆存の思想――「覚書」に即して

ところで、福田恆存が、なぜ近代日本の適応異常を免れ、「意識と無意識との間の微妙な関係」(『評論集5』「後書」)を調整しながら、その生涯を全うできたのかについて考えるには、その批評文に焦点を当てて書かれた「後書」に加えて、やはり、自らの幼年時代も含めて、自己形成の記憶を具体的に回想した「覚書」を読む必要があるだろう。

その際、福田恆存の「無意識」を考える上で注目されるのは、「覚書二」のなかで言及されていた、「作者も気づかなかつた三つの暗合」である。

その暗合とは、福田自身が、「もしこの全集の企画が無かつたなら、私はその相似に全く気附かなかつたらう」というほどに無自覚なものだったが、要するにそれは、第一期の評論「近代の宿命」(昭和二十二年四月)と、その転換期に書かれた小説「ホレイショー日記」(昭和二十四年三月)、そして、第三期の戯曲「解つてたまるか!」(昭和四十三年七月)のなかに、「互ひに『韻』を踏んで通じ合つてゐ」るかのように現れる一つの風景のことを指している。

詳しくは、本文を参照してもらいたいが、ここでは「近代の宿命」から引いておこう。

かれはただ自然に対し、自然と二人きりで存在する――いふまでもなく人間もその自然物のひとつとして。にもかかはらず、そこには神を見失つた十九世紀の不安などいささかもみとめられぬ。と同時に、かれの寂寥は社会に対する十八世紀の楽天的な信頼を冷たく拒絶する。（傍点は「覚書」引用文）

この「自然と二人きりで存在する」という抽象的な原風景が、「ホレイショー日記」では、未来に対する「控えめな予兆」として期待され、また「解つてたまるか！」のなかでは、人間的な人工物の一切を排そうとする「嗜虐的な台詞」に変わっていく。しかし、共通していたのは、やはりその「自然」の手触りだった。つまり、「九十九匹」における比較と衡量の世界（意味の世界）を一掃した後に、「一匹」を飲み込むようにして立ち現れてくる「自然」（全体）の風景、それが、「互ひに『韻』を踏んで通じ合つてゐ」るものの正体だということである。

ただし、注意すべきなのは、そこに現れる「自然」が、人間に対して優しくも、厳しくもないという事実だろう。それは、ただ単に一つの「寂寥」感のなかに受け止められる風景であり（「近代の宿命」）、あるいは、「あらゆる情念を完全に拒絶してしまった物体のメカニズム」によって、「静止のリズム」を刻み続ける時間のなかに立ち現れてくる風景であり（「ホレイショー日記」）、さらに、「人間の臭ひが少しもしない…清潔な廃墟」として語られる空間のなかに現れる風景なのである（「解つてたまるか！」）。

しかも、「覚書」において興味深いのは、この「自然と二人きりで存在する――いふまでもなく人間もその自然物のひとつとして」という言葉が、そのまま「覚書六」で語られていた福田恆存のフィクション論にまで、つまり、アリストテレスの『自然学』を引き合いに出して語られる福田恆存の自然思想にまで一直線に繫がっていたことである。「覚書六」のなかで、福田は「私達にとつて、誰も自分の自惚鏡に附合つてくれぬとすれば、自他のあらゆる『関係』は忽ち解け去り、自分が自分であり、他人が他人であるといふ実感はつひに持ち得ない」と書いていたが、まさに、この複数の「自惚鏡」を一つの「関係」へと折り合わせていくための「場」を用意するもの、それこそが、福田恆存の言う「仮説（フィクション）」であった。それは、まず自他のリアリティを整序する時間や空間の観念として現れることになるが、それが具体化されれば、神、義務、国家、神話、民族、伝統、文化、家族などの観念（表象）として現れてくることにもなる。

しかし、それなら、全ての観念は、同じフィクションとして、その優劣はないと考えるべきなのだろうか。そうではない。眼の前に現れるフィクションの一つ一つに、その良し悪しの判断を下し、その場に応じた「仮面の使い分けを一つの統一体として為し得るものが人格」であり、その「人格」が、「もし過去の歴史と大自然の生命力に繫がつてゐなければ、人格は崩壊」するのなら（「近代日本知識人の典型清水幾太郎を論ず」）、そんな人格喪失者によって作られた不自然なフィクションと、一つの堅固な人格から生み出された自然なフィクションとの間には、決定的な違いがあると言わねばなるまい。

しかし、だからこそ福田恆存は、ときに、あの人間的意味を突き放す「自然」の風景に強烈な郷愁を覚えていたのではなかったか（注）。言い換えれば、私たちが、私たちのフィクションを生き生きと保ち続けるためには、どうしても、あの「自然」と「二人きりで存在する」という時間が必要だったのではないのかということである。その体験によって、私たちは、単なるイデオロギーと、生きられたフィクションとを区別するための手掛かりを得るのであり、自然に対する適切なミメーシス（模倣）のあり方を学ぶのであり、また、それによって、「自分の歩幅で歩くこと」（『評論集4』「後書」）を覚えるのである。

ただし、それは大袈裟な話ではない。福田も言うように、それにはただ、「自分は何々家、何々業などといふ肩書は勿論、自分に対する一切のレッテルを拒否する様に生きたい」と内に念じておけばいいだけのことである。とはいえ、「保守」だの「リベラル」だのといった意味が先行してしまっている現代日本において、「極く気楽に何物にも捉はれずに生き、考へ、他人ばかりでなく、自分もまた自分の生涯や役割を規定しない様に心懸けたい」（「覚書五」）と言うこと自体が、最も困難なことなのかもしれないが。

福田恆存が示した「生き方」、それが私たちの「正気」を支えるための〝よすが〟となることを祈りたい。少なくとも本書は、そのための「言葉」として編まれている。

（文芸評論家）

注：この人間的意味を突き放す「自然」という主題は、注目されることが少ないが、チェーホフ論から『リア王』論（『リア王』の解説）に至るまで、福田恆存の文学論のなかに繰り返し現れるモチーフである。が、同時に興味を引くのは、福田が語る「自然」の手応えが、坂口安吾の語る「ふるさと」（「文学のふるさと」）の手応えと相通じていたことである――ちなみに、福田恆存は、坂口安吾の全集（銀座出版社）の全解説を書いている――。ここに、無頼派と一脈通ずる保守思想家というユニークな福田恆存像が立ち上がるが、それについてはまた別稿を用意するしかない。

詳しくは、拙著「坂口安吾の『いたわり』」（『反戦後論』所収）を参照して頂きたい。

初出一覧

評論集後書

『福田恆存評論集1　芸術とはなにか』「後書」一九六六年十一月、新潮社（『福田恆存著作集第四巻　評論編Ⅰ芸術とは何か』一九五七年十二月、新潮社）

『福田恆存評論集2　人間・この劇的なるもの』一九六六年十一月、新潮社「後書」（『福田恆存著作集第五巻　評論編Ⅱ　人間・この劇的なるもの』一九五八年一月、新潮社）

『福田恆存評論集3　作家論』「後書」一九六六年十一月、新潮社（『福田恆存著作集第六巻　評論編Ⅲ作家論』一九五八年三月、新潮社）

『福田恆存評論集4　日本および日本人』「後書」一九六六年十一月、新潮社（『福田恆存著作集第七巻　評論編Ⅳ　日本および日本人』一九五七年十月、新潮社）

『福田恆存評論集5　一度は考へておくべき事』「後書」一九六六年十一月、新潮社（『福田恆存著作集第八巻　評論編Ⅴ　一度は考へておくべき事』一九五七年九月、新潮社）

『福田恆存評論集6　平和の理念』「後書」一九六六年十一月、新潮社

『福田恆存評論集7　言葉とはなにか』「後書」一九六六年十一月、新潮社

全集覚書

『福田恆存全集第一巻』「覚書」一九八七年一月、文藝春秋

『福田恆存全集第二巻』「覚書」一九八七年三月、文藝春秋

『福田恆存全集第三巻』「覚書」一九八七年六月、文藝春秋

『福田恆存全集第四巻』「覚書」一九八七年八月、文藝春秋

『福田恆存全集第五巻』「覚書」一九八七年十一月、文藝春秋

『福田恆存全集第六巻』「覚書」一九八八年三月、文藝春秋

【著者プロフィール】
福田 恆存（ふくだ　つねあり）
1912年、東京生まれ。36年、東京帝国大学文学部英文科卒業後、本格的な文筆活動に入り、保守主義の論客として、また演劇、翻訳など多岐にわたり活躍。著書に『作家の態度』『近代の宿命』『小説の運命』『藝術とは何か』『ロレンスの結婚觀――チャタレイ裁判最終辯論』『人間・この劇的なるもの』『私の幸福論』『私の國語教室』『日本を思ふ』『問ひ質したき事ども』など多数。翻訳では、ロレンス、エリオット、ヘミングウェイの諸作の他に、シェイクスピアの新訳に尽力、高く評価される。演劇人としては、63年、現代演劇協会を設立し、劇団雲および欅(のちに統合して劇団昴)を主宰。主な戯曲に『キティ颱風』『総統いまだ死せず』など。53年に『龍を撫でた男』で読売文学賞、55年、『シェイクスピア全集』の訳業で岸田演劇賞、56年、『ハムレット』の新訳新演出で芸術選奨文部大臣賞、71年、『総統いまだ死せず』で日本文学大賞。94年、82歳で逝去。

私の人間論—福田恆存覚書—

2020年11月16日　第1刷発行

著　者　福田恆存
発行者　唐津　隆
発行所　株式会社ビジネス社
〒162-0805　東京都新宿区矢来町114番地
神楽坂高橋ビル5F
電話　03-5227-1602　FAX 03-5227-1603
URL　http://www.business-sha.co.jp/

〈カバーデザイン〉中村　聡
〈本文DTP〉メディアネット
〈印刷・製本〉モリモト印刷株式会社
〈編集担当〉佐藤春生〈営業担当〉山口健志

ISBN978-4-8284-2222-0